U0681833

鲁迅文学奖获奖作家自选集

刘笑伟　主编

散文自选集

让灵魂独舞

侯健飞◎著

中国言实出版社

图书在版编目(CIP)数据

让灵魂独舞 / 侯健飞著. -- 北京：中国言实出版
社，2025.6. --（鲁迅文学奖获奖作家自选集 / 刘笑伟
主编）. -- ISBN 978-7-5171-4884-5

Ⅰ. I267

中国国家版本馆CIP数据核字第20246DQ159号

让灵魂独舞

责任编辑：郭江妮

责任校对：王建玲

出版发行：中国言实出版社

地　　址：北京市朝阳区北苑路180号加利大厦5号楼105室
邮　　编：100101
编辑部：北京市海淀区花园北路35号院9号楼302室
邮　　编：100083
电　　话：010-64924853（总编室）　010-64924716（发行部）
网　　址：www.zgyscbs.cn　电子邮箱：zgyscbs@263.net

经　　销：新华书店
印　　刷：北京鑫益晖印刷有限公司
版　　次：2025年7月第1版　2025年7月第1次印刷
规　　格：880毫米×1230毫米　1/32　8印张
字　　数：180千字

定　　价：58.00元
书　　号：ISBN 978-7-5171-4884-5

总　序

文 / 徐贵祥

2023 年八一建军节之际，欣闻中国言实出版社正在组织编纂一套"鲁迅文学奖获奖作家自选集"丛书，而且第一批十一卷本即推出十一位军旅作家的作品，感到十分振奋和欣喜。

鲁迅文学奖是体现国家荣誉的重要文学奖之一。中国言实出版社"鲁迅文学奖获奖作家自选集"丛书收录了走上中国文学圣殿作家的获奖作品（节选），以及由作家本人精选的近年来创作的代表作，每一本"鲁迅文学奖获奖作家自选集"既是对现实生活的生动写照，也是对时代精神的赓续和传承，体现了文学的风骨，彰显了中国精神、中国特色和中国气派。我为中国言实出版社的胆识和气魄叫好！据我所知，在第七届、第八届鲁迅文学奖的评选中，中国言实出版社连续两届都有作品荣膺鲁迅文学奖桂冠。这个成绩的取得十分不易，可喜可贺！

尤其令我欣慰与自豪的是，第一批十一卷本以军旅作家为代表，收录了十一位获得鲁迅文学奖的军旅作家的作品。这些作品体现了近年来军事文学取得的突出成绩，展现了新时代强军兴军伟大历史进程中人民军队的精神风貌，是新时代军旅文学的重要果实，是军旅作家们献给建军百年的一份难得而珍贵的文学记忆。

军事文学是社会主义先进文化的重要组成部分，无论在艰苦卓绝的战争年代，还是在意气风发的和平建设时期，军旅作家肩负着光荣使命，弘扬时代的主旋律，倾情书写爱国主义和革命英雄主义精神，在中国文学史上留下了一部又一部难忘的经典，耸起一座又一座艺术的高峰。

新时代以来，随着强军兴军的时代步伐的迈进，人民军队体制一新、结构一新、格局一新、面貌一新，发生了深刻的变化，军事文学也迎来了全新的机遇与挑战。面对强军兴军的崭新实践，军旅作家们深入生活、深入基层、深入官兵，创作出一大批优秀文学作品，捕捉到反映出新时代特质的崭新意象，描绘出一系列新时代官兵的艺术形象，非常值得鼓励和提倡。这套丛书，就是对新时代军事文学的一次检阅。

我想，军旅作家们任何时候都不能缺失责任感和勇气，军旅文学就是要勇于攀登思想与精神的高地。军队作家要进一步"根往下扎，树往上长"，贴近基层、贴近生活、贴近官兵、贴近现实。同时，要把握世界军事格局的新变化、新动态，掌握强军训练出现的一些新特点，这样才能够写出接地气、有温度、有力度的军事文学作品。

"鲁迅文学奖获奖作家自选集"丛书给了军旅作家这样一个展示军旅文学最新成果的平台，善莫大焉。相信这套丛书一定能够得到读者的喜爱！

2023 年 8 月 1 日于京郊

（徐贵祥，中国作家协会副主席、军事文学委员会主任，茅盾文学奖获得者）

让灵魂独舞（代序）
——关于第六届鲁迅文学奖与梁帅对话

梁帅：健飞兄，请接收一份迟来的祝贺，你的大作《回鹿山》获得最新一届鲁迅文学奖，我真是太高兴了，虽然这部作品是长篇散文，但那种沉着而又充满激情的叙述，我还是当小说一般去阅读的，它好看，吸引人，泥沙俱下一般的故事，让父亲这个形象特别生动。很想知道，你在成长过程中，和父亲到底是怎样的关系呢？

侯健飞：谢谢梁帅！接受同学的访问感觉很特别，尽管我年龄大你很多，但还是讶异自己在你面前变得年轻愉快，我很愿意通过问题和你相会。

我的长篇散文《回鹿山》获得第六届鲁迅文学奖，对我个人来说是个意外，对广大业余作者来说，也是一种信心和激励——文学荣誉没有拒绝藉藉无名者，我的作品获奖就是"鲁奖"公平公正的一个例子。

《回鹿山》是散文而不是小说，这一点不用怀疑，如果不了解我生活和写作特点的人，阅读时很容易有你这样的印象。受汪曾祺先生和黑塞作品的影响，我可能无意间打破了小说和散文之间某种严格的区分。"非虚构文学"尽管目前还有诸多不同看法，但我没有过多理会学界的各种观点，以我自己的喜欢和特质，我不过是借鉴了小说的创作结构和语言而已。长篇散文如果不用小说的结构和某些文学创作技巧，会很苦了读者，无论语言多好，无论感情多真，读者都会觉得累。

动心写这篇怀念父亲的文字，是十多年前的事儿了。原以为一万字最多了，结果越写越长，直到十多万字。初稿成型后，我一直没有勇气拿出来出版，原因是内容太过私密，我如实写父亲生前的种种不堪和我与他糟糕透顶的关系。这就是你想知道的我和父亲的关系——从迷恋到恐惧、从恐惧到失望、从失望到对抗、从对抗到决绝——直到父亲衰老、生病，然后死亡。

动笔写《回鹿山》时，父亲已经去世整整15年了，此时正是我做父亲最狼狈的时候。与我的童年相比，儿子无疑像诞生在蜜罐里，但在我眼里，生活无忧无虑的儿子却胸无大志，已经不可救药，虽然当时他只有十二三岁。某段日子，我常常回想自己13岁时，已经开始支撑门户，记忆里全是自己神乎其神、异彩纷呈的"壮举"，而那时父亲的存在和作用就被我主观屏蔽掉了。有天晚上，我突然想到，父亲当年如何看待十二三岁的我呢？他是怎样对待我的？于是，父亲在那个晚上重新复活，他的声音、呼吸和缭绕的烟雾立即清晰起来。

你说得对，《回鹿山》里的父子故事没有太多珍珠，人们看到的几乎都是泥沙，但这就是属于我，也属于大多数中国人父子关系的可悲现实。我的前辈们如此，我的同辈们如此，晚辈甚至更晚辈可能还会如此。是什么造成了中国式的父子关系如此隔膜、紧张，乃至分崩离析？我在《回鹿山》里并没有给出答案，因为直到今天，我也不能用传统、文化和其他种种来给出令读者满意的答案。我只能如实写出我与父亲的故事，并希望如你一般年轻，或者更年轻的一代人，通过自己的方式解读自己的父亲。当然，谈孝道，太古板太教条了，谈理解，又太敷衍和高高在上了。所以，我对中国人的父子关系，还会是一个悲观主义者，即使到目前累有数万字的评论文字来解读《回鹿山》中我和父亲的故事，而且绝大多数都是理解和褒奖，坦白地说，我在作品里还是有大大保留的。

梁帅："父亲"有时候是一种象征，西方故事中很多的弑父情节，可不可以理解成，我们要在传统中进行突破，比如文艺创作方面。

侯健飞：你说父亲有时候是一种象征，我可不可以理解成为父亲就是"父权"？是的，父亲在子女一生中象征权力，这和皇权、政权在狭义上并无太大区别。有强权一定有斗争，这是生物界普遍的规律，不仅西方神话故事中有弑父一说，人类现实生活中也常常有这类悲剧发生。向父权挑战，几乎是所有儿子都会经历的过程，但弑父者毕竟是少数，不论真正动因是什么，是积怨太深，是激情杀人，还是过失犯罪？总之这是不可原谅的罪过。这类弑父悲剧故事通过文艺作品表现出来，我个人并不认为是对传统或其他禁锢的突破。如实描述这类悲剧故事，从文艺创作方面考虑，作者倒是应该突破惯常的思维定式，亦即一般人所能理解的因果关系。不同时代和不同境况下的每一对父子，都是独一无二的关系，关系可以是米粮仓，也可是毒药罐，用什么东西"填满"这两个空间，没有先知先觉者事先知晓，不论是喜剧还是悲剧，各有各的不同，写出独一无二的"这一对"，而且深具启发、教育、警示意义，这个文艺作品才是一部好作品。

梁帅：当你成为父亲后，当你的孩子已经长大，请你回想一下，这些年你给孩子的，除了物质之外还有什么？

侯健飞：我说过，在《回鹿山》中写父亲时，正是我做父亲最狼狈的时候，那时我给孩子的除了吃穿，还有说教和拳脚。现在儿子已经长大，他考取了意大利罗马美术学院绘画系的研究生已经快两年了。他出国大半年后，我开始想念他，真的想念，也是从这时开始，我后悔自己在孩子小的时候，管教过于粗暴，以致造成儿子大多数油画底调多为灰色或蓝色。当然，我后悔，并不说明孩子当年的所有行为都是正确的，所以我并不奢望儿子现在原谅我。

我在《回鹿山》的结尾这样写我心中的父亲："如果大家希望我用最简洁的话概括一下父亲，应该是这样：父亲45岁前有两个名字、两种生活，故事是传奇而迷乱的，包括战争经历和情感世界；45岁后，父亲只剩下一个名字，这时他成为真正的乡民，但他却只有农民的朴实而缺乏农民的勤劳；父亲一辈子崇尚知识，却没认识多少汉字；父亲不高大也不丑陋，他留给子孙的最大财富，是宽广的胸怀和善待他人的品格。'不要仇恨'是父亲留给这个世界的最后声音。"

现在你要我回答，除了物质之外我还给了儿子什么，我的回答是：我和他妈妈给了他生命；我和他干奶奶梅娘先生给了他一个满怀期望的名字——侯恕人。至于儿子一切物质的获取，都不值一提，那是一个孩子生命成长中，父母必须应尽的责任和义务。除此之外，作为父亲，我还给了他什么，不是我现在能回答的。或许，等我死后15年，恕人会通过文字，或通过绘画以及其他方式，来回答这个问题。如果他一直无话可说，也就罢了，反正我已经死了，活着时我多半是孤独寂寞的，并无多少知己，死后就让我的灵魂独舞吧——我其实不相信人有灵魂之说，这个灵魂指的是那个带有迷信色彩的；灵魂还有另一种解释：精神。我理解的精神是信仰加良心，这个，我才信。

梁帅： 我看过你早期的小说，有些还是有一些苏童这样作家的影子，不知道这么理解对否？可否谈谈你的创作经历，从什么时候开始的，后期是否经历过一些转折？

侯健飞： 你说得对。在我 20 世纪 90 年代初的一些小说中，不仅有苏童的影子，也有刘索拉、格非等先锋小说家的影子。你知道，青年作家都会有蹒跚学步阶段，我也不例外。青年时期，文学冲动就像荷尔蒙超标，让初学者不免眼观六路、耳听八方。我当年如饥似渴地阅读喜欢的作家，就像一个小猎豹第一次抓到兔子，贪婪得让自己都惊讶。上世纪八九十年代没有网络，图书业也不发达，我的阅读主要来自报纸副刊和有限的几本文学杂志。苏童与我其实是同一代人，他只大我几岁吧。那时他也刚刚有名，不过那时文学神性的光环太亮，亮得足以让无名作者双眼生痛、涕泪横流。

我今天还记得苏童有一个短篇小说，好像叫《飞越我的胡杨林故乡》，那不一定是苏童最好的小说，但不知何故，当时我发疯般喜欢这个作品。那时我正在南京上大学，有天下午在图书馆一本杂志上读完，激动得没有吃晚饭。当晚又到图书馆看了一遍，第二天竟能大段背诵下来，之后一连几天我都有逃课到江苏某城寻找苏童的冲动。

我的创作实践其实很晚，虽然从小学开始已经有文学启蒙。我的第一篇小说写于小学五年级，叫《茅山之战》，是听父亲打鬼子的故事后，拼接组装成的。在《回鹿山》里我写到了这段经历，也是对父亲那段流血又流泪的历史的深切纪念。

上中学后写了一些作文，很受老师同学表扬，后来才知道应该归在散文类。参军后正式接触小说，几年后短篇小说《走向枪口》（《江南》1992年第2期）发表，得到老师王宗仁、顾工和众亲友的肯定。这篇小说荣获总后首届军事文学奖，并入选当年人民文学出版社短篇小说年选，这一奖一选，对我的激励巨大。就像我获得鲁迅文学奖一样，当年我根本不知道谁推荐了那篇小说，连《江南》的责任编辑何胜利先生都不知道。从那时我立志当个作家，于是，今天模仿苏童、刘索拉，明天模仿铁凝，后天又模仿张爱玲。等到中篇小说《迷糊》在《解放军文艺》发表时，有人说"很有马尔克斯和普鲁斯特的味道"——我当时乃至以后相当长一段时间，并不知道这种评价大有讥讽和警醒的意思，还把类似评语看作是对我"博才多学"的褒奖（当然，梁帅兄弟此刻说的我早期小说有苏童的影子并没有讥讽的意思）。直到某天，作家石钟山在《美丽已经死亡——读侯健飞其人事》一文中写道："《迷糊》在叙述一个迷舟一样的故事，可以看出健飞在学一种结构或者说一种方式，这篇东西太注重形式了，丢掉了原本很丰富的生活内涵，这并不是健飞的特长。"

石钟山兄这句温和的提醒其实是善意的批评，这让我吃了一惊，立即悬崖勒马，从此结束了对文学流派的追风和模仿。

结果呢？结果你肯定知道，只有一个：我不会写小说了。从想写到模仿写，再到会写，看似打通了一条道路，实在说，这不过是一条死胡同。古今中外，死胡同是所有写作模仿者的最终归宿，对我来说，这样的结果让我始料不及又痛不欲生。好在当时求生存还是我的第一要务，因为我在部队从事新闻报道工作，另一位老师曾凡华先生给我信任，让我写了一本纪实文学《荡匪大湘西》。我和他爬山涉水，风餐露宿半年多，走遍湘西山山水水。此书在湖南文艺出版社出版后，荣获第三届中国人民解放军文艺奖，这是军队最高的文学成就奖，由此我有资格借调到解放军文艺出版社帮助工作。一年后，一个立志当小说家的青年，成为一名"为人做嫁衣"的文学编辑。

当编辑几年后，我策划了"回报者文丛"，入选者毕飞宇、孙惠芬、东西、葛水平等人，都是活跃在当代文坛上的实力派小说家。这些作家的中短篇小说成名作、代表作大家并不陌生，但文丛最倚重的是每个人的三五万字文学自传。这部分内容由作家的原创自述和与文学启蒙的图片组合而成。我要求这个内容必须用真诚的态度写出自己的文学之初。这个用意是让广大业余文学新人，在读了他们的文学之初后，有所启发，有所借鉴。毕飞宇后来也谈到，就是这样的一个编辑要求，他专门回故乡一段日子，在寻找文学之初的过程中，找回了丢失在路上的文学情怀。这对他的后来创作产生了很大影响。李敬泽先生当时还在《人民文学》杂志任职，他在给文丛的序言中也特别称赞了这部分内容。

梁帅：在创作中，你为什么后来不太写小说了，转向了另外一种非虚构的文体，这是为什么？

侯健飞：刚才我谈到了，虽然我在文学初期写了一些中短篇小说，但并没有在创作实践中找到自己的路径和特质，或者说，自己的风格并没有确立下来。相反，看得越多，越觉得自己头重脚轻，失重的飘忽感折磨了我很久。当了编辑后，特别是有机会看到更多如我一样的青年作家的初稿后，我慢慢悟出一个道理：所谓作家全能说，简直瞎掰，这是自欺欺人。我认为，一个作家的特质在文类上是分明的，散文、小说、诗歌三种创作都行的，全世界可能都有，但三种文体都一流的作家几乎没有。特别是小说家和诗人，那是需要有特别禀赋的人（事实证明，莫言、刘震云和余华等都是特别有天赋的人）。

我天生不是一个有超极想象力的人，生活中又过于崇尚传统、循规蹈矩。因为有新闻专科的系统训练，我对现实事物却有敏感性和自己的见解。而且，在我早期的散文作品中，已经显现出特别的纪实文学意境，换句话说，只要写现实中的人和事，我总觉得更得心应手。于是，我开始主动进行非虚构创作。现在看来，虽然转向有点儿晚，但方向是正确的。

梁帅：我们知道你不仅是一个优秀的作家，更是一个优秀的编辑，你发现了好多优秀的作者，你能举例子这些作者是如何进入你的法眼的，你选取作品、决定出版的标准是什么？

侯健飞：过奖啦！我来纠正一下，我不一定是优秀的作家，也不一定是优秀的编辑，但我可以自认为是一个合格的编辑。我的《回鹿山》获奖后，一位文学老师（也是原领导），第一时间发短信给我，其中有一句话："你的坚守和执着有了回报，值得了。"

老师的这句话有两个意思：一是说我对文学创作理想的坚守和执着；二是说我对文学编辑工作的坚守和执着，两者合一才是我。福建有一位叫张家鸿的读者读了《回鹿山》后，在博文中写道："编辑侯健飞与作家侯健飞的融合，才是一个完整的侯健飞。许多优秀的作家，本身就是优秀的编辑。"这说明，这位青年人像你一样，是读过我策划编辑的图书的，而且评价不低。

我做文学编辑十几年，一直是图书编辑。应该说，图书编辑比期刊编辑的眼界要窄些，这个窄，主要原因是，作家群体主要集中在期刊中短篇小说上，长篇创作群体相对小得多。好在，我一天也没有离开过全国知名文学期刊。我敢说，到今天也没有多少同行有我收藏订阅的期刊多。从20世纪80年代开始，《十月》《昆仑》（可惜已停刊）《钟山》《花城》《大家》《人民文学》《解放军文艺》以及所有小说类选刊，始终在我的书房里。正是从这些文学刊物里，我和作家们相识。他们绝大多数不认识我，但我认识他们，有的作家，比如何申先生，我虽然编过他的书，但至今没有见过面。

我追求的文学品质是真情写作和阳春白雪式的纯文学。当然，追求纯情文学并不等于我否定通俗文学、言情文学或网络文学，我不过是个人有所偏重。文坛还有种奇怪的现象：读同时代作家的人不太多，读下一代或更下一代作家的人更少。我有不同，常常把目光投向同时代或更年轻的作者。我的感受是，读同时代作家作品，我有多重共鸣，理解和偏见也会减小。我读晚生代作家作品，一是为了发现新的苗子，二是为了自己充电学习，文学是不断变化成长的，你不学习跟上，早晚要被淘汰。

你所说的文学作品出版标准，这是一个大而杂的话题，其实比大而杂还复杂。每个编辑的标准也不一样，今天没法展开讲。我的择稿标准，不论是小说还是散文，故事不贪求离奇，但必须源于生活、高于生活，必须有真情，有真情的作品一定是有真情的作家写的，有真情的作家才会有爱，才会有大爱，大爱和大善是文学的至高境界。

梁帅：你又是编辑，又是作家，又是读者，几种身份的混合让你对当代文学了解比一般人深刻，你觉得当代文学最需要的是什么品质？

侯健飞：是的，很幸运我有这样的几种视角来看待文学。我有一个朋友王小柔，也是有名的段子作家，她是作家，也是媒体人。我的《回鹿山》出版后，她是唯一不遗余力推荐的媒体人。为了宣传这样一本小众图书，有一次她在天津《每日新报》发了我一张25年前的青涩照。我爱人看了给她发短信说："你给姐夫发那么大的照片，他火了，我咋办啊？"小柔立即回复说："姐啊，放心吧。姐夫要能因为这样一本书火起来，中国文学就有希望了。那黑白照片看不出什么来，咱不给姐夫留犯错误的机会，你们俩踏实地过日子吧。"

这虽然是朋友间的一次私密对话，但也可说明有识之士对中国文学现状的担忧。作为一个行业内人，我不一定比其他读者体会得更深刻，但对于当代中国文学的现状比一般人了解要多一些。我的总体概括是不乐观也不悲观。

不乐观是因为大家知道，虽然莫言先生获得诺贝尔文学奖，余华先生获过意大利格林扎纳·卡佛文学奖，阎连科先生获得卡夫卡文学奖，但这并非说明中国现当代文学已经跻身世界文学前列。

我不悲观的是，中国当代有一部《白鹿原》就是标杆，有这样一部长篇小说足可进入世界文学史。另外，中国文学经过二十多年的浮躁期后，一批中青年才俊脱颖而出，像葛水平、乔叶、徐则臣、鲁敏，等等。只要青年作家们沉下心来，真正做到不为名利所动，潜心按自己的既定目标前进，中国文学再诞生《红楼梦》这样的名著完全可能。

至于你说的中国当代文学需要的品质，我觉得兰州作家汪泉先生说得好："好的作品前提是要打动人心，一部作品，能够打动人的关键在于让读者在阅读的同时产生对照或者参照，或者是类似联想。比如写亲情，一部文学作品能够勾起人们对亲情的点滴回忆，能够引发真情在心灵深处的宣泄，这部作品无疑就是成功的！"他在谈到亲情散文时说："还有什么能比读一个别人的故事让人联想到自己，一个别人的父亲、别人的姐妹、别人的弟兄让人想起自己的兄弟、姐妹、父亲！"这就是作品的艺术价值所在！当然，我这是从一部作品的"小我"着眼。从大作品着眼，文学品质的最高境界是洞察人性善变、人生苦难而又能在作品里悲天悯人、超越人生苦难，很多世界名著都具备这样的品质。

（此文有删改）

目 录
CONTENTS

一个年轻中尉的青春呓语

新编辑手记

看来我必须加入作家的行列了。为了我的工作。我是个文学编辑，我已经多年编不到真正作家的稿子了。我还年轻，渴望编到好稿子的心情常常让我睡不着。于是我就等妻儿睡下后，赤着脚在不足3平方米的卧室里沉静地走来走去。这时候多半在天亮之前。城市的黎明也许喧闹，但身居古巷却是太沉静了，我清晰地听到妻子小巧的呼吸和儿子恶狠狠的咒语。儿子不喜欢我，原因是我不喜欢他。我经常揍他，打他的屁股和脸。我不知道自己到底为什么不喜欢儿子，可有时心里又明明白白。儿子太像我的过去。我的童年是我一生的财富，我不愿意让另外一个影子占据我美好的回忆。你太聪明了，像个鬼头！我常常这样吼他。你看你看，他一副六岁就会恋爱的模样！我对妻子很蔑视地说。妻子的嘴不像她的呼吸那样轻柔，她已经多年不再尊敬我了（这是我个人的感觉）。她说，你真叫我恶心。你编不到好稿子，又写不出东西，却天天拿我们娘儿俩撒气。这是对我致命的一枪。没有余地，我大声地喊道：滚出去，快离我远远的，要不是转过身来看见你，转过身去看见你儿子，我怎么会写不出东西？

终于盼来了星期天，这是妻子最为得意的日子。因为自从她的儿子学会画鸭子和其他以来，她经常带着儿子到公园写生。公园是个滋生虚荣和便于交往的场所，总有一些善于献媚的同志走到像我妻子这类母亲跟前，去夸耀她们的孩子。呀，看看这孩子画得多好，柳树的叶子都画活了。啧啧，这孩子，才四五岁啊，怎么得了！这类同志多以老太太和初恋者为主，而且，充满爱心的初恋者因为有情人在场，所以更加对我儿子的画表现出兴趣。赞美者赞美着我儿子过于持重的运笔，眼神却投向恋人，一副憧憬着将来的神情。其实我儿子的画越来越没有灵感了，他学会了临摹，充其量是模仿得有几分逼真罢了。我为儿子毫无想象的画悲哀，也为这热闹的公园和文明的社会难过。

妻子花枝招展地离去，带她儿子去了公园。5月的阳光在城市上空多余地流动，我像个作家一样坐在那张折叠饭桌上。这饭桌很大，正方形外可以翻出四个圆边，那样就变成了一个圆桌。饭桌有个来历，好像与一次商品打折有些关系。记得商店小姐是个皮肤微黑的姑娘，样子很健康，也很成熟。她曾在一瞬间让我记起我童年暗恋的一个寡妇。我肯定是被优惠一类的蜜语所打动，我扛回了这张大桌，累得一双瘦腿不住地打颤。妻子那时刚来，看了桌子有些吃惊。是不是太大了点？那时妻子还比较尊敬我，而且是新婚久别，所以说话轻声细语，很绵的感觉，像她沉睡中一如既往的呼吸。我当然笑了笑，说，不大，大什么呢？我是满族，你是蒙族，按政策倾斜，我们可以超生，我们要生一大堆孩子，如果五男二女，加上我们俩人，就九个人了，那时你会发福，一个腰围三尺的女人在餐桌上无论如何得占两个人的位置。

在这样一个宽阔的大桌上坐定，我郑重其事地铺开稿纸，然后像一个真正作家那样思索起来。作家不是编辑，写作需要思索。在思索的过程中，我知道手下的稿纸是空白的，密密麻麻的方格是一眼眼深不见底的老井；想象使我知道井中有清澈的水，也许还有几只干净而迷人的歌手青蛙。蛙们没见过大天，更见不到高楼、汽车、霓红灯和电视塔。但它们会歌唱，唱关于水和粮食的赞歌。我收回思索的钓线，我必须面对现实——我要写点什么。写什么呢？无非是一些直逼艺术灵魂的东西。哪怕是一只花脚蚊子，要写出它之所以将毒针刺入人体，是对生命的一种关怀，或者城市贵族——一种叫"京巴"的宠物小狗，它之所以见到比主人官小的人就狂吠不已，是因为它已经进化到了人性的程度，等等等等，似乎这才达到了作家的标准。我不是作家，一个业余的，从前写过的东西很快就被时代淘汰了。做了编辑，关于文学的结构、人物、情节、布局、语言、氛围、流派、风格和意境等等一大套废话，早已让作家们心生讨厌。有一天我牵头向几位知名作家组稿，不折不扣地遭到冷遇。从他们上下打量的目光中，我读出一个编辑没有作品如同一个人没有大脑，轻得像一支鸿毛。与此同时，我开始怀疑领导，从我很自信地做起编辑那一刻起，所有领导都说，编辑是一个伟大而神圣的职业，一个编辑可以没有一篇自己的作品，但他一生最珍贵的财富就是受到作家和读者的尊重。

我希望被尊重，这没有一点点苛求的意思。我只想说，一个还很年轻的编辑，如果他不以编辑职业为重的话，他们是能够写出令自己满意的作品的。编辑的职业好比春天的农夫，他把属于自己土地上的种子很平静地种在别人的土地上，哪怕一个句子，一个标点；而一个作家却像秋天的镰刀，他不停地收获，哪怕一则故事，一丝启迪。尊重是一个编辑最大的欣慰。我差不多每天晚上都在看稿，在我不足 12 平方米的小屋里，我一次次与儿子争夺仅存的一点空间。有多少次，在一天的同一个时间里，儿子悄悄地徘徊在门外，他偷眼打量着我，听我工作的动静，然后想想电视那美妙的声音——他想看动画片，而我却说：滚出去！

　　如今的天空，早已被无线电编织成网，但深夜伏案编稿时，却没有起码的电话和作家联系。然而还是有一次，一个并不算著名的作家把我责编的那部书稿寄给了我的领导，里面用插页恢复了我删改过的地方。他的行为也许说明不了不屑和"谁动我一字天诛地灭"，但眼泪在那一刻却涌上我的眼眶。且不说编辑对一部书的出版所花费的心血，仅对人与人之间的感情而言，也足以使一个男人伤心落泪！我从来都把自己的作者当作朋友，这是我不自觉做人的一个准则。好在这件事过去了，不快和伤心只在心底驻留了一会儿，然后就埋头干我的活了。就工作而言，我从没有失落过。这得益于妻子的目光。我从妻子读她儿子的目光中，体味到一部手稿编辑完成的所有乐趣。妻子的目光满含深情，然后是如此满足的微笑。妻子的笑是对儿子的，我的笑是对作品，别人的作品，但这有什么不同呢？这是我的工作。

　　大饭桌是咖啡色。5 月的阳光从窄小的窗口挤进来，似向我表示温暖的问候。这时我才发现时间已经到了下午。我想象着妻子被公园情人或老人们恭维后的心情。儿子又描摹了一幅仕女雕塑，底座刻着《美丽的天使》。这是一个外地蹩脚石匠的杰作。天使是全裸的，眼睛大而无神，白色大理石质地很好，但天使乳房的颜色因污染变得灰暗。儿子不会不注意到这一点，他从小对母亲的乳房特别敏感，我也曾很丢人地为争夺那个大一点儿的乳房和儿子展开过多次的拉锯战。尽管天使的乳房微微上翘，但儿子总会把它画得下垂一些。雕像的臀部过于丰满，又白又大的部位也许让石匠心动，但在儿子笔下，会处理得恰到好处。如果说儿子在画画方面有些天赋的话，那就是他对女人的身材比例把握得很好。他不喜欢肥胖的女人，这一点和我略有不同。

经验告诉我，妻子和她的儿子快回来了。他们一定在公园门口的麦当劳餐厅吃过东西了，或者在大院门口美餐过假新疆人的羊肉串。我慌乱起来。我不能这样让妻子看见我思索的样子，江郎才尽是她用目光写在角角落落的字眼。我低头看看稿纸，还好，一行工整的红字已经写下了：五月的鲜花开遍草原。句子有点意境，这是我长时间思索的结果。这时，我听到门口有熟悉的脚步声，我急忙用一本杂志盖住稿纸。

我走出门去，一眼看见儿子正把自己的冰淇淋一口口地喂进邻居小孩的嘴里。儿子的样子很专注，也很真情，一副甘于施舍充满爱心的模样。我心里突然有一丝感动，赶忙向迎面走来的妻子露出笑脸：哟，你们回来啦？

家和女人的三心二意

（一）

妻子一个人在家是件挺危险的事儿。这个念头头几年一直困扰着我，这让我做不好案头的工作。那时我刚当编辑，儿子也刚上幼儿园小班，我会突然从某个故事情节里清醒过来，然后想，她这会儿在家干什么呢？当然是指妻子。要是碰巧在我这种心情的时候来一个女作者，这种念头就越发强烈。其实，妻子是个准家属了。在队伍上，同志们对没有随军又常住部队的人都这么叫。

妻子一个人在家是因为没有工作。妻子原来有一份很好的工作，在故乡的储蓄所，天天与钱打交道。后来她对我说，为了爱情，她离开了那家堆满了钱的储蓄所。再后来就有人告诉妻子，在她离开后一个多月，那家储蓄所的合同制工人全部转了干。人家都成了干部。这是妻子在回忆那段日子时，经常说的一句话。为了爱情，妻子和我来到了队伍上。尽管当时我还是个士兵，军衔中士，可驻地在都市，这稍稍减轻了妻子的失落感。20世纪80年代末期，大都市还不像现在这样开放，想进城的姑娘各地都有，可能进城的姑娘却极为有限。妻子一直不承认进都市那份优越感，她说为了爱情。为了爱情，即使天南海北，哪怕刀山火海，我也会去的。妻子这样表白时，用一种极为特殊的深情目光看着吃锅巴的儿子。儿子一心一意地吃着锅巴，他还读不懂母亲的目光，但他会及时地爬到他母亲的膝头上去。我心里突然想说，多么可怕的女人！她明明知道，自从儿子来到世上，爱情就被取代了，为什么还自欺欺人呢？

刚到队伍上的妻子当然没有工作。作为人民解放军一名中士，我还没有能力在都市为妻子找到一份工作。因为扯了结婚证，部队借给中士一间平房，按临时来队家属安置起来。几个好心的机关干部借给我们一个煤油炉和两个铝锅，又到市场上买回一把菜刀，到木工房捡一块三合板，又拼凑了必要的生活用品，比如洗涤灵和女人的卫生巾之类。我和妻子心平气和地住下来。当时打算住五个月，因为到年底，我的服役期满，就可以离开队伍了。我们下一步的打算是在都市一角租个门脸，卖油条或者豆腐脑；我们当时的决心有点凄凉：即使要饭吃，再也不回草原深处的故乡去。这决心没有任何人知道，这是我和妻子都不想说出来的秘密，有些原因我可能会在以后的文章中写到，总之是些让人不太愉快的往事。

初进都市的妻子像一朵偷来的野花，让我像蜜蜂一样忙活了多日。后来我就开始上班了。妻子于是第一次有了一个人在家的经历。

妻子第一次一个人在家，她想得最多的是她的父亲。我非常奇怪，妻子为什么只会想他的父亲而不是母亲，这一点妻子简直与我格格不入。我不喜欢父亲一类的人物，就像儿子现在对我的态度一样。妻子的父母在草原深处，据说是蒙古族，牧民出身，可我看不像。她的父亲五十来岁，过早地谢了顶，于是她父亲无时无刻不戴着一顶单帽。妻子的父亲是个十分精明的人，会经商，能背诵中华人民共和国宪法。有一次和邻居发生争执，是因为院墙过界的事儿，她父亲就背：根据中华人民共和国宪法第六章第三款第一条规定，乡村居民院墙过界是侵犯他人权利，属违法行为。邻居让步了，邻居不知道宪法里是否真的有这条规定。妻子的父亲近年来开始贩牛，小本生意，靠的是一张嘴和一手好字。草原的牛市离乡村很远，许多乡民到牛市去卖牛的时候，必定路过妻子父亲的门口。这时妻子父亲注定要穿得干干净净，兜里揣着一盒带过滤嘴的香烟站在门口。他理所当然地要戴着单帽——哪怕是草原的七月流火——他怕人看到自己谢顶。哟嗬老哥，下来啦？看你走得连吸带喘，快站下来抽支烟。妻子的父亲也算个远近闻名的人物。认识他的人都知道他的烟不是好抽的，但都鬼使神差地圈住牛，在牛蹄子旁蹲下来。话头当然是妻子父亲挑起来，关于牛市行情和贩牛的走势。妻子的父亲唱得都是低调，而且口若悬河。第二支烟燃起来的时候，妻子的父亲拿出那管鸭嘴钢笔，用有十分功底的行草草拟了一份买卖合同，然后对牛主人说，乡里乡亲的，有话我就直说了，你嘴笨，递不上价，闹了归其，还得让税务黑你一把，再加上饭钱，里外里亏了你老哥。我给你个好价，还是让我去牛市吧，那些南方来的侉子蒙不了我。牛主人将信将疑地接过递过来的合同和牛钱，再揣上妻子父亲给的半盒香烟，向家的方向走了。不出一个时辰，通往牛市的公路上，就可以看见妻子的父亲赶着牛，唱着年轻时唱给我岳母的山歌慢悠悠地走着。路过一条小河的时候，牛们都争先恐后地去喝水，原来上路前，妻子的父亲给牛们饱餐了精食盐。牛的肚子鼓起来后，整个牛就显得格外水灵。这时妻子的父亲几乎达到忘我的境界，如果前后没人，他会摘下单帽，掸掸土，让火辣辣的阳光在自己智慧的秃顶上打个滑。

其实，妻子的父亲靠这个倒手活路是挣不到钱的，比如五百元买的牛，到牛市上也许会卖到五百五十，但有时也会卖个四百五十，赔进去五十。但是，不管是赔是挣，妻子的父亲从来是不言赔的，即使在我岳母跟前，他也会装出一副挣到大钱的模样。于是在乡亲们面前，妻子的父亲永远是亮亮堂堂、体体面面的人物，而且人们都说他有钱。

妻子的父亲年轻时有一个相当好的前程，在呼和浩特上了师范学校。可就在要毕业的时候，他辍学回到草原，原因是60年代末的草原大旱，燕麦、白薯颗粒无收，连野草根也被草原人挖光了。加上妻子的母亲得了一场重病，妻子的父亲便毅然回到故乡。那时还没有我妻子，妻子的哥哥桩子也只有三四岁。

第一次一个人在家的妻子想他父亲的时候就说类似的故事，且常常把几个泪珠挂在睫毛上。

爸爸为了一个家，他舍去了一切。妻子这样说完，我马上用一种连自己都奇怪的口吻说：该不是为了爱情吧？我可知道他经常欺负你母亲。妻子不置可否，她说：爸爸性格暴烈，像读书人的脾气，但为了我们兄妹三人能够读书成才，他受尽了累，不到五十岁就老得不成样子了。现在我们都远离了他，这就是爸爸的命吗？妻子说到这儿突然哽住了。好像有一根针刺了我一下。我说：天下的父亲都是一样的，这就是生活。你为什么不想想你母亲，一个操劳了半生的母亲整天看着你父亲的脸色，听着你父亲的咒骂生活，不是更值得同情吗？妻子被我问住了，过了一会儿，妻子伤心地问我，你什么时候能真心实意地把他当一回岳父？等他真心实意把我当一回女婿那一天。我说。妻子抖掉睫毛上的泪珠又说，你这个没良心的东西，你从来没在我面前叫过他一声爸爸，而我竟然嫁给了你。需要时间，我说，当他面，我不是一直叫得挺甜吗？伤口是慢慢弥合的，谁让他当初那样强烈反对我们的爱情呢？我又说。

（二）

中士没有按原来的计划复员，夫妻双双卖油条的美妙勾当便让给了众多的外地青年。中士被一所院校录取，去了南方。妻子怀着一种极为矛盾的心情登上了北去的列车。之前几天，也就是我接到入学通知书以后，妻子的眼泪像包在一张极薄极薄的透明纸里，稍不小心就破了，流下来，无声无息地。那是个多雨的夏季，都市的心情好像妻子的影子，使妻子顾影自怜。那几天我们疯狂地做一种事情。妻子的表现像是做最后的诀别。在以后的许多日子里，想起那个都市的夏季，我会听到此起彼伏的蝉鸣。都市的蝉那时到了生命最旺盛的时刻，它们的气息和着潮湿的空气，变成雨水和甘露，滋润着妻子永无止境的欲望。有的时候，连我都要脸红了，可妻子却没有，她几乎想吸干我的血。可是到了临走那天，妻子突然不许我有任何亲昵的言行，她像个陌路人似的和我度过分别前的最后一个晚上。

第二天妻子和我的一个同事到车站去送我。妻子的表情仍很严肃。开车的时间还不到，而且我的同事还没下车，妻子就急匆匆地下车走了。妻子的最后一句话是再见。没有任何感情色彩，更没有我希望的依依惜别。我看到我的同事当时很尴尬，很对不起我的样子。我和同事真诚地握了手，互道了再见。月台的人多极了，差不多全是挥泪送别的情人们。我没有找到妻子的影子，直到列车启动，我看到把无数眉眼哭得分外美丽的面孔，听到了成千上万个妻子喊丈夫的声音，可我没有看到妻子的影子，没有听到一丝曾令我心动的娇小的呼吸。列车缓缓加速时，我的泪水不知羞耻地流了下来。

　　儿子长到六岁的时候，一位知识女性说，一个当众流泪的男人要么是最虚伪的男人，要么是最无能的男人。我承认这话说得有点道理，那么我是前者还是后者呢？我宁可当最无能的男人，拒绝虚伪是一个男人起码的品格。我喜欢拒绝虚伪的男人。

　　当时我不能完全理解妻子的心情，那种既希望我提干又怕我提干的矛盾心理。妻子毕竟是来自草原深处的女子，半年多的都市生活让她认识了许多荣升的男人。男人一荣升就容易变，变得连自己也找不到了。妻子后来说，她当时的感觉是，我们像一对年轻的大雁，我们的巢原本筑在北方的沼泽地里，周围是芦苇和水，阳光充足地照在沼泽里，鱼儿在水中追逐嬉戏，平等而友好的野生动物陪伴我们生活；虽然涟漪在黄昏时分将天空荡涤得摇摆不定，但我们的巢有一种安全感，它在坚实的陆地上。然而，随着我的南方之行，爱巢在妻子眼里，像是从陆地搬到了树上。草原的风是很大的，连喜鹊这样的筑巢高手都惧怕草原风暴，何况一个雁巢？两年后你就是军官了，有了大学文凭，学了那么多图书馆里的东西，你已经不是一个中士了。妻子说这些话是在都市的最后一个夜晚，在那间破损的小平房里，当时人们都睡下了，一两辆行为可疑的汽车在都市的小胡同里钻进钻出。听不到妻子娇小的呼吸声，这是妻子没有入睡的标志。

打算在都市和我一起卖油条或豆腐脑的妻子两天后离开了都市，从此拉开了第二次妻子一个人在家的序幕。

塞罕坝草原是个充满魔幻的地方。天空堆积着云彩，各式各样的云彩，我指的是形状。有的像奔腾不息的马群，有的像狂涛怒卷的海浪。蒙古族妻子见到了她精明谢顶的父亲，然后又告别他，独自一人去了我的出生地。我没有父母了，一个哥哥也被很远的一个女人招赘了去。那个女人死了丈夫，她需要一个有善良本性的男人去养活她和两个孩子。我哥哥就是这种善良人。老屋除了灰尘，还有草原硕鼠。像个都市人的妻子在这样一间老屋里安顿下来。我的邻居都是些少数民族，蒙古族、满族和回族居多。他们都很厚道，还有我几房远亲，他们带着我妻子先到人们赖以生存的水源，那是一口和我同年同月同日生的老井。塞罕坝故乡千百年来缺水，祖祖辈辈为了打井出水而耗尽体力，直到一批批死去。我降生那天，以我父亲为首的草原人打出了那口井。终于出水了，一个年老的村爷由于激动，喝了几口井水含笑死了。故乡人认为我是带来井水的龙脉，视我为救星，于是给我取乳名成水成帮，名字很拗口很麻烦，可我别无选择。除了没告诉妻子我的乳名外，童年的故事妻子一一记在心里。妻子看过老井，最后又去看那棵我多次描述过的橡树。

妻子一个人在家了。如今生活的全部意义就是不停地想念我们在一起的日子。想我的时候，妻子把火炕烧得滚烫。妻子用自己挑来的井水细细地洗净了身子，然后躺在滚烫的火炕上。回忆首先是从都市生活开始的，一想到那段都市生活，妻子的心绪乱乱的。于是妻子就趴在被窝里给我写信。信写得很美，无非是些草原风光，和我邻居们的趣事。但在信的某一段或者末尾，妻子会写一些勾引我某种回忆的话，诸如"你还记得某某那天吗，在公园里……你真坏，让人难为情"之类。"吻你，千万次地吻你"是妻子写得最不厌其烦的句子。信像雪片一样从草原上寄出，寄给南方有梅雨的城市。在源源不断的信中，千篇一律地打着妻子矛盾的印迹。妻子以非常抒情的笔调写道：分别22天了，我觉得你好像慢慢地离我远去……然而我又坚定地相信自己，相信你对我的忠诚，不论什么时候，你都不会离开我……我在结霜的玻璃上写满你的名字，这成了每天早起要干的第一件事。我要赶在太阳出来之前把玻璃写满。我不知道为什么，你的名字在霜雪中何以那样英武高大，而且有棱有角，一如你线条分明的面孔，呼之欲出。我甚至不想让太阳出来，那样我会有一整天面对你的名字。面对你的名字就是面对你。日子幸福地走过，呵，漫长的冬季刚刚开始，有你的名字在窗上，我的整个身心都被你的气场包围着……写到这儿，泪水打湿了信纸。快点回来吧，我在等着你，盼着你，我正沿着你童年的脚印一步步追寻着你……妻子渐渐像个被诗化了的、矛盾的女人，但她又是一个实际的女人。妻子把爱情的感觉涂遍草原，同时很快掌握了生存的手段。草原人和牲畜之所以世代繁衍，除了爱情，还有土豆、燕麦和野草。妻子开始收割燕麦。在金色的秋天，在一望无际的燕麦田里，在都市生活过的妻子为普通人的生存做着充分的准备。土豆长成了，葳蕤的薯叶在草原上不断地向前延伸。即使妻子后来一直独自抚养儿子，直到儿子会沿着大道追赶毛驴，她从没有像报纸宣传的那样，是为了支持丈夫的事业。妻子没有那样的胸怀和远见。妻子不愿意听"军功章里有你的一半也有我的一半"这首歌。在妻子带着儿子再次来到都市时，有一天她谈了对某种宣传的看法。妻子说，爱一个男人，是一个女人的全部，即使以整个生命为代价，也在所不惜；有事业心的男人没有女人来支持，同样会事有所成。

秋天在草原上是十分短暂的，犹如宇宙的流星倏然而逝。三个月后，妻子寄来一封极短的信。信说，我怀孕了，这些天正是反应厉害的时候。这是上帝赐给我们的孩子，他是个儿子，长得和你一模一样。他才三个月大小，可他会踹我的肚子了。他喜欢吃酸涩的果子，昨天我和儿子去了响水，那是你童年经常淘气的地方。坐在那棵橡树下，我告诉儿子，你爸小时候就是在这棵树上逃避你奶奶追打的，我还告诉儿子，你奶奶是小脚，四十八岁才有了你淘气的爸爸。

写到这儿，我知道一部大书开始了。关于妻子和她儿子的故事我只好就此打住，这是一段可歌可泣的故事，属于妻子和她儿子，那就让他们自己来书写吧。

两年后的一天，妻子牵着蹒跚不稳的儿子再次来到都市。儿子戴一顶清代公子哥式样的黑缎小帽，一条又细又长的假辫子拖在脑后，穿一身深红色的衣服，腰上系着一个兜屁股的布帘子。妻子的装饰有几分刻意，草原的季风使妻子的脸微微发红。儿子下火车的第一件事就是把一泡带有强烈青草芽味的屎拉在火车站的广场上。许多文明的旅人掩着鼻子从我儿子身边走过。草原降生的孩子拉屎是不背人的。虽然儿子不在乎，对人们的注意视而不见，可儿子的父亲却无地自容。为什么不说一声就拉啦？责备之意是对妻子的。妻子马上反击：我儿子还不到两岁。久别重逢，这就是我和妻子的开场白。儿子抬头看了我一眼，事不关己似的蹲下去，一心一意地把屎拉完，然后突然站起来，一溜烟似的冲向出站的人流。妻子看都没看我一眼，举着手纸边追边喊：先来擦屁股，儿子！

（三）

妻子在爱情的旗帜下拥有了儿子。告别了土豆、燕麦和野草，妻子再次来到都市。

新的家在都市的另外一角重新建立，仍是一间平房，似乎比我当中士时更为破旧。这是我从军以来最灰暗的一个时期。一切都不再是中士时的模式了，我肩负着一份独立的工作。可谁都知道，大学里，我除了一封接一封读妻子的信，然后就是躲在图书馆的一隅看小说。这样的日子打发了两年，紧接着要我独立去完成一个机关干部的工作，我显得百无头绪、头重脚轻。接下来我养成了一个令所有合格父母所不耻的毛病，我训斥儿子，或者打他。儿子的屁股成了我训练枪法的靶场。从此以后，家的感觉在妻子眼里走了样。

妻子第一个反应是我有了外遇。我外遇的女人是个神通广大的姑娘，她会隐身术，她和我一起工作，一起吃饭，一起睡觉。妻子的生命里自从多了这份幻觉，就少了几分回忆。凭什么，我想知道凭什么？有一天我这样诘问妻子。凭一个女人的直觉。妻子平静地安排着她儿子的事，头都不抬地回答我。这种平静又重重地刺了我一枪。我长时间地看着妻子毫无表情的脸。妻子不看我，从早到晚忙她的儿子，洗衣、做饭、喂饭、擦屎、把尿、读日本鬼子打进来的卡通画。晚上又到了。好几天晚上都无声无息地过去了，在这面积不大的家里，我联想着晚上的一种情景。我知道我的年龄，我才二十多岁。于是我想说点什么。想想我们的过去吧。我说。我不想过去，都过去了，还想它干什么？一想过去我就头痛。妻子说。妻子侧身躺在儿子身边，一手支着脑袋，一手轻轻地拍打着她的儿子。其实儿子早就睡熟了，只是那一对讨厌的眼球在眼皮里或左或右地滚动着。熄灯的号声响了，我习惯性地伸手拉灭了电灯。屋子一片漆黑。我在地上站了一会儿，屋子静得让人心焦。我摸索着脱了衣服，贴着妻子躺下来。妻子一动不动。儿子却咯咯地笑起来。咻——妻子跟着也笑了。他又做梦了，真好玩。妻子说。我一下子兴奋起来，我趁着妻子的好心情，及时地把手搭在妻子身体的某部位上。妻子激灵了一下，像是吓了一跳。干什么！？累死了！原来妻子的笑是对睡觉的儿子的，她忘了我已经躺在她身后了。妻子迅速把我的手扒拉下去。我长叹了一口气，顺手扭亮了台灯。我拿起一本书看起来，是《博尔赫斯文集》，讲得差不多都是些听不懂的旧事。妻子很快睡着了，她绵软的呼吸和他儿子的梦呓糅合在一起。一个长长的春夜才刚刚开始。我瞥了一眼妻子，一种怀念的滋味猛地袭上来。记得我还是中士的时候，妻子是一个人在家的，那时也是一间平房，妻子无时无刻地坐在家里，或者台阶上。有时我会在上班的时候偷偷跑回去。妻子一面红着脸点着我笑，一面按着我的意愿满足我的所有要求。现在怎么了？我下意识地看了一眼儿子。夜深了，我被儿子哼哼唧唧的哭声弄醒了。怎么又哭啦？我气愤地吼了一声。儿子本能地哆嗦一下，哭声更响了。妻子把儿子抱在怀里。闭嘴！我喊。儿子没有闭嘴。我拉过他的腿，照准屁股狠狠地打下去。想不到妻子的脚迅速反击，踹我的腿，甚至踹我的下身。我更加发狠地打下去，妻子也更加下力地反击，然后大声地哭，更紧地抱住她的儿子，除了双脚反击，妻子用头、手和所有能利用的部位去护她儿子的屁股。这事过了几年，大约是儿子刚记事的时候，妻子有意无意地告诉儿子，过去我不但打他的屁股，还打他的头。有一天妻子竟说，儿子的记忆力这样不好，就是小时候头被打的缘故。我的天啊，我向上帝发誓，我从来不曾打过儿子的头，她怎么能说出无中生有的话来！当然，这些都是后话了，现在我们还说那段日子。儿子闹夜的恶习大约持续了半年之久。说良心话，那段日子儿子是挨过几次打的，而我的腿和下身也被妻子的反击弄得青一块紫一块。妻子没有找到儿子挨打的科学原因。她把这归咎于我有了外遇。妻子使出了一切走火入魔女人该使的招数：跟踪、打探、明察暗访，直到发展到有一天妻子偷看了我的日记。你真叫人恶心！我的骂声全院都能听见。我歇斯底里地先摔了学英语的录放机，然后又砸了家里最值钱的一件东西——只有16英时的彩色电视机。妻子抱起她的儿子说，砸吧，把房子也烧了吧，但别吓着我儿子。滚你的儿子吧，快滚，滚，滚！

战争不是天天都爆发的。女人的伤口其实极易抚平。当我冷静下来时，就觉得太过分了。我开始认错，我的忏悔是动人的，不要说妻子，连我自己都原谅自己了。一次缠绵过后，妻子注视着儿子有几分消瘦的脸说，你看，儿子长得多像你，一模一样的。这是在怀他的时候天天想你的缘故。我想象着你的模样，细眼、翘嘴角、大耳朵、直鼻子，还有这张瘦长的脸。可你却下手打他，儿子多不幸呵！说到这儿，妻子的眼泪流了下来。一丝愧疚涌上来，我说：儿子是儿子，他不是我。但那也是你儿子！妻子猛地用眼盯住我。我退却了。"我不知道我怎么了，有时自己也恨自己。"我说。妻子相信了这句话，她偎上来，抱住我的脖子，冰凉的泪眼贴住我的面颊。一种重新回到从前的温暖和满足霎时占据了我。我想起了母亲搂着我的日子。如果没有儿子该多好……我喃喃地说。妻子的温情没有很快消失，她好像体味出了点什么。妻子说，要不，我和儿子还是回到老家去，过些年，等儿子大了，不惹你生气时再过来？不！我不想再离开你，草原太荒凉，我不想再让你去挑水和吃土豆了。由此看来，我生来注定属于妻子，妻子也属于我。我像儿子那样搂住妻子的脖子，一股酸涩的东西冲热了我的眼眶。温情过去了，就像风暴总会过去一样。工作仍然不如意，我的好情绪坚持不了三五天。儿子又被打红了屁股，小平房里的值钱家什又砸了一遍。后来我终于调出了那个部队，从都市的西边搬到了东边。我换了一个环境，换了一批同事。这是最高文学殿堂里一帮教授级人物。我尊敬他们，尊敬他们所从事的职业。我战战兢兢地做了一个文学编辑。我的坏脾气大大好转了。但是，我承认骨子里有一种劣质的骨髓，用我妻子的话说就是，狗改不了吃屎。有一天我又把儿子和妻子赶出了门外，原因是儿子不肯让我看一场电视直播足球赛。领导和同事们知道后郑重找我谈话：再有类似事情发生，你要写出书面检查，并将被彻底孤立。"一个有这种恶习的男人，一个不能善待女人和孩子的男人，他是不配做男人的。"我很尊敬的领导和老师这句话实实在在打动了我，教育了我。为此我把过去的日子仔细过了一回电影，我承认过错，认错后不免产生几分自得：看来自己还不是一个太坏的男人，因为我敢于承认过错。

时间过得真快，转眼儿子到了能品评女人的年龄了，更重要的是学会了写生。这期间，我的家几次搬迁，但都因为我职务偏低只能住一间平房。惭愧地说，和妻子儿子的战争一直没间断过，而且挑起事端的多半是我。但不论怎样，即使和妻子分居，或者拿离婚相威胁，我始终坚持：不再打骂儿子。当然，表面看来，妻子永远和她儿子在一起。没有我的日子，妻子和儿子把日月打发得光亮而温馨。妻子和儿子像一对成年人那样交谈，有时妻子突然爆发出哈哈的大笑。这令我难过。可有时，我也会发现，儿子开始学我的某些做法，比如看书的姿势，比如跷着二郎腿看电视，还比如爱评论女人。

儿子上学前班，在家的时间并不多。妻子仍然没有工作，可妻子一个人在家时竟十分愉快。妻子不再像第一次到都市那样想她的父亲，也不像在草原深处时那样想我了。妻子一个人在家，哼着儿子教给她的儿歌，里里外外地为儿子晚上和第二天的一切事务做着准备。看着妻子和儿子把一个家充实得那样有诗意，我觉得自己成了一个多余的人。

真想各处走走，我觉得自己好像很老了，头上生出了不少白发。这种念头时常徘徊在心头。当然，在遐想中，还会突然想到一个人在家的妻子，但想想也就过去了。前不久，妻子的父亲路过都市，顺便来看看我们，临走时，我儿子好奇地走过去，摘下姥爷的单帽认真地看个遍。然后说，怎么老戴着这顶帽子，连吃饭时也不摘？说完抬头看看姥爷，说，噢，秃了，没头发了。妻子的父亲尴尬地笑笑说，姥爷老了。说完，老人拉过外孙亲了一口，眼里突然含上了泪水。

儿子的天空

儿子的天空是阴霾的色彩，还有雨水和冰雹。这是我前文多次提到的。妻子多次背着我，流着泪向她几位朋友倾诉类似的内容。妻子的泪水如南方的梅雨涓秀绵长。我在远处，我深切地体味到了妻子泪水的温度。我宁可让我的儿子挨饿或者受冻，但我希望他有个快乐而放松的童年。妻子的观点是有内涵的，有一种博大精深的味道。那就该让儿子回到塞罕坝草原去，那是天然的牧场。我这样回答妻子。在草原，四五岁的孩子不必写生，他们甚至听不懂写生的含义。马群、绵羊、木屋、百草及五月的鲜花构成一幅画；蓝天、白云、池塘、青蛙和白桦树构成另一幅画。还有落日的黄昏、提桶的母亲和袅袅的炊烟。画在草原孩子的心中，其实是更深地印在孩子纯净透明的生命里。草原的孩子很少见到钢琴，与都市琴童大军站在一起，他们有身高的优势，面孔的颜色也很健康，但他们好像落后了好几个世纪。草原的孩子会学狗叫、猫叫，连公鸡卖弄的踱步也学得惟妙惟肖，但毕加索《坐在椅子上的画像》和《沙滩上奔跑的女人》永远与他们无缘。草原的孩子不需要音乐，如果有一个热爱故乡的学子回到草原任教，一部分学生也许会识一些简谱，但要不了多久，草原的少年就唱起了动人的情歌。在杜鹃花开的时候，也许在大麻放籽的时刻，黄鹂和翠鸟就唱起来。少年和百鸟的歌声点染了青春，情窦初开的少女便有了初吻的经历。那是动人的时候，安详的奶牛和它美丽而羞涩的大眼便是情人们的见证。草原的歌声来自自然，丰富着一代又一代鲜活的人生。儿子生在草原，在他还没放弃母亲乳头的时候他来到了都市。都市是个文明的牢笼，科学和艺术使孩子们丢掉了童年所有关于泥土和虫子的乐趣。我不懂美术和音乐，因为我也是生长在草原的孩子，后来我光荣入伍，原本要去南疆参加自卫反击战的，不想突然国泰民安了。我成了都市的暂住者。混迹都市，就要入乡随俗，加上我又是一个好面子的父亲，我就必须让儿子学点什么。学什么呢？我时刻观察着儿子，长时间观察发现，儿子除了对妈妈的乳房感兴趣外，没有任何灵性之处。我的失望和儿子的闹夜纠结起来，就变成了父子间忽隐忽现的战争。打儿子的事情我说过了，不再赘述，补充一句是，直到某一天，五岁的儿子趁我高兴时突然说：等我长成大树那么高，我一脚把你踢回老家去。从此我开始考虑我老年的归宿问题。好在这时儿子对美术已经小小入门，我不必在为画画让儿子记恨我了。然而，这时我发现，儿子的画越画越规范、越画越逼真，但就是缺少想象的翅膀。于是我想起让儿子学画的直接原因，那是他在不满两岁时画的一只下蛋的母鸡，大约只用了几笔就把一只母鸡下蛋后的得意表现出来了。妻子告诉我，儿子在老家最乐此不疲的事情是观察母鸡下蛋的全过程。我不禁喟叹，生在草原的孩子，他属于草原，他的艺术灵感也来源于草原。都市的高楼和汽车，以及来自于父母的强制，只会让天才儿童丧失美好的记忆。

岁月蹉跎，一晃儿子六岁了。除了记住儿子是农历四月十三出生以外，关于儿子的其他记忆，主要是靠妻子帮我回忆。我是个缺少想象力的父亲，我想象不出一个孩子把价钱很贵的玩具电话拆碎后，再偷偷塞在床下有什么乐趣。在我眼里，儿子的许多类似事情只有让我愤怒。愤怒是残忍的源泉，尤其是对一个三四岁孩子的愤怒，而且这个孩子还是自己的儿子，可想我是个多么可悲的人。你有时都不如你儿子懂事。妻子这句话让我好多天羞于面对儿子。事情的起因是一支电动枪。

出差回来，给儿子买一样东西是我的习惯。不是想回来讨儿子欢心，实则是在外地就想该给儿子买点什么，那时多半是离家多日了，儿子的影子就会突然在某一时刻跳出来。谈不上想他，就是想到要去买一个玩具了。枪很贵，是仿新式冲锋枪，两张百元大钞好像没够。回到家，是晚上，儿子眼里果然亮了一下。电池装好后，我教儿子瞄准和射击。儿子很认真，记下要领，小心翼翼地接过枪，在手里掂了掂。一扣扳机，一串火苗蹿出来，枪的声音很逼真，嗒嗒嗒——这时我提醒儿子，可别不小心掉地上摔了，摔坏了可要打屁股。这是我顺嘴说出的话，说要打屁股，其实是在我最高兴时才说的，真打屁股时，我从没事先向儿子打过招呼。在我转身出去后，儿子踮着脚把枪放在了柜上。两天过去了，又到了晚上，我突然发现枪仍在原处，好像从没再动过。于是问儿子：那枪好吗？好。儿子非常认真地回答，然后一双黑眼睛很贪婪地看了一眼枪。那为什么不玩？儿子迟疑了一下说：那——咱俩一块玩。说着跑过去，拿过那把新枪，很兴奋地递到我手上，然后从抽屉里拿出一把已经坏了的玩具手枪和我比画起来。我搂了一下火，枪清脆地鸣叫起来，儿子躲闪着枪口，用破手枪啾啾地向我打。过了一会儿我说，还是你自己玩新枪吧。想不到儿子却说：爸爸，你玩新的吧，要是我不小心摔坏了，你的眼眉又这样了。儿子说着用两手在眼的上方做了个弯曲的动作。我没听明白。妻子说，是怕你生气，一生气，眼眉就蹙成这样了。我心里一惊，似乎明白了什么。儿子睡下后，妻子看我还想刚才的事，就说，你呀，真拿你没办法，有时你还不如儿子懂事。玩具玩具，玩具总是要坏的，不玩当然坏不了，真不知道你是怎么了！你看看你买的那些贵重玩具，有哪个儿子真正玩过？我抬头一看，电动飞机、汽车、电动立交桥和变形金刚等，都完好无损地装在包装盒里。我看了一眼儿子，他独自一人安卧在小床里，翕动着鼻翼，一副平和而富有的神态。那年，儿子大约四岁。从此我开始回味一个哲学家的话：儿童的灵感和成长是不断地打碎和破坏。而我教给儿子的是要规矩，走路规矩、吃饭规矩、睡觉规矩、待人规矩、说话规矩、玩耍规矩，我甚至想不起还有什么规矩没教给儿子了。

儿子的天空渐渐晴朗起来。儿子开怀大笑是近两年开始的，不仅仅是对他母亲，我在场时也是。鬼子打进来的动画片可笑的地方不多，倒是欧洲一些动画片常常让儿子发笑。然而，随着儿子一天天懂事，他会有另一种状态。有一天，他久久地看一幅画。画面是机场。若干女人是主体，她们举着鲜花，神情焦躁，这是在迎接归来的旅人。在画面的一角，一个欧洲男子怀抱着一个金发男孩背对着出口，这是父子俩。父亲正在拍打哭闹的孩子。儿子看了一会儿问我，为什么不是妈妈抱着孩子？他妈妈去了远方，为什么爸爸不能抱着孩子？我这样问儿子。儿子用目光仔细打量我一下，若有所悟地点一下头。我的心重重地沉下来。儿子没有安卧在我怀里的经历，从来没有。在我和儿子有限的几次独处时，即使儿子走得很累了，我仍坚持要他自己走。他摔倒了，我冷静地站住，让他自己爬起来。"男人流血不流泪。"有一天，我同事的儿子摔破了手，大声哭叫时，我儿子走过去这样对他说。那一刻，真想像个好父亲那样抱抱儿子！然而晚了，儿子重得已经抱不动了。何况，过早成熟的儿子已经根深蒂固地认为，趴在父亲怀里哭闹的男孩是不坚强的，那让他害羞。渐渐地，儿子的生活中多了一些别的内容。他把自己很喜欢的玩具大度地赠给来家做客的小朋友；他把自己爱吃的芋头冰淇淋一口口地喂给邻居家的小弟弟；他以自己并不太好的记忆力，努力记住明天或后来是某个小朋友的生日，然后画一幅画送过去，祝小朋友生日快乐。当儿子看了我和他妈妈的结婚证后，当天晚上就发挥绘画的特长，加班赶制了一张"结婚证"。他在红纸上画出一个男孩和一个女孩，并郑重其事地问他妈妈"魏瑞"和"杨露琦"这两个名字怎么写，然后照样写上。制作完毕他告诉我们，他要等魏瑞和杨露琦长大后送给他们。妻子问他为什么？儿子一本正经地说：长大后他们就结婚了，因为魏瑞和杨露琦好。

日子一天天过去，儿子除了必看的动画片外，余下的时候就独自一人干自己的事。剪纸、画画，有时一边打着哈欠一边像大男孩那样默默地思索或者和他妈妈对话。终于、感动和哪怕是儿子常用的词汇。看着儿子专注地做事情，我忽然想起一些很遥远的细节，并借助妻子的补充陡生出某种怀念，怀念儿子小时候的一切事情。

儿子的天空不但晴朗了，而且辽阔无垠，不久的将来，不知道他会不会想起童年的往事，更不知道他会不会知道自己原本属于草原，那块草原叫塞罕坝草原。

慢慢长大

一

2013 年，在我眼里还是孩子的侯恕人，考取了罗马美术学院绘画系研究生，即使如此，我还没有意识到，孩子已经成年，我就是这样一个不怎么成熟的父亲。

恕人是我的独子，从小酷爱画画。从小学到大学，他始终与画笔和色彩相伴。其实，对这个孩子的画画人生，我是持怀疑态度的，为什么会这样，直到今日，我都没有找到确切的答案。

远在罗马的恕人，如果将来读到这段文字，他是否能理解我的意思，还要看他的悟性和造化。因为，就在眼下，他的世界观、人生观、价值观是否确立？假使他自以为确立了"三观"，那么，之后会不会动摇？一句话，我怀疑的理由是：艺术道路极其艰难，如果不是天才，勇往直前的精神和刻苦拼搏的毅力才是实现理想的唯一途径，即使具备这种精神和毅力，艺无止境这条真理又横亘在那里，真理有时是一座巍峨的山，有时又是水中月、镜中花，理解这一点，不是仅靠绘画技术多高超，而是通过大量的经典阅读、丰厚的学养储备、身体力行的艰难探索和向世俗生活学习的诚意。

早些年，就因为我这种怀疑态度，倒成了少年恕人不断前进的原动力，能以优异的专业成绩，考取罗马美术学院绘画系，也说明他画得其实已经不错了。后来听说，这个来自中国的亚裔学生，现在很受导师朱塞佩·莫迪卡的重视。然而，这一切只是听说，我们远隔重洋，罗马于我来说很陌生，那是梦一般的城市。

二

2013 年 9 月 16 日，我和恕人母亲送他到首都机场，因为行李超重几斤，恕人蹲在地上，一边往外挑拣物品，一边用一条搭在脖子上的毛巾擦汗。

机场大厅有空调，温度并不高，但恕人的汗水怎么也止不住。

我一言不发，一如既往地很生气，冷眼看着手忙脚乱的孩子和一声不吭的母亲。恕人和他母亲都清楚我心里在想什么。

面对旁边来来往往的旅人，我终于忍不住低声质问：

"行李不是在家称好的么，为啥还超重？"

"我也不知道，可能……可能称错了……"

恕人的一滴汗在明亮的地板上摔得粉碎。（后来想起来了，是我带着恕人的行李到单位食堂的地磅称重的，军事单位的食堂，近年来社会化经营了，这个地磅出点儿问题应该不难理解。）

这样的场景，其实是我们一家三口的生活常态，儿子在我眼里，不顺眼的事情一个接一个、一环套一环，我要么高声"教育"，要么冷眼旁观。他母亲一言不发，一边干家务，一边用两只耳朵交替着听这边的动静，恕人则手忙脚乱地改正他的"错误"。

恕人微胖，无论冬夏，好像永远有擦不完的汗，这也让我多有微词。我清楚地记得，孩子在五六年级时，学习已很吃力，为了给他提神，他母亲偷偷给他喝一种合成果汁，是那种廉价的黄色液体，那时我家生活窘困，饮料属于奢侈品。不到一年，原本清瘦秀气的孩子，忽然胖了起来，我认为，这是他母亲溺爱的后果之一。

此时，他母亲和我并肩站着，继续看着恕人单膝跪地，一边擦汗一边整理行李。与我面露愠色不同，他母亲的表情很平静，这是她多年一惯的表情。她一动不动地站着，看着脚下的孩子一边擦汗一边分拣东西。她知道，此时她不能来帮助孩子，这是恕人的宿命，也是她的宿命。在我这样教条的父亲面前，孩子从小独立自主是铁律，是永远不生锈的铁律。

"自己的事情自己干好，自己摔倒自己爬起来。"恕人耳边常常有这种严厉的声音回响。从两三岁起，我就不再允许他母亲抱他走路。当时驻地在北京门头沟山里，有一次从动物园回来，下了公共汽车，离家尚有三四公里，恕人实在走累了，我们停下让他坐下歇歇，几分钟后，起来继续走；他跌倒了一次，手掌和膝盖磕破了，但他一声不吭，飞快地爬起来。他知道是自己跌倒的，得自己爬起来。那次他眼里可能噙着泪水，但却快步跟上我们。之前，他母亲曾为类似事情与我争论、大吵、流泪，但没用，这样只会让我变本加厉。

行李终于过关了，离起飞的时间还很充足，但恕人母亲却对他说："你进去等吧，我们回去了。"

恕人点点头，虚虚地看我一眼说："那我进去啦啊，你们回去吧，不用担心我。"

在他母亲转身要走时，我说：

"把你的手巾收起来，跟个民工似的，你现在是走出国门。"恕人赶紧放下提包，蹲下，把攥在手里的湿毛巾塞进包里。

当恕人转身向安检门走去时，他母亲已经走出候机楼大门。母子俩一个朝南、一个朝北，反向而行，我迟疑着站在中间。当孩子消失在安检门的人流里时，我突然产生一个疑问："这孩子真的考上罗马美术学院了吗？"

三

侯恕人出生在比塞北更北的木兰围场县。战乱年代，那里是我父亲兄弟五人最终落脚的地方，这是个神奇的地方，既是辽阔的草原，也是一望无垠的林海。塞罕坝是当地的小地名儿，什么是坝？汪曾祺先生解释说，那是蒙古语今译，就是美丽的高岭；围场，就是满清皇家开辟的狩猎场。如今，当地民众温饱问题解决了，自然环境好了起来，已经成为中外游人争相去看的旅游景点。特别是，2017 年，塞罕坝林场荣获联合国环保组织最高荣誉——"地球卫士奖"，这让围场县一夜成名，但诚实说，尽管那里风光无限，却挡不住文化苍白的底色。

五十年前，我也出生在那里。贫穷伴随我度过五味杂陈的童年。家父对我说，他这一代人改变不了这里的贫穷，我这一代人，也改变不了这里的贫穷，如果下一代人想改变贫穷，只能先改变自己。怎样改变呢？家父说，只有好好念书，然后考学出山。遗憾的是，我天生读不好书，四五年级还能听懂算术课，中学的数学、物理、化学诸科，我总是颠三倒四、云里雾里。

我上中学时，乡村课程表里有美术课一项，却始终没有见过一本美术教材。某年初冬，学校出现一位穿筒裤、梳着长辫子、身材苗条、嘴唇红润濡湿的少女，同学们说，这是刚分配来校的美术老师。

从那天起，我盼望着能上一堂美术课，结果这位让我不敢正眼瞧看的老师，在一个多月后不见了。据说，她受不了这里天天刮起的白毛风，调回了县城。

可以想见我多么伤心。从那天起，我竟无师自通地开始画画。我最愿意画马，那时家家都有马，与牛羊猪狗等家畜相比，马的干净和雄健深深吸引我，马的味道也吸引我。我画画是秘密的，从来不给任何人看，只属于我自己，家人和学校都不知道。不幸的是，由于数理化成绩太差，加上家境贫寒，我在初中三年级不得不告别学校。

辍学后，好逸恶劳的我，既不想耕田，又不想放牧，只好离开出生的村庄，到邻村或邻县走街串巷，给农家和牧民的玻璃、箱箱柜柜上画画。

20世纪七八十年代，在中国北方，不知谁发明了油漆画，就是用汽油调和各色油漆，在柜面或窗玻璃上画芍药花、喇叭花或者展翅飞翔的富贵鸟。那个时期的北方乡村，如果空气中弥漫着一股浓烈的油漆味儿，不一定来了木匠，你可能会看到一两个油头粉面的少年，在村庄里四处游荡。

我是这群少年中的一个。那时我最得意的作品是五朵盛开的芍药，取名"花开富贵"；另一幅作品是"喜鹊登梅"——我家有一对很小的红漆对匣，匣面对称画着这个图案。这是母亲的嫁妆。新中国成立前，外公是当地最有名望的地主，母亲和姨妈们出嫁，都有这样很讲究的嫁妆。这对对匣伴随我整个青少年时期，每个寂寞的夜晚，在昏黄的灯光下，我常常看着"喜鹊登梅"入睡。

　　然而，生活往往有另外的解读，听起来看起来很美好的事物，其实更有其艰难曲折的一面。一个在乡村画玻璃画柜子的孩子，其实就是耍手艺讨饭吃的孩子，遭人白眼和凌辱是常有的事情。

　　我有两年乡村作画的经历，两年来，我在河北承德、辽宁锦州、内蒙古多伦一带游走，虽然换来了温饱，穿上了青纶背心和秋裤，但也积攒了足够的委曲和愤懑。之后老天眷顾，我成为一名战士，彻底告别了那块美丽而贫瘠的土地……

四

　　恕人动笔画画，比我早很多年，大约始于三岁左右。当时他母亲还不太知道我小时候的历史，对于孩子涂鸦的兴趣，显得惊讶又兴奋。

　　令他母亲震惊的是，有一天，恕人在幼儿园画了一只趴窝的母鸡，母鸡身旁依次排列了四枚鸡蛋。简单的构图，流畅的笔触，母鸡骄傲的神态活灵活现。他母亲后来回忆说，一岁多的时候，姥姥家的母鸡在窝里下蛋，恕人就蹲在鸡窝外静静地等、静静地看，有时一等就等十几分钟，母鸡下完蛋，咯咯嗒一叫，恕人吓得落荒而逃。

　　恕人一岁半离开故乡小镇，其间一直没有回去过，两年后却在都市画了这样一幅母鸡下蛋图。

　　此时我和恕人母亲已经在城市有了比较安定的生活。我们越发深信，不论是城市还是乡村，孩子要想将来有出息，必须读好书，读书的前提是识字、写字、背唐诗宋词，然后学好数理化，但恕人这孩子却不仅算术不行，还把写字背诗视作畏途，实在逼急了才动笔，却常常把汉字写得长长短短、七扭八歪，像一幅幅画。

此时，我的情绪常常失控，完全忘记了自己童年的习性，无法容忍不会算术和背不会唐诗的孩子。据恕人母亲说，孩子挨打从此开始。直到上小学，恕人对读书也没有多大兴趣。我开始怀疑他母亲所说的抓周之说。

因为工作性质特殊，孩子降生时我不在身边，孩子一周岁时，我也不在身边。他母亲按当地习俗，在孩子周岁那天，摆了各式各样的物件让孩子抓，结果他单单抓了离他最远的一本书，是溥仪先生的《我的前半生》。当他母亲写信告诉我这件事儿时，我还挺高兴，他不抓金不抓银，不抓玩具，却抓了本书！

谁想到，他竟是个如此不爱读书的孩子。

"你不是哄我高兴，才编了抓周的故事吧？"某晚我终于问出口。他母亲异常委曲，反复描述当时抓周的场景。

上了小学，因为成绩不好，还撒谎，恕人一如既往地被我教训。他母亲一次次落泪，但面对孩子糟糕透顶的成绩和一个接一个的谎话，又似乎没有理由阻拦我的管教。从此，我有家暴倾向的故事在大院不断传播。其实，我哪有傅雷先生那样的学养加棍棒教育法。那个时期，我正挣扎在生活的又一个低谷：人生理想被嘲笑，文学特长被忽视，领导不喜欢，老婆没工作，自己还很虚荣，我已经接近精神分裂的边缘。

有一天，小学老师让另一位学生家长传话，请我去学校。到校后我才知道，昨天恕人把老师请家长的字条扔进了学校垃圾桶。可以想见，以我当年的修为和脾气，恕人如何能逃过一劫。现在回想，那时一家三口，过得是多么暗无天日的生活。

怒火退去，某日，他母亲趁我高兴，怯怯地对我说："给孩子报个书法绘画班行吗？我听说，孩子有艺术特长，中考可以加分。"

我想了两天，默许了。

坦白说，我丝毫没有希望孩子将来从事书法美术的想法，我甚至完全忘掉了自己小时候，偷偷画马时的快乐。现在我想，他母亲当时也没有这种意识，作为一个几乎天天以泪洗面的母亲，她或许只想，利用早晚时间和休息日，让孩子脱离我的视线，学成什么也不重要，少挨训斥和少受皮肉之苦才是当务之急。

就这样，恕人在三年级时，在北京西城区某小学报了书法绘画班。四年级时，我们搬了一次家，离这所小学远了，他母亲又在西城区少年宫给孩子报了名，这回减掉了书法课，跟随一位祝姓老师学画。

在我眼里，祝老师稍显年长，他性情温和，举止悠然，因为长得很像演员葛优，所以让我印象深刻。应该承认，恕人画画的进步，正是这位祝老师悉心指导的结果。从四年级到快初中毕业，差不多六七年的光景，无论功课成绩如何，恕人学画却风雨无阻。

五

沾部队子弟的光，恕人才能上北京八一中学。八一中学是一所很好的学校，可恕人的理科成绩让班主任老师忍无可忍。一次次请家长，又一次次请家长。无论冬夏，只要是上学的日子，我和他母亲时刻准备着被班主任训斥，这种折磨常常让我羞愧难当。

终于有一天，我把恕人一张人物写生撕得粉碎，还愤怒地摔在地上。我下令，从此再不要让我看到他的画。被愤怒和伤心充满的父亲，突然觉得恕人、他母亲和那个祝姓老师，合谋设计了一个长达数年的谎言：他们各求所需——母亲因为无知；儿子为了逃避；老师为了挣钱。

不久，发生了一件事，这让我找到了解决问题的突破口。

那年暑期，祝老师挑选了四五个孩子到北戴河写生。几天后回来时，一个和恕人同龄的石姓男孩儿的门牙不见了。

原来，祝老师和孩子们课后租单车游玩，石同学技不如人，单车从高坡飞速而下，一个石子垫翻了自行车，石同学眨眼间拱抢在地，再爬起来，两颗刚长齐整没两年的门牙不见了，满脸鲜血。

我记得，恕人母亲刚和我谈这个事儿时，竟忍俊不禁，乐得前仰后合，我却勃然大怒，以老师太过随意，不能保证孩子安全为由，立即中断了恕人少年宫学画的历程。

恕人没有反抗。他一晚上躲在自己的小屋里没有出来。这时，离中考还有不到半年的时间，恕人的成绩已经在班里倒数几名。

班主任把他母亲找去，说，为了不拉全班中考后腿，建议我们接受现实，请孩子放弃中考并转学到其他学校。当我知道这个事情时，近乎气死，我没有考虑老师这样做是否欠妥，是否合法，而是坚定地对他母亲说：如果让我多活几天，我再也不想见到这个孩子。

可能意识到恕人和我都到了崩溃的边缘，当晚，他母亲把恕人送到了他小姨家。

以后整整三个多月，我们父子俩没有见过一面。

某天，恕人母亲开始整理孩子从小到大的习作。除了近年祝老师布置的作业，恕人早年的随意涂鸦和野外写生数量很大。这些画千奇百怪，有铅笔画、彩笔画、毛笔画、水粉画、焦墨画、油棒画。这些画作画在各式各样、大小不一的纸上，有白纸、草纸、报纸，但更多是画在 A4 开打印纸的背面——我是一个文学编辑，这是我编辑后的废校稿，这从一个侧面说明我们经济一直很拮据的现状。

她母亲整理了大半天，看到某个时期的某张涂鸦，就会默默落泪，回想他儿子当时画画的情景，一遍又一遍看，一遍又一遍地落泪……她后来告诉我，孩子的画，哪怕画一两根线条，几个圆圈，或像一团乱麻似的东西，她也没有丢掉一张。如今，这批"作品"被装在一个特大号纸箱中，就安放在我们床下，这个纸箱一个人是搬不动的。

眨眼间，恕人已经在小姨家生活了三个月。2005年11月11日上午9点，我接到恕人母亲打来的电话。她在电话里说："你来海淀民政局吧，离婚协议、户口簿和你的照片我都带全了，你过来把字签了吧。"

是的，一个男人，一个自认为十全十美的丈夫和父亲，这个时候是没有退路的。我满腔愤怒地赶到民政局婚姻登记处。只问了恕人母亲一句话："你到底想要干什么？你到底想要什么！"恕人母亲看都不看我一眼，异常平静地说："我什么都不要，只想要我的儿子。"

我迅速在离婚协议书上签了字。民政工作人员是一个和蔼可亲的大姐，她亲切地问我们："离婚是大事，你们还能调解吗？"

我和这个过了十七八年的老婆，异口同声地回答："不能！"

大姐要我出示身份证，我只能拿出了军官证。可亲的大姐断然拒绝："军婚？你们不知道吗？军人离婚，必须出具师以上政治机关调解意见书……"

恕人母亲愣了一下，然后在一张椅子上坐下来。她说："你回单位开意见书来，我在这儿等着。我可以等到下午下班前，上午开不出来，下午总可以了。"

恕人母亲的坚定让我下定决心：离！不离不是人！

单位政治部主任是个优秀诗人，姓梁，真是个好人。见我去意已决，立即找来干部干事开具"夫妻感情破裂，调解失败，同意离婚"意见书，然后，还当着我的面加盖了公章。最后他撒谎说，我这个级别的军人，离婚调解意见书要报上一级政治机关审批，但需要一周左右的时间批复回来。为保住我的尊严，梁主任亲自打电话给等在民政局的这位妻子，请她先回来。"同意离婚调解意见书，下周一定批复回来。我保证。弟妹先回家等。"梁主任对着话筒，充满感情地说。

一个小时后，恕人母亲突然来到我办公室。她说："嫁了你十七年，你从来没有带我出去过。要结束了，你能不能带我出去一回？"我问，你想去哪儿？

"泸沽湖。"这是恕人母亲最向往的地方。

单位梁主任一面请示领导，一面说，先去买机票，旁边金台饭店就能买。

下午两点，我和恕人母亲登上了飞往昆明的航班。当飞机突破云层平稳飞行时，恕人母亲的泪水再次流下来。

这是恕人母亲第一次乘飞机，也是我们夫妻第一次所谓的旅行。

昆明的作家朋友陈川和海男迎接我们。海男有一双美丽纯洁的大眼睛，这双眼睛完全可以洞穿一切。她在晚宴前，利用不多的时间带我们参观了一处院落。

海男说，这个院落比较特别，是最让人静心的院落。海男随后到商场给我买了一件条绒棉袄。她说，11月份的泸沽湖，非常寒凉了。

第二天，我们登上一辆破旧的中巴车。十几个小时后，到了终点站泸沽湖，只剩下我和恕人母亲。

我们租住在一个小木屋。11月的泸沽湖，果然寒凉，几乎没有游客。与我们毗邻而居了七天的，是一对日本青年。除了偶尔听到他们嘀嘀咕咕的日语，我们的世界就是一片瓦蓝瓦蓝的湖水。

泸沽湖蓝极了，泸沽湖静极了。

十天后，我们回到北京，当晚，我和恕人母亲到小姨家接回了恕人……

六

可想而知，这样成绩的孩子，是考不上理想高中的，我甚至做好了让恕人辍学的心理准备。

中考结束不久，我出差外地，其间接到恕人母亲的电话，说恕人被北京崇文区第 109 中学特招录取。

这时我还不知道，这是一所美术特长学校，也不知道，恕人偷偷报考该校的任何细节，或者说，在我的计划和愿望里，根本没有专学美术这个概念，但事已至此，一切只有顺其自然了。

高中三年美术特长班，由于文化课标准降低了，学校请家长少了，家庭战争就少了。心灰意冷之下，我要求孩子，既然要学画，每天至少画三幅速写。

这不像要求孩子学有长进，倒像对一个做错事的孩子的身体惩罚。对这个要求，恕人基本做到了。从北京北三环，到北京南端崇文门，一往一返，每天坐两三个小时地铁。这期间，恕人画了大量地铁人物速写。很显然，那时的恕人，认为自己的画是全班最好的，于是常常把满分画贴到卧室里，贴得满墙都是。

离高考只差半年多。有一天问恕人，准备考哪所院校？他回答："当然是中央美院油画系。"

我吓了一跳，好大的口气！

"要是考不上呢？"我又问。

"那就四川美院油画系。"恕人志在必得，回答得毫不含糊。

这时我才意识到，这个孩子，一生注定要与绘画结缘了。于是，我挑拣出几幅自认为好的速写、素描和色彩，带着孩子，去请教亦师亦友的国画大家袁武先生。

袁先生与我相熟，却从来不知道我有个想学画的儿子；袁先生更不清楚，这个孩子对画画的用心。在看完所有画作后，袁先生直言相告：这个水平，考一般艺术类院校美术设计专业可能性有，但考造型、考进八大美院很困难。

我说，孩子想考中央美术学院油画系。袁先生听后，看看我，又看看孩子，突然不知该说什么。停顿一下，袁先生问恕人："你有默画吗？"

我赶紧到车里取来两幅头像默画，袁先生认真看后说，要真有志造型学习，从这两幅默画看，基础还行，但得离开学校，到外办的美术考前班突击加强学习。

不知始于哪年，北京望京、通州一带美术考前班如雨后春笋一样冒出来，但办学资质、教师能力却高高低低，画室名头有大有小。到底去哪家学呢？袁先生说，好像某某美术室名头最大，该美术室因为目标直指中央美院，而且中考率较高。

我和恕人很快就找到地处望京的某某画室。画室说，进这个画室学习要先考试，合格才能招收。恕人自信满满，结果一试不中。画室老师说，这个水平的学生数以万计，即使接收进来，也不可能有短期突破，应届考上专业美院，几乎不可能。

这个打击对恕人是致命的。回到家，连饭也吃不下，一遍遍翻看画室赠送的两册自印的考前学生的习作。那种痛苦的样子，让我突然想到自己当年考学无望的心情。

第二天周末，没和家人说，我独自一人去求见这个画室的主人。当年此君声名远播，比国画大师还风光，求见不易。在我再三请求下，主人在画室接待了我。

我像恕人母亲那样，满怀激情地陈述了孩子的绘画之路，主人耐心听了几分钟，又看了一眼我的满头白发，突然打断我说："这样吧，再让孩子下周来考一次，我们这个画室，要求升学率，学费也贵，但我要的就是基础扎实的学生，要是实在不行，请你理解……"

考试那天，我平生第一次为恕人的学习请了假。上午素描，下午色彩。我在画室外的车里，整整等了一天。太阳西下时，恕人红着眼睛走出来，走路有点摇晃，人疲惫得几乎摔倒。

"好像……还是不行。"说完这句话，恕人的两行泪水哗地流下来。

我的心也狠狠地疼了一下。回到家，再看墙上的人物素描习作，与画室里考前学生的画一比，一个个真跟小鬼儿似的。

两天后，在网上搜索到一个看似与中央美院相关的画室，全名叫"央美原创画室"，不用考试就可入学。恕人冒着被109中学除名的危险，请病假离校，到这个画室学画。差不多四个月，恕人的画一天一个样子，他是如何做到的，直到今天还是个谜。

七

2009年春天，恕人开始天南海北地参加全国统一艺考。中国几所知名美院，他报考了六所，每所院校只报一个志愿：油画。

同年7月，恕人幸运地被中央民族大学美术学院录取，专业：油画。

2009年9月18日，是开学第一天，我和他母亲去送恕人报到。尽管之前，我说过一万遍，父母送孩子上大学，是一件多么无聊的事情，可到了自己身上，还是抵不住各种压力。结果非常不幸，当天的《中央民族大学校报》第四版，竟刊登出我们一家三口的大幅照片。恕人端着脸盆、背着书包和他母亲走在前面，我差两步跟在后面。照片压头文字：自立的开始。

看到这张照片，我就像被谁扇了一耳光，自愧不已。

也可能是这张照片的标题提醒了我，我同意恕人大学四年住校，尽管学校离家只有几站地。我们终于互相解放了，我长长舒了一口气。

四年，眨眼过去。其间在2012年下半年，因我身体不适，恕人按母亲要求，短暂回家住了一个月左右。四年间，我们父子的交流几乎是空白。

在恕人大一第一个学期接近尾声，有一天，班主任老师打电话给我，说恕人整个学期都没有进入学习状态，整天在电脑上看电影。

"如果这样下去，四年大学，他什么也学不到。"老师很负责地提醒我。

我打电话给恕人，请他回家，带着电脑。

他母亲那天上晚班，恰巧恕人表哥来。我原打算等他母亲下班回来一起和他谈，结果晚饭后，他说学校晚上还有事，要回校。

一股无名火直蹿上来。我说："你可以走，但把你的电脑留下。"他愣了一下问："为什么？"我说为什么你不知道吗？你上大学是学画画，整天看电影还问为什么？！他明白了，突然挎起电脑包，大声对我说："我就要带走，你，你，你一辈子才给我买这一个电脑，这么多年，为什么别人有的，我却一样都没有……"我冲上去，使劲向他抢起右臂，他用左手一把握住我的右手腕，我又抢起左臂，他用右手迅速握住我的左手腕。于是，父子俩纠缠在一起。我很瘦，两个手腕像被折断般疼痛。恕人表哥试图把我们分开，却没有成功。这样僵持了几分钟，我已经喘不上气来。

这时，恕人20岁的表哥突然哭了，他一下子跪到地上，喊着表弟的名字，求表弟放开我的手。

不知过了多久，恕人听从了表哥的哀求，松开了手。当他转身走向门口时，我一字一句地说："如果，如果你背走电脑，我，就从这里跳下去！"

我家住四楼，一扇窗子打开着，外面是繁华的夜市。恕人在门口迟疑了一下，他表哥顺势抢下他肩上的电脑包……也许，恕人还是知道父亲是一个说到做到的人，所以他用屈辱和妥协捡回我一条性命……

八

从2013年9月恕人飞罗马，直到2015年9月20日在首都机场再次见面，相隔又两年时间，虽然中间我有过几封书信给他，却只收到他一封回信。因为我不上网，没有微信等联系方式，父子间的交流总体还是空白的。

假若从恕人上大学算起，我们这对父子的交流空白期竟长达六年之久。

空白的后果当然只有一个：新的冲突与决绝。

2015年9月10日，我因公赴俄罗斯，按计划我得月底才能回国。但恕人突然通知他母亲，9月14日，他将绕道迪拜回北京探亲，在国内居往20天。

我不可能不怀疑他是为了避开我，才选择这个时机回国的，当然，他母亲和我明白，这次恕人探望的亲人，并不是父母。

只有爱情才有这个力量。

说起来难以置信，我这个自负、专制的父亲，唯独对恕人的恋爱持宽容态度。但考虑到热恋中的青年智商为零，我不得不提前结束俄罗斯之行。

雨萌和恕人相识在大学考前美术班。恋爱始于2010年暑期。五年多，时空已经验证了两个青年的感情，而我和恕人母亲，也已经高度认可了雨萌姑娘。但要谈婚论嫁，我认为并不成熟。

可惜，9月22日晚上10点多，意外事情还是发生了。恕人用自己的方式，宣布解除父亲的枷锁。

恕人拉着行李和女友走出家门很长时间了，我仍然一动不动地坐在沙发上。恕人的母亲，这个见证了一对父子关系二十多年的关键人物，第一次态度坚定地走过来坐在我身边。就像两年前在机场送儿子出国时那样，她没掉一滴眼泪，尽管脸色苍白，但表情异常平静。她说："走，让他走吧。他24岁了，不是18岁。你是父亲，在这件事情上，你没有错。如果你觉得伤心难过，那你就太脆弱了。"

我和恕人母亲一夜没合眼。但是，第二天早6点，我们还是准时开车启程，这是头一天商定好的，千里之外，恕人75岁的姥姥正翘首以盼。

萨克雷所说过，人生一世，总有些片断看着无关紧要，而事实上却牵动着大局。

我们希望第二天或第三天，恕人和女友能出现在姥姥面前，但没有，一个信息也没有。

10月4日，是恕人离京取道巴黎飞往罗马的日子。

晚 23 点 32 分，我终于收到恕人发自首都机场的一条短信，全文如下：

> 老爸，我就要登机了。我想，还是要在走之前给您道一个歉：对不起老爸。这次回来，因为很多的原因，导致了这次事件，是我们做得不好。希望您不要太过伤心难过。这几天里我也在不断反思，不断地考虑着很多事情。我想，等我们都冷静下来，再以邮件的方式将我的一些想法和心里话和您说一说。也希望您可以用与我平等交流的心态来看待。儿子也有很多自己的想法和决定，也希望得到你们的认可和尊重。妈妈那里我也和她沟通过了，希望你们可以健健康康的，来年再见。

我读了这条短信，又读了这条短信，再读了这条短信，但我没有回复一个字。

后来知道，恕人和雨萌离家后第三天，一起去了河南平顶山，雨萌是平顶山舞钢市人。

在之后一个月的时间里，我常常彻夜难眠。我一遍遍对自己说：放手吧，放手吧。但另一个声音又问自己：除了恕人主观思想不够成熟之外，是什么力量阻挡了一个青年学生放弃了艺术追求，反而向往平庸生活和碌碌无为终了一生？学校、老师、朋友，特别是恕人的知心朋友和最爱的人，近些年给了他什么影响和指导？以"人各有志，平庸既生活"的社会流行观念看，恕人有错吗？如果不是恕人的错，难道是我错了吗？或者，是我们都错了？我又问：一个从小到大一直在学校读书的孩子，虽然年龄到了 24 岁，难道他心智真的长大成人了吗？如果一个自诩活到老学到老的父亲，仅仅因为儿子没有听从自己的建议，就在孩子最关键时刻放弃责任、放弃坚守，有一天儿子后悔怎么办？父亲后悔怎么办？

九

保罗·柯艾略说过："谁说孩子没有能力决定一生要做的事？是成人没有这个能力。我们相信孩子们更为智慧，他们掌握着真理。"虽然我并不认同这个说法，但还是有所启发。

于是，在一个月后的11月4日，我静下心来，用半个通宵给恕人写了一封信。开篇竟谈到他的胃病，这是下意识的开篇。这让我想起他小学一二年级时，因暑假没有人带，我出差山西大寨县约稿带他。那三天是我们父子唯一一次独处的时间，他安静听话，亦步亦趋地跟着我。当我与作者谈稿时，他显得无聊至极，蹑手蹑脚地爬到床上独自睡去……但是，在返回北京的火车上，他的胃绞痛病突然犯了。在石家庄站，我中途下车，疯了一样冲进一个药店……回忆当时情景，现在仍然百感交集。

这像是一封妈妈写给儿子的信，而不像我这样性格的父亲写的。在电子邮件发送成功那一刻，那个横眉冷目的父亲，突然变成一个低眉顺眼的儿子。

11月16日，有杭州作家朋友来京，晚上家宴，我竟令人意外地谈起儿子，结果喝得烂醉。第二天晚上，恕人母亲拿出手机，让我听醉酒后给儿子的留言——我竟像个村妇似的，梨花带雨、肝肠寸断。在两三分钟的诉说中，语无伦次地表达了一个意思，请求他在欧洲或列宾美术学院学成古画修复再回来，否则，一切都将前功尽弃、逝水东流……录音放完，这位大伤自尊的母亲对我说："现在清醒了吗？你听听，太丢人了，你自己好意思听吗？这是一个父亲向孩子说的话吗？让孩子怎么看你，这还是以前的你吗？你，你真是越来越让人受不了！"

我羞愧地低下头。一向不会沉默的我，此时沉默了。对于这个孩子，我二十多年的管教方式正确吗？我的人生理想是他的人生理想吗？如果，真如亲友劝慰我那样，恕人这个从中国走到外国的高知学子，已经是一个"看透了世界的人、悟出了生命意义的人"，那么，我的坚持和努力还有什么用呢？

我想起明代笔记中，有一个人对买卖古董的人用三句话谈了看法："任何一个人，一生做完三件事就该去了。自欺、欺人、被人欺，如此而已。"

记起这个典故，好像清醒了许多。试问，从古至今，东方西方，哪个英雄豪杰不是如此？我乃一介草莽，半个文人，已经过了自欺欺人阶段，那我为什么非要被人欺不可呢？

南怀瑾先生也有言："我们从生到死，今天，明天，后天，随时随地，总觉得前途无量、后途无穷才有希望，才有意思。其实，那些无量、无穷的希望，都只是'意识'思想形态上的自我意境而已，可以自我陶醉，却不可以自我满足。"

此话虽然像清凉油，清脑醒目，但现实中，我仍然一次次陷入迷茫之中。某天，我郑重写道："或许，人生并没有长大成人一说，我其实就是一个与儿子一起慢慢长大的人，这个成长过程才是最重要的，才是更有意义的。"当然，这种认知，可能被天下父亲耻笑，但对于我这样经历和性格的父亲，却成了独一无二的幸福。我知道直到老去，我也不会成为一个成熟、慈祥的父亲，但我终究是一个努力想做好父亲的人。

十

2016年4月，恕人应该研究生毕业，但他没有回来。他告诉母亲，暂不毕业回国，但从此他不要父母再资助一分钱。

同年10月，恕人女友考取罗马美术学院美术设计研究生预科班。从雨萌赴罗马开始，恕人突然勤奋了，创作了好几个系列油画，画面越来越明亮，越来越鲜艳，并像高考前那样，重新拿起钢笔，每天坚持画速写。这种明显的变化，一定是爱情的作用，只是某一天，恕人母亲知道，两个孩子为了赚到生活费和学费，竟每天凌晨两点多起床，自做大碗面和煎饼卖给同胞留学生。恕人母亲再次落泪，但她知道，没有我的许可，恕人不会接受母亲一文资助。后来又听说，恕人的画有人买了，两人还兼做代购，目前不用再卖大碗面了。有一天，恕人母亲笑着告诉我："你儿子的煎饼，已经在留学生中广受好评，他不做都不行，现在他不用卖了，但每天早晨还是要做三五个，背到学校送给因此相识的好友。"

今年3月1日，恕人和雨萌双双回国探亲。3月2日上午，在岳母的建议下，召开家庭会议，讨论恕人提出与雨萌领取结婚证一事。

恕人前几个理由都被我一一否决。最后，恕人红着眼睛对我说："爸爸，你从小告诉我，男人要有担当，男人要负责任。我和雨萌谈了这么多年，我们非常相爱，两年前我去河南，当面答应雨萌父母，不管遇到什么阻力，我和雨萌2018年之前一定要结婚。爸爸，我知道你对我不满意，对我还不放心，我请求您相信我一回……"

我沉默了一下，一字一顿地回答了恕人："婚姻不是儿戏，婚姻更不是一纸证书，婚姻是责任，是担当。"

恕人用坚定的目光看着我说："爸爸，我懂。"

看到恕人如此坚定，悬了几年的心放了下来。我说："好！我同意了。明天你们就去河南，如果雨萌父母也同意，你们这次可以登记领证。"

这时我看到恕人和雨萌眼里的泪水。"但是，"我对恕人说，"从登记结婚那天起，直到我闭眼那天，我决不允许你出现差错！"

恕人回答："那肯定，请爸爸放心！"

不知是不是天意，恕人和雨萌领证那天，正是我的生日。

在这天，我和儿子真像重获新生。然而我和恕人的故事，还远远没有结束。

至此，我可以负责任地对关心他、爱他的所有亲人说，恕人开始成为我的骄傲，不是他会画几张画，也不是他从北京走到了罗马，而是，虽然耗费了几年时光——这真是不小的代价！但他终究没有放弃自己的绘画初心，而且，懂得了一个男人的责任，还能够勇敢地承担起责任。

时光飞速向前，一个个好消息不断从罗马传来，一张张油画诞生了。虽然，通过雨萌的眼睛，我们仍然会看到恕人有散漫、贪玩、懒惰的毛病，仍然有因为我的不断要求而使他时有逃避的念头，但总体来说，恕人已经步入平凡而有意义的人生正轨。艺术征程曲折艰辛，能否成名成家，并不是我这个父亲的期望，但在做人方面，我希望正如他的名字，恕是将心比心，人是一撇一捺大写的人，要永远端端正正；希望他单纯善良的心永远是透明的、火热的；希望他现在和未来有一个健康的体魄，爱护好自己的眼睛，多记录美、多创造美。

非常感谢慢慢长大的儿子，感谢他一直在陪伴我成长，直到衰老，直到死亡；他的所有努力，他的动摇和他的反抗，其实是让一个尽职尽责的父亲，时时感到自己的存在，并看到自己的不足。我断定，在儿子还不具备言说父亲好坏的资格时，已经隐约意识到，在他的成长史上，有父亲长长的影子。

一个人活下去的理由或私语

　　一个人活下去有千万种理由，仅就生命而言，活着本身就是最好的理由。从社会层面讲，大到人类，小到蝼蚁，只要活着，必得付出艰辛的劳动，甚至残酷的代价。然而，也惟有这种付出的过程和经历命运之神的喜怒无常，才映照出活着的意义和生命的价值。

——题记

一

　　写下这个标题的前半段吓了自己一跳。我深知自己是一个搁笔过久的老青年，激情已过，既不擅长说理，又不够哲学，更何况我要写的人竟如此熟悉，熟悉得就像一对多年的夫妻，多看一眼都觉得多余。然而我又不得不写了，我似乎接到了上帝的指令，"一个人活下去的理由"也许有卖大之嫌，"或者私语"也许更让我容易接受。

这是写给朋友的，也是写给自己的。

正月初六，王培静再次坐到了我的对面。

他仍然没有穿军装，也没有穿我最羡慕的警服。与他有点女里女气的名字相比，他的身材显得高大，感谢山东的黑土、大葱和白薯，培静不但身材魁梧，头发也黑亮如初。

我下意识地捋了一下自己的头发，培静说：你的头发白了很多。我说，是呵，才两三年的光景，白发突然多了，也许我们真的老了。

培静就把脸转向窗外，外面是初春的第一场雪。几只家雀在挂雪的树枝上跳来跳去。有报道说，今年的冬天是二十年来第一个冷冬，因此预测整个地球变暖的假说将被修正。

桌上的瓜果谁也没有动，墙上到处是我儿子的写生和临摹。在儿子的成长道路上，我其实是个有点贪图虚荣的父亲，培静却很少提到儿子。我儿子13岁，他儿子17岁。

过去我和培静常聚。话题是散漫的，我不知道其他老友见面都聊些什么，也许会很时尚很有趣，但我和培静总会围绕儿子、老婆和工作展开。

都是些很沉重的话题，一点也不让人振奋，好在最后一个话题是写作。在小说人物和情节上结束聊天，让两个老文学青年感到一丝愉快，于是我们会去喝点酒。

我现在不怎么贪杯了，自从军校毕业后，我成了一名军官，尽管生活得并不见得如意，但酒却不怎么好了。

培静早些年是不喝酒的，一喝酒就脸红，一脸红就从黑脸大汉变成红脸大汉了。可我听说，近两年他常常喝多。好在，他喝多酒从来不要，也不疯，他会睡过去，很快地睡过去，身边再发生什么好像都与他无关了。他睡着了。

朋友眼里的王培静，首先是个士官，其次才是警察。

部队有一段时间管士官叫专业军士，还有更长一段时间叫志愿兵，但不管叫什么，23年的军龄像一本关于时光的大书，也够一些人阅读的。如此说来，培静真真正正是个老兵啦。

二

有很长一些日子我都弄不懂穿着警服的王培静倒底是军人还是警察。一个真正的军人，穿着警服干警察的活儿，在世界也许罕见。然而这才是具有中国特色的事情。后来搞明白了，也就理解了。原来，在20世纪80年代，随着改革开放，为了配合地方政府维护好社会治安，部队总部机关或驻京大单位相继成立派出所。由于地方警力不足，部队大院的派出所只能由公安分局委派一名所长，如果再派一两名干警那是个幸运，其他"警员"则由本单位"内定"。这是一个不怎么受人待见的工作，军官和新兵都不合适，较合适的当然是志愿兵这个群体。

1986年7月，正在山西大同某部煤矿挖煤的志愿兵王培静洗干净自己，背着发白的被子，提着几本破旧的文学名著，跳动着一颗激动异常的心北上京城。

20天后，培静换上一身警服在总部某大院派出所上班了。

培静真是天生一副警察的身板，警服一穿，简直威风凛凛，只可惜，很多人并不知道培静其实怀揣的是一颗艺术之心。

佛缘说，艺术之心多有不忍，不忍之心一多，有时就有点胆小了。

文学使我们结缘。认识培静的具体细节记不得了，反正我们都是一个老师的学生。在恩师王宗仁家，培静永远是最嘴笨的学生。

他不怎么会表达，一个事情说清楚好像很不容易。有时我怀疑，培静这个样子怎么会写小说？

宗仁老师之所以受人爱戴，就是他总是兴味盎然地听文学青年们胡扯，他不断鼓励培静：你说，你说。

培静这时就把眼睛望着别处，说，努力地说，颠三倒四，好像还是说不清楚。

可是不久，培静竟陆续发表了短小说《广培大卡》《乡情依旧》等作品。我偷偷吃了一惊，原来小说不是说出来的，而是写出来的。

1987年前后，正是我恋爱得死去活来的时候。想想吧，一个出生在草原上，早年写过几行诗，满脑子人间四月天的机关兵，一旦被爱情冲昏头脑，其决心和响动可想而知。

士兵在驻地谈恋爱是绝对被禁止的。

但我的恋爱是家乡的（我告诉朋友说是初恋），又自以为有许多动人之处（许多情节后来才知道是被自己想像、夸张、放大出来的），因此我的恋爱就有些有恃无恐。

好像有几位战友和老乡规劝过我，我沉浸在自己的恋爱中，振臂一呼：呵，不好使，全不好使，一切都是负数，让爱来得更猛烈些吧！

但爱情有时也需要一个掩人耳目的场所。我把目光盯在了大门口一间永远拉着窗帘的小屋上。

这是一间五六平米的小屋，是派出所片警的办公室。而这个片警恰好是王培静。

有一天我对培静说，我想借你的办公室用一下，我正在写一部较长的小说。

培静用他不怎么有神的眼睛看着我说，那是办公室，有时我们所长会来的。

我说，只用一两天。再说，写长一点儿的小说需要一个安静的场所，这你也有体会。

培静说，那你休息时来办公室写吧，我到外面转，不会影响你。

第二天我说，晚上能上让我女友住一下吗？住招待所时间太长了，怕别人有意见。

培静像个胆小的孩子，用哀怜的眼神看着我说，恐怕……恐怕……

"培静，我们是朋友，难道我们不是朋友吗？"让酒把眼睛弄得通红的我大声地对培静吼道。

女友于是暂住下来。在那间派出所的小屋，永远拉着淡绿色的窗帘。多么美好的夜晚，有星星，月亮也很好，还有微风，刮来一两句流行的歌声。

……

恋爱的事儿整整过去了15年，当年的女友早就成了儿子的母亲，但不知道为什么现在想起当年的情景，我竟有了些窘迫，难道自己活正经了不成？我暗里问自己。

其实比我更窘迫的还是我老婆。当她无意中看了这段文字后，面露愠色地说：真是无聊。然后扔下我的手稿走了出去。

我不能确定老婆此举除了窘迫外，还有什么，她内心的苦痛也许比我更重，但我越来越觉得，揭一揭自己的伤疤，还感觉到疼，说明我们还有知觉。

于是我又想起一件事儿。有一次孩子他妈走了，流着伤心的泪水。培静后来知道了，看着眼中充血的我，半天不说一句话。

然后说，你都是军官了，你不能这样儿。

然后又说，以后你别再喝酒了（其实我并非酒鬼，就是心烦的时候愿意喝两盅，一喝两盅俩眼就有点充血）。

最后说，你太要强，反成了阻碍你发展的障碍；你要活得好，但也得让别人有理由活下去……我还是去把她找回来吧。

在我的记忆中，这是培静表达得最明畅和最具哲学意味的一次。他走出去寻找我老婆的背影真像我的哥哥。

作为战友和朋友，培静从来不曾欠我什么，反倒是我们常常拖累他。虽然他帮朋友们的忙都是些生活上的小事儿，很难让人记住，但作为一个普通士兵，培静已是竭尽了全力。

三

王培静不喜欢"肩负着父母的希望，怀着远大的理想，告别美丽的家乡，走进了革命队伍"这样描写从军的文字。

这当然是最近几年的事儿。但要让他自己写一下自己23年的军旅生活，谁都不会怀疑，他一定会从一座大山写起，那是他生命的源头和梦的源头。

大山是走出来了，但另一条路如何走下去，或者一条路是怎样走过来的这类问题是另一种性格的人关心的事儿。培静不是这样的人，当兵的岁月，他只是想尽职尽责地干好每一天。然后留些精力构思他的小小说，依然是书写别人，惟独没有想到自己会被书写。

然而在我眼里，培静的从军理想并不寡淡：光荣与梦想。

光荣就是光荣，过去的光荣内容很丰富；梦想却在心中——文学、美丽、文明世界等等都存在于23年之中，像一口老井中的生满鲜苔的古石，在培静这个老兵心里，现实中的酸甜苦辣似乎不必总结，或者，永远不被总结。它一直深埋于井中。

井是培静的心，古老、深邃，尤其宁静。

也许就因为山外的生活就是从井开始的缘故，井不但成了培静的关键词，也遮蔽了他的整个精神世界。

培静当兵的前六年一直在山西某部煤矿，他是一名挖煤的兵。六年，整整六年，井下，下井，井……从新兵到老兵，到副班长，再到班长，培静日夜重复着一个词，井。

"这没什么，就像其他部队的兄弟不停地重复着枪，炮；枪，炮一样，这是我们的工作。"培静在叙述这六年艰苦的挖煤生活时就是这般平静。

"直到某一天，我看到一个战友被抬出井口，我看到了一个军人的真正死亡。"

培静继续说："那是一个夏天，牺牲的战友棉袄被解开了，灸热的阳光下，战友的胸膛蒸腾着热气。这是我们每一个人特别熟悉的热气，这才是我们那个部队的真实的生活。一个挖煤兵，冬夏一身棉衣，井下工作，无论是打眼、放炮、卸料还装车，棉衣里永远是汗水，棉衣外却是一层冰。"

"我至今还清楚地体会到手握电动钻井下打眼时，那种全身上下，五脏六腑的剧烈抖动，抖动，连心都在抖。"

但井外的世界是令人神往的，冬天是皑皑白雪，夏天是碧绿的远山，清清泉水。处处充满生机。

培静这时就习惯性地把目光望向远方，远方也许是另一个样子，未必美好，但一定是另一个样子。

我不想过多记述那段日子，它应该属于培静和其他更多有培静这样经历的挖煤兵。他们的军旅生活是特殊的，就像当年的山洞兵

（工程兵）、铁道兵和舟桥兵一样，他们付出了令人难以想象的劳动。我知道，一个军队的成长壮大，必得有无数种，无数人付出艰苦的努力。

更多的领导和战友转业退伍了，王培静却坚持着留下来，入了党，改选了志愿兵。

文学这个名词就是在这个时候被培静在并不确定的情况下反复试验的。

在日夜亮着一盏灯的锅炉房里，培静开始了大批量的写作。

日记、小说、散文、山东快书、三句半、新闻通讯……培静像一只忙秋的松鼠，把这些杂七杂八的与文学沾边的东西都捡到自己编织的筐里。

但被印成铅字是困难的。可怜的培静，除了像《林海雪原》这样的几部国产老名著外，这时还没有真正读过像样的文学作品，契诃夫、海明威、欧亨利、巴尔扎克、马尔克斯、卡夫卡、博尔赫斯等等洋老头，我的乖乖，一身煤黑的培静哪里听说过。

1987年，北京总部成立派出所，培静作为德才兼备的优秀志愿兵，被调往北京当"警察"。

告别山西大山的时候，已经长到一米八还多的培静成了一个真正的山东大汉。当发白的背包背到背上，战友们来送行时，这个汉子却怎么也控制不住自己的泪水。

十里山路，一步一回头，这让他魂牵梦绕的大山呵，从此再也走不出一个老兵的目光。

培静说，即使当兵离开故乡时，自己也没有那样伤心过，抱着像自己弟弟一样的战士，培静把他们的脊背拍了又拍：

"好好干，兄弟，等你当了班长，入了党，也要调走，那时你也到北京，班长到火车站去接你……"

四

北京在每个共和国公民心中都是最美好的城市。在像王培静这样的好兵心中，北京尤其神圣，而且不可侵犯。

原来，培静的入伍地就是北京。

在如今北京最繁华的电子一条街中关村，王培静和他几百名同乡渡过了一个军人最具意义的三个月新兵生活。

艰苦与美丽同在。谈起新兵连，不论是将军还是士兵，都会有许多生动有趣的故事。但我后来发现，更多人记住的是班长的体罚，艰苦的训练和互相争夺的小名小利；直到今天，还有人因新兵班长或排长（连长以上那时是绝对的大官，很难提到新兵的记事薄上）没能把他们分到一个理想的连队而耿耿于怀。

当然，我也强不到哪儿去，记得新兵结束没有如愿分到汽车连，我当场咧开大嘴痛哭，那情景后来有战友形容：就跟他干爹死了似的。

可是王培静却记住了最美好最动情最可人儿的事儿：女兵。表扬。

关于女兵，有培静这样的片段文字为证：

> 天还没亮，起床号就响了。操场在营房的南边……我们这批男兵共 200 人，都是一个县的老乡，还有 25 个女兵，都是北京兵。出操时女兵们跑在最后，队伍跑得稀拉一点儿的时候，首尾距离很近，所以女兵们永远跑不出我们的视线。训练时也是这样，虽然以班为单位，但练正

步、走方队时四个方向来回转，总有看到女兵的时候。平常里打水、打饭近距离碰上，我们总是发扬风格，让女兵优先，但是真走近了，倒一点儿也不敢看人家了，只是偷偷看一两眼。还有一次，晚上拉紧急集合。领导队前讲话，说今天去圆明园捉"特务"，先用车把女兵送过去藏起来，让我们过去促她们。路好长好长，跑到那儿，还要穿树林，过河沟。由于天黑路滑，很多战友还掉到水里。找到一个女兵，我们就欢呼一阵，有的女兵胆小，听到一点儿响动就尖叫着跑出来了。我有点替她们担心。经过努力，把女兵全捉出来了。她们又坐车走了，我们还得跑回来。可我心里非常高兴。

高兴什么呢？因为培静捉了一回女兵，说不定还真的就此拉过一个女兵的手，而且，这些娇弱的女兵，终于还是坐车回中关村了，培静担心累煞她们。

关于表扬，培静写道：

　　射击训练我老过不了关，瞄准、稳枪、扣板机，不是这不行，就是那不行。我的左眼睛瞄准时合不上，合右眼用左眼瞄就行，但班长不让，说你又不是左撇子，干吗闭右眼？没办法，只能用帽子把左眼遮起来瞄，为此老挨训，常觉得脸火辣辣的，又怕被遣送回家。因为自己左眼闭不上，平日里我比别的积极分子更积极地抢着扫地、扫院子、打饭、刷厕所、帮厨、出公差。星期五开班委会能得到班长的表扬，是最高兴的事儿。可那时又替没捞到表扬的战友难受。

难受什么呢？无非是觉得自己抢了战友的表扬。

新兵连结束了，同许多其他战友一样，培静并没有像班长承诺的那样让他留在北京。

他没有哭，也没有找班长问一问，只是默默地收拾好自己的行李，然后一声不响地帮助一个"去找班长谈谈"的战友打着背包。

离京的列车启动了，月台上到处都是送行的人，培静这时最想看到的人其实不是班长或排长，而是那25个女兵。在他眼里，新兵生活因她们存在而美好。女兵们个个都像天仙，如花似玉。一个具备作家之心的战士把一种美丽的种子播撒在自己初春的心田，这对培静日后的创作将大有裨益。

事实也是如此，在培静以后的小说中，尽管也会有灰色笔调描绘灰色人生，但总体风格是赞美和阳光。

在开往山西的列车上，培静被带队干部指定为临时班长。一些情绪波动很大的战友在培静的影响下，渐渐平静下来。

23年后，和培静当年一个井下挖煤的战友在北京某饭店设宴聚会，他们当中绝大多数是上校军衔，而培静的军衔是几道">"形的银色杠杠，它代表的士官级别，很多人竟说不清楚。

但这时的王培静已经先后发表小说、散文、报告文学百余万字。

培静的主要作品有：小说集《秋天记忆》《怎能不想你》《王培静微型小说选》；长篇纪实文学《在路上》。作品先后获各类文学奖。

培静1994年加入中国作家协会会；1998年加入中国散文学会会。

王培静被誉为士兵作家。

五

文学其实并不玄妙，但弄明白它实属不易。从 20 世纪 80 年代开始，中国文学是在不断学习、革命，再学习再革命中成长的。一个没受过任何专门教育的士兵成为作家，作为朋友，我真该举杯为培静庆贺，我知道耕耘的劳苦和汗水的滋味。

这些都不重要，重要的是在不知不觉中，一个从来不给自己立座右铭的人，竟在一条最蜿蜒曲折的小路上坚持着他的行走，摸爬滚打，几度沉浮，而且，20 多年痴心不改并斩获颇多。

公正地说，培静并非一流作家，但他在文学求索上的足印，像一盏盏地下宝藏里的地灯，足以照耀一些迷途者前方的路。

自命不凡又不思进取者大有人在。以我个人为例，坚忍成了我永远越不过的高山，在文学创作方面尤其如此。幸运的是我及时成为一名文学编辑，因此也找到了一条活下去的理由。

关于文学和培静的文学成就，我必须就此打住，它还远不到被总结的时候。关于 23 年这个概念，我也必须绕开。20 多年中发生在培静身上的事儿多得让人无法选择。

我想说的是，生活中的培静其实更为步履蹒跚。

在这个越来越物化，越来越金钱的社会，生活困难倒也不算什么了。

从山西调往北京那年，培静已经结婚。嫂子姓沈，山东人，家庭背景不详。

我不知道其他朋友是否知道培静的恋爱和婚事，但我和培静却从来没有交谈过。在我的印象里，嫂子是典型的军嫂形象，她读过书，为人直爽，快人快语。

据说，也爱文学，这可能最为重要。

培静的儿子出生不久，意外得了一场重病，嫂子抱着孩子来到了北京。

谁都能想象，一个士兵的妻子，抱着重病的孩子，千里迢迢来到北京看病，当时的情景不堪回首。

胆小而又木讷的培静不想给单位找麻烦，他在大院外租了一间民房，把母子俩安顿下来。

给孩子看病那段日子，我们几个文学爱好者常去培静家。孩子的病我们是关心的，但酒也是要喝的。

嫂子非常好客，手脚麻利，不但做菜烧饭，而且陪酒。

现在想想那时我们真不懂事，这样一贫如洗的夫妻，又有生病的儿子，那酒我们如何喝得下去，多亏那时年轻，把友情当酒来喝。

感谢上帝，一年后，培静儿子的病终于彻底好了。但嫂子并没有再回山东。

我至今不知道这个决定的最终原因，因为，一个志愿兵的工资，在北京是无论如何难以养家糊口的。但有一点可以肯定，嫂子很爱培静。

后来了解，培静是兄弟中的老大，父母都已 70 多岁，几个弟妹有的需要娶妻，有的正在求学，大哥培静成了一个大家庭的屋脊，他山一样的脊梁背负的不仅是重量，还有希望。

……现在我必须忽略这方面的细节，否则将会跌进所有描写当代军人家庭困境的尴尬窠（kē）臼，太多这样的报道让人心生郁闷。

几年后，我和当初的几个文学青年无一例外地成为军官。

再到培静那间租住的小屋，一切都没有变化，但他儿子长得肥胖，并在某小学借读。

嫂子依然热情，除了多了几分憔悴，脸上还多了另一种说不清楚的表情。这表情被嫂子类似的话加以丰富。

她说："你看，多好呀，你和天宝他们，都成了大军官，多好呀！然后说，你看我们家培静……"

这时的培静讪讪地笑着，连忙让座，沏茶，倒水，催促儿子到屋外空地去写作业……

再去，嫂子依然热情好客，偶尔留饭，席间必会说："多好呀，你看你们……"

培静就举起酒杯说："来，敬你一杯。看你们，多好呀，你看我，没本事……"说完干了，连忙再给我倒上。

我的心一阵绞痛。又一阵绞痛。我闭上了不停呱呱呱的嘴，突然变得十分小心，也变得客气。

我知道嫂子并没有丝毫抱怨或指责的意思，但我还是看到了培静的痛苦，尽管我知道他原本不是这样的，比如这样的客气，这样的讪笑。

在生活面前，在妻子儿子面前，他变了。原来井一样深的目光变得有几分茫然。

我和培静之间关系也变了，从平起平坐的朋友变成了一个军官和一个士兵。

再后来，我不再去看望培静，我们像互相遗忘了。

六

我调往另一个单位任职。

关于培静的消息偶尔从其他朋友处得知，无非是说，培静仍一心一意地当警察。抓小偷、赤手斗歹徒之类的事情发生了好几起，培静因此立功受奖。

在朋友们眼里，培静的胆子越来越像警察了，或许，培静的胆子从来未曾小过，只是在朋友看来，循规蹈矩的培静缺少一些怒从心头起、恶向胆边生的豪气。

我偶尔会在一些不太知名的报刊上看到培静的微型小说，当然会认真读读，多半都是弘扬主旋律，歌颂美好生活的故事，并不十分好，看过也就过了。

有一天突然听说，培静在一次扑火中受伤。认真打听一下情况，知道是培静租住地一家邻居家意外起火，居民先到培静家报了警，培静就第一个冲进火海，在十来个妇女老太的帮助下控制住了火势。

关键时刻他在火海中救起卧病在床的房主，当他把随时都可能被烧炸的煤气罐提到安全地带时，他的双手被煤气罐烫掉一层皮。

据说他一直裹着一个湿毯子扑火，但最后裤子烧烂了，连头发和眉毛都烧光了。居民们并不知道培静是个穿军装的"假警察"，居委会主任和几位大妈还跑到当地公安机关为培静请功。

一个士兵，干了17年警察的活儿，听起来像个故事。但这个故事在警察实施警衔制的时候画上了一个句号。

2000年，脱下警服的王培静突然显得那么不重要了。似乎这时他才意识到，自己还是一个士兵，而且是一个很老很老的兵了。

23年，当年的战友有的成了老板，有的成为团以上干部。一批批炊事员、司机和机关兵提干了，考学了，转成军工了。

整个机关大院都把他当成了真正的警察，可是，作为一名士兵，总得有人知道他是士兵吧？

这期间，一位职工局的领导偶然得知了培静的情况，很是关心。他认为像培静这样踏实工作、德才兼备的士官，是具备改转军工条件的。如果这样，不但保留了一个人才，培静老婆孩子就能落户北京，一个老兵的一切后顾之忧就迎刃而解。

培静的档案需要上报国家民政部。当报批的材料放到总部的某个会议桌时，一位首长询问：是大院派出所那个士官吗？得到肯定回答后，首长推开了材料，并没有在同意两字上画圈。

组织上找培静谈话了。他从军23年，现在是三级士官，按说士官还有四级五级，但领导说，机关没有这个四级五级的指标。

还是转业吧。领导说。

可培静没在家乡找到工作，更重要的是他儿子现在正在北京借读中学，如果回山东老家……孩子的学业和前途让每一个做父母都决心难下。

培静希望再干一年，但军人有条令条例限制。上级宣布：从下个月开始，停发王培静同志工资等一切经济待遇。

于是，培静的儿子于2000年6月从一所普通中学转到一个职业中专学校，为了尽快毕业，并能找到一份工作。

培静的妻子另外兼了一份职，每月能多挣一百多元。

培静突然病倒了。这像一个小说中的情节，但他的确病倒了，平生第一次住进了医院。谁都不会想到，身高马大的培静患有严重的肺病。

是那六年的煤屑起了作用。

从确诊的那一天开始，培静中断了坚持了23年的写日记习惯。

七

看来你准备放弃写作了？我问坐在沙发上的培静。

培静下意识地摇了摇头。

在这个正月初六的中午，窗外又飘起了零星的雪花，偶尔传来一两声爆竹的脆响，和孩子们愉快的笑声。北京禁放烟花爆竹的禁令老百姓常常置若罔闻。

说说那次爆炸吧。我对培静说。因为我听说，那次总部之所以没批准培静改转军工，是因为与一件爆炸案有关。

培静详细讲了那个案发的过程。与从前一样，培静仍然讲不好一个故事，尽管这个故事就发生在他身上，而且生命攸关。

那是1999年的初春的一天深夜。在派出所值班的培静突然接到某部分管兵员的领导打来的电话，他告诉培静，他在家刚刚接到一个电话，对方要求他爱人把某部财务室的钥匙和保险柜密码顺门缝递出来，如果报警，或者在一个小时内不递出来，他将立即引爆放在他家门口的炸药。

培静马上向派出所所长做了汇报。所长也很快赶到值班室。

这期间事主又连续三次打来电话，一次比一次焦急。事主说，他不能确定门口是否有炸药，他不敢开门查看。

时间一分一秒地过去，在自己的管片发生这样的事儿，培静非常着急。

这时事主又打电话说，恐吓电话说，凌晨一点前不送钥匙就引爆。

事主最后说："听声音，我觉得很像去年退伍的杨某某……"

杨某某当年希望改转士官，曾给事主送过烟酒，被拒绝后他把几瓶酒摔在事主楼下，并口出狂言……

离歹徒规定的时间还有二十分钟。派出所所长和培静必须尽快赶到事主家。

夜深人静。在确定楼下无人的情况下，二人决定上楼。楼道一片漆黑。

事主家在三楼。培静在前，所长在后。

培静说，那时他听到了自己的心跳声，整个楼道都是咚咚的声音。

手电照到了三楼301室，门口赫然安放着一个不大不小的纸箱。一根铁丝从纸箱里探出来，紧贴在防盗门上，这显然是用来接收摇控信号的天线。

室内没有任何动静。屋里屋外的空气紧张得令人窒息。

时间像凝固了。但所长和培静心里都清楚，请专业防爆警察已经没时间了，必须在凌晨一点前移开这个炸弹。

必须抱走它。培静心里这样说。但他的心抖了一下。

相互对峙了两分钟，所长说：抱走它。

所长的声音非常小，小得只能够让培静听见。在那一瞬间，培静竟不能确定这句话是所长说的，还是自己说的。

所长转身向楼下走，培静的心又抖了一下，随即跨前一步。

弯腰抱起纸箱时，培静分明听到自己的耳朵里发出像古筝弹拨出来的声音。

纸箱很沉。那根天线在培静的下颏上摇晃着。

所长提着手电筒快步走向一个广场。广场中心位置有一棵千年的枣树。每年秋天，大院的孩子们就来打枣。

培静和所长都熟悉这棵枣树。

但这棵枣树距离这幢楼足有三百米远。

培静深一脚浅一脚地走向枣树。

这个夜晚北京大雾，没有星光，所长的手电光离培静很远，显得非常微弱。

培静说，这段路显得非常远，远得超过了从军的 23 年……

培静说，我下意识地把纸箱举得离自己的心脏远一点……

培静说，我盼着早一步到那棵枣树下，所长的手电指向了枣树……

培静说，我告诉自己，我是警察，我不能怕……

培静说，当时的每一秒钟我都在等待轰得一声爆炸……

培静说，我浑身冰凉，汗水顺着脖子流，我骂自己是个胆小鬼……

培静说，后来我突然平静下来，我想，真要炸了，我一定会死，那我就成了烈士，这样，我老婆孩子的户口就能解决了……

培静说，真的，我当时就是这样想的……

听到这里，我眼里早已蓄满了泪水。我忍了又忍，还是没有忍住。

我真的百感交集。

爆炸终于没有发生。在确定了被宽胶带层层包裹的"炸药"是砖头和水泥后，所有人都呼了一口长气。

与此同时，增援的同志在大院一角拦住一个陌生人，经辨认，这个在深夜游荡的青年就是去年退伍回乡的杨某某。

杨某某被带往某部值班室接受询问，派出所所长让片警王培静负责，另派大院四名战士协助看管。

当培静把一些物证安放好回到值班室时，几个战士同时报告说，杨某某从厕所跳窗跑了，还遗落了一把匕首。

培静立刻带人分头追赶，但黑夜茫茫，哪里能找得到？

以后的培静到处查找线索，竟三天三夜也未曾合眼。

但一切努力都没有结果。

事故重大，片警王培静难逃监管不力的责任。

一周后，培静人瘦了一圈，满嘴血泡。

八

与朋友培静的又一次聚会快结束了，这又像我们的友谊失而复得。

我和培静有节制地喝了两杯酒。饭间他沉默着，好像说完了一切。

其实培静远没有我想像得那样悲观，他告诉我，战友和朋友都很关心他，他自己也正在用积极热忱的态度打算着今后的日子。

"与战斗在青藏线和边防海岛的兄弟们比，我们一直生活在天堂。"培静再次下意识地把目光投入远处。

一扯到文学这个话题，就预示着我们将说再见。令人欣慰的是，培静有了写一部长篇的设想，就取材于那六年的挖煤生活。

他说，人活着应该有理由。凤凰卫视主持人刘海若死而复生，当她能够用言语表达思想时，她说，睁开眼睛是妈妈，闭上眼睛还是妈妈，当看到妈妈和所有爱她的人那么希望自己活过来时，刘海若说："那我就撑下去吧！"

这次见面是认识培静以来，他说得最多的一次。我非常认真地聆听他的每一句话。我确信培静一如既往地爱他的军装，爱他的文学，爱他的妻儿和朋友，这是一种最普通人最普通的爱。作为一个老兵，培静的平凡和奉献是有目共睹的，但很多首长和战友忽略这种平凡和奉献的存在。

更重要的是，我们没有给像培静这样的老兵以发言和解释什么的机会。

　　我也一样，作为兄弟和战友，我对培静的关心和帮助太少了。

　　最后我对培静说：等你弟妹从老家回来，我们一家三口去看你。

　　培静非常憨厚地笑笑说：一定，我和你嫂子等着你们。

字　奠

　　2004 年春天，我在青岛海军某部代职。某天，一个同事在电话里告诉我，校对科的老吴去世了。

　　我大约愣怔了几秒钟才反应过来。我不过才离京月余，却得到这样一个让人伤感的坏消息。

　　老吴死后的几天里，他的样子每天都会显现。这也许就是惺惺相惜——太相熟识的人猝然离去，会让活着的人恍如做梦，这种不真实感会持续很长时间。

　　我和老吴在一起共事整整 10 年。老吴离世时只有 56 岁，他还不老，脑出血夺去了他的生命。

　　记不得第一次见到老吴时是什么样子了。我想反正差不多，老吴属于那种看不清楚年龄的人，十几年中变化不大，他中等身材，微胖，皮肤很黑，说话的声音有些尖厉，好像是刻意要从嗓子眼跳出一只哨子，是带着安徽口音的普通话。如果你仔细注意看他说话的口型，会发现他是个多么认真咬文嚼字和讲究发音的人，老吴的牙齿和舌头为了尽力说好普通话，常常被控制得有板有眼。

老吴是个非常较真的人，较真有时就是古板的意思。这可能与他干了大半辈子校对工作有关。要说编辑和校对是狼和狈的关系显然不妥，这好比打仗，编辑和校对是唇齿相依的盟军，只有齐心协力才能尽可能多地"剿灭"文字丛林中错别字这些"土匪"。当然，文学编辑与校对的侧重点不同，编辑有对原稿删改增减、建议发表与否的权力，而校对原则上只对编辑过的原稿负有消灭错别字、核准纪年时间、历史事件、典故、人名地名等责任。

我没研究过外文书籍的编校人员是如何署名的，但在当代中国，图书出版是相当规范的，每一部正规出版物都应该在版权页和封底，或勒口上这样表述：责任编辑：×××；责任校对：×××；封面设计：×××。

事实上，在与老吴同事的10年中，虽然不比一个编辑部或一个屋的同事那般密切，但由于编辑与校对这种特殊的关系，我的心里必须随时装着老吴。当一个把不准的字词在我眼前晃动时，老吴的面孔马上就出现了，这情景就好像这个字是一个细菌病毒，而老吴则是一个病毒杀手。于是我就顺手抄起电话，按下号码，电话那头多半会传来老吴有些尖厉的声音。我无须报名字，只管说那个"细菌"的样子就可以了，老吴更不废话，往往一针见血，张口就会在电话那头把错别字毙掉。

出版社在北京西什库没搬家时，我与老吴同一层楼办公，办公室就是斜对门。1996年出版社搬到白石桥后，校对科在三楼，编辑部在四楼。这时我才独立编稿子两年多，老吴不仅是我最可依赖的校对，更是我心中文字之神。不仅是我，我相信老编辑们也一样，只要老吴过目的稿子大家才有理由放心。虽然老吴责校的书稿决然到不了不错一字的程度，但事实证明，老吴校过的稿子，绝大多数是可放心的；如果老吴特别用心的书稿，单位抽检编校质量时，良好或优秀是有把握的。

可能老吴早就意识到了自己举足轻重的地位，工作中就格外珍视自己的名声，久而久之，难免也会弄出一两次推卸责任的事儿来。比如，明明是他没有校出的错误，他一定要挖空心思找出没有发现这个错误的理由，一旦让他找到你这个编辑也可能对此错沾点边儿，他会毫不客气地让你来分担一些责任。

10年来，老吴在我的编辑文稿上差不多是一言九鼎，只要是他认为对的字或词，我只管放心排录就是。可是，老吴却常常另外一个样子——倘若你当面请教他某个字词，他一边肯定地告诉你，一边说："不信你查词典看看。"

你当然得说："不要了，不要了，你说了就算。"他却越发坚定地说："别介，别介，你看了就放心了，防止以后……"老吴的意思是防止以后有错说不清。出版无小事，一旦白纸黑字印出来，有些责任还是要负的。说着他会顺手抄起手边的《新华词典》，啪啪啪，最多两三下就翻到了他要向你证实的页码，准确得近似精确，然后挑着右手的大拇指，从上往下，或从下往上流畅地滑动，一两秒之内，那个已经被他确定的字就被他一根粗手指摁住了。

这时你得凑近了仔细看一下，否则老吴断然不会放下手里的词典。其实，就在老吴麻利地翻开词典时，人们的注意力却转移到别的事情上去了。于是我心想，这个老吴也太较真儿，明明很确定的字，说就行了，干吗这样非得翻一遍词典给你看？每当这时，让我转移注意力和印象深刻的决不是那个我需要记住的字词，而是老吴手里这部最新版《新华词典》的破旧程度。软封皮早已不见，硬壳上的"新华词典"几个烫金字只隐约剩下几个字痕；厚厚的勒口毛绒绒的，多数页码向上卷起；为了便于查找，老吴习惯在词典勒口从上至下按顺序标出汉语拼音 ABCDE……但由于不时翻动，字迹早已模糊不清，这倒加倍弄破了纸边，整个词典勒口就黑糊糊一片，加上老吴爱用手蘸唾沫翻书，动作既不优雅，词典也没了文化味道。

某一年的某一天，我再次当面请教老吴一个词，老吴仍像往常一样，一边肯定地说这个词，一边拿起词典。此时那部烂词典已经彻底散架了，他刚翻一下，就有七八页纸飘落到地上。老吴骂了句什么，费力地从椅子上猫腰捡拾掉页。

老吴是微胖的人，这种体形的男人肚皮可能格外坚硬，要想猫腰捡个东西，看着实在费劲。我说："吴科长，是不是该换一本词典了？"老吴就说："早就该换了，那你给买本吧。属你的问题多，天天为你查词典，你今年奖金又不少吧？也该给我们买本词典了。"还没等我回答，老吴像突然想起什么，"对了，你请我们科吃个涮羊肉吧，上周为你那本书，我们连着三天加班。"我赶紧说："好好，一定请一定请。"说着赶紧趁机溜出校对科。

后来还真有机会请了老吴一顿涮羊肉，是个中午，老吴带着他手下三四个女孩子。高高兴兴地吃完，回来的路上老吴悄悄对我说："可别到处乱说请我们吃饭了，这跟工作没关系，纯属私人友谊。"我说："对对，真跟工作没关系，纯属私人关系。"

老吴节俭过日子是出了名的。他几乎没什么爱好，不请客，不喝酒，也不钓鱼。据说早几年喜欢搓几圈麻将。但老吴打牌很规矩，输赢都很高兴，向外拿钱的时候数得也很仔细，就像数辛苦得来的校对费一样一丝不苟。我也曾多次说要和他打一回麻将，却终于一次也没打过。后来不知出于什么原因，老吴停了手，现在我猜想，老吴喜欢搓几圈麻本意并不在输赢，而是兴趣，可惜近些年朋友圈搓麻，虽然也多为兴趣，但下注数额往往较大。搓麻肯定是有输有赢的，老吴虽说并不一定回回都输，即使输点儿也能搞点外校挣回来，可他节俭惯了，又有两个成长中的儿女，所以忍痛歇了手。

早几年官家出版大社，没有太大的经济压力，午休时同事们会凑成四人打双抠扑克，老吴也喜欢打，却因牌技太臭，没人愿意要他当对家。于是他常常在吃完中饭后，凑到别人牌局后面扒眼看热闹。如果这时其中一位突然有事儿需要离场，他会迅速在那个位置上坐下来。对家肯定是不希望他上的，他也知道这一点，就很小声讪讪地说："就打两把，一会儿某某来替我。"他说的某某此时就站在旁边，其实某某心里很清楚，老吴一旦上手是不会让人替的，所以常常装作没听见，一声不吭，弄得老吴这句话好像是说给自己听的。遇到比较懂事儿的主儿，就说，"好好，一会儿你累了我就上"，老吴就愉快地说："行，你等着别走，我打两把你就上。"结果一直打到下午上班的钟声敲响，老吴和对家输得一蹋糊涂。

知道了老吴的牌技，打扑克轮到老吴上手的时候越发少见，如果这时旁边还有一位扒眼的，对家宁肯选择哪怕是打牌也很臭的王望琳或尹长新，也不愿意让老吴上手。所幸老吴并不怎么在意，好像心甘情愿让别人上手似的站在背后继续扒眼看热闹。

这时的老吴，往往是一手剔着牙，一手习惯性地上下摸着自己的肚子。老吴微胖，可肚子并不显得特别大，谁知道他何时养成一个不停摸肚子的习惯，在我的印象里，老吴总是下意识地把一只手放到肚子上的。

看别人游戏其实挺折磨人的，何况常常作为看客。站累之后，老吴开始从一个人背后转到另一个人背后，直到把四家牌全看好了，然后等待结果。结果很快就出来了，不论哪家输了，老吴都会万分惋惜地说："真臭，真臭！"其实，对决人都清楚，这个时候的老吴是要离开牌场了，他说中午得睡一会儿，要不下午校稿时眼花。他不说头晕，而是说眼花。果然，当人们快抓完下一圈牌时，老吴就干咳着离开了。我很奇怪老吴，他为什么偏偏在这个时候吭吭地干咳？一边干咳着一边向外走，可是根本没有人在意老吴和老吴的干咳，同事们都一心一意地继续打牌。

要是上了手的老吴呢？只要把一手牌抓完，老吴注定会长吁一口气，像一块石头落了地，他非常庆幸终于让他上了一次手。这时的老吴就会在裤兜里掏出烟来，很大方的样子，又有几分讨好地一一分给大家。

其实出版社里吸烟的人并不多，也很少见老吴在吸烟人多的地方拿出烟来。当他很大方地让了一圈后，也许没人抽，他自己就点燃一支，吸进一口，然后又从容地把烟放进兜里。

老吴抽烟的历史不可考，平时也很少见他抽，更多的时候你几乎想不起老吴是个会吸烟的人；偶尔也会看见一两位同事抽烟时顺手递给老吴一支，这人多半是一个老同志，比如老编辑王侠（王侠可不是简单人物，他是单位唯一见过主席的人，由于年龄偏大，人也厚道，同事们都尊称他王大叔）。这时老吴什么也不说，笑眯眯地接过来，自己掏出打火机点上。当然，细心的人也许会从老吴掏打火机和熟练点烟的动作上看出来，老吴其实是个真会抽烟的人。

有两次我注意看了一下老吴的烟牌子，是红塔山。还有一次偶然听他对一个同事说："我有盒好烟，但忘带了。"同事就问："软中华？"老吴说："待会儿你就知道了。"听老吴的口气，抽完同事这支烟，就会去办公室把那盒好烟拿来。于是同事就说："去拿来抽一支。"老吴马上说："喔咔，还得跑趟三楼，你别着急，待会儿我就去拿。"此时他们在四楼，老吴的校对科在三楼。接下来大家就转移了话题。老吴和这个同事很快抽完一支烟，然后分手，各忙各的去了。

　　……已经是青岛的黄昏了，5月下旬的青岛还很凉，有海风从南海岸直吹过来。老吴的影子仍在我眼前晃动，让人有一种时空倒错的感觉。我怎么也不明白，我下到海军青岛部队代职才35天，但在这短短的35天中，我的同事老吴却弃世而去。他究竟以怎样一种心情告别这纷扰的世界！在尘世最后几分钟的清醒中他该想到什么？他留恋这个世界吗？他有遗憾吗？这些都不是我能够回答的。我想，我只是一个比他年轻一点儿的同事，我和他生前并不莫逆，也没有深交，而且，我们是截然相反的两种性格。对于并不轻易向人表达思想感情的老吴，即使是他至亲至近的人，恐怕也难说获得了老吴辞世前的真实感受。但我又想，都说人死后有两个去处，好人去天堂，坏人下地狱，那么老吴一定去了天堂。虽然我始终怀疑世人关于绝对好人与坏人的界定和标准，但我知道，人间还是有善恶之分的。老吴是个普通的校对，本性也很善良，他没有敌人，一生只把错别字、白字当成敌人，他的早逝，难道是因为"枪毙"了太多的错别字之故吗？

　　海军营区很安静，远处的楼群在轻纱一样的薄雾中若隐若现；在我单身宿舍前，是一个小小花园，花园门有一个装饰性很强的拱形小牌楼，拱顶是一个战士才俊用隶书体写的"翠微门"。我信步出来，一步步跨进翠微门，再拾级而上，小花园里所有的景物尽在眼前。

　　这个花园里的树木、花草大部分是野生的，不过是被历代驻守的官兵刻意保护下来。在花园四周，驳杂生长着高大茂盛的桐树、椴树和槐树；槐花刚刚凋谢不久，槐树的叶子生长得分外恣意。粉色、玫瑰红色的月季花在沉落的夕阳下一丛丛地拥挤在那里，正值花期旺季，注目细看，一团团、一簇簇十分晕眼；另一种招人眼目的花是野罂粟，有白色的、红色的、深红色的，还有黑色的，它们在微风中慢慢摇摆着，但无论什么颜色，野罂粟都透着一股轻浮的野妖之气。在花园一角，有一种叫不出名字的低矮灌木，小小碎碎的叶子，盛开着一层细细小小的白花，这种植物和白花像与世无争的闲散文人，平心静气地躲在一隅。不知为什么，看到这白色小花，我突然又想到老吴和老吴的亡故，心里不免蒙上一丝哀愁。人生苦短，阴阳两界，生活何故如此变化无常？！

再无兴致赏花，返身往回走，满脑子都在回忆老吴生前的事情，这时有一件事儿突然浮现出来。

大约是在1997年前后，正是我工作中不怎么顺心的日子。我责编了某青年诗人一部原创随笔。就在三校结束将出菲林的时候，顶头上司突然找我说，社领导通知他，立即从工厂撤回这部书稿重新审读。

我很惊讶，这是一部纯粹的文学随笔集，并无出版上的犯忌之处，而且经过严格的三审，这样突然被社领导召回，必有隐情。在我一再追问下，上司才说，可能是校对老吴向社领导特别提醒说，这部书稿中有不妥之处，文句中还出现了"阴茎"、"性交"等词汇。

我猛然想起来了，关于这几处细节，一校时，老吴曾半开玩笑地提示我删改，而我认为，在文学描写中，关涉到具体情节和细节描写，只要不太过分，有些字词是不好置换的，阴茎就是阴茎，你把他改成阳具它还是阴茎，总不能把阴茎改成其他更俗气的称谓吧？不想，我忽略了老吴是个异常较真的人，在三校时他发现我没有改动这几个词，于是直接向社领导做了反映。

彼时我正值血气方刚，顶头上司因为了解我的性情，于是竭力从中说解。他说，作为一个责任校对，老吴的提示是对的，倘若因几个不雅之词招来麻烦，是不划算的。

但是，此时我已经失去了理解力，一股怒火还是直冲脑顶。我一句话不说，从领导办公室直接来到三楼校对科。

校对科是一间套房，外屋大间坐着三四个女孩子，里间才是科长老吴。

见我如此气急败坏地冲进来，老吴显然猜到了原因。他表情复杂地咧着嘴，似笑非笑地希望我坐下说话。我却大声说："我为什么要坐！请问，书稿的事儿是你向某某提议重审的？"

老吴说："不是提议，只是顺便说了一句。"

我立即质问："你为什么不向我顺便说？"

老吴说："说了，我不是说过吗？可你忘了，一校时我向你提到过。"

我说："你是提到过，但你明确自己的观点了吗？那天你不是在开玩笑吗？"

我的声音很高，完全没有顾忌老吴是个科长，而且外间还有三四个女部属。

老吴这时费力地从椅子上站起来，把里间门虚掩上，然后尴尬地继续咧嘴笑着说：

"哎哎，发那么大火干吗，这有多大点事儿，我不过是顺便……"

"快请收回你的顺便！你完全可以向我顺便，向编辑部领导顺便，向副社长顺便，为什么越过这么多人直接向'一把手'顺便？！"

这时老吴脸开始变色，他说："你什么意思？"

我说："没什么意思，什么意思只有你知道，你什么意思？"

老吴说:"我没什么意思。更没有别的意思。"

我说:"你没什么意思是什么意思?"

老吴说:"你说什么意思?……那,你说什么意思就什么意思吧!"

绕了这么半天,我再也不想隐瞒自己的观点了,冷笑了一下说:

"是不是嫌科长的官小了,权力小了,想再提升一级?你一个师级干部,认真做事可以理解,但能这样做人吗?"

老吴显然没有防备我把此事上升到做人的高度。他拉下脸来,说:

"你什么意思,作为校对,我提个建议不可以吗?你说的做人是什么意思?我在领导面前说你什么啦?我使坏啦?我背后捅刀子啦……呵呵,真是的……"

我没再听老吴说完,就愤愤然地走出校对科。此时外屋已经空无一人,几位善解人意的女孩子不知何时躲出去了。

第二天上午,老吴敲开我的房门,笑嘻嘻地走进来。他一手摸着肚子,一手下意识地向前伸着说:

"真的,老弟,真的……我真不是有意的,也不是成心告你的状,那天正好领导谈起来出版无小事,特别是色情方面要慎重,我把不准那几个词能否发表,就顺便问了一嘴,我认为我有这个责任,我没像你想得那么多……"

我叹了口气,面对老吴如此诚挚的和解态度,我能说什么呢?反而觉得自己太过激烈,有些小题大做了。这时老吴又说:

"你看这样行不行,稿子返工造成的后果,我负责,要不,这本书的校对费就算了……"

现在,老吴那天一脸愧疚的样子就在眼前,就像躲在一隅的那朵白色小花儿，我突然很心酸。虽然这只是我和老吴在工作中唯一一次并不算太大的摩擦，但由于我的莽撞和老吴的突然辞世，竟成了我永远无法向他偿还的感情债。

老吴20世纪70年代调到出版社，是出版社名副其实的校对权威，也是我的前辈，与他相比，无论是工作业绩还是个人威望，我都望尘莫及。

现在想来，像我那样不知天高地厚、毫不顾及地对他大吼大叫，老吴做校对几十年也许是第一次遇到吧？

老吴从科长的位置退下来后，做事更为谨小慎微。

我深信老吴是个不会记仇的人，每次一部新书校稿一到，就习惯性地直冲到老吴面前，要求他亲自安排校对。这时老吴就面露难色。有一次悄悄对我说："老弟，我不是科长了，按程序，你得先把稿子给科长，由她来分配任务才对。"说着，老吴向外屋努努嘴，意思是新科长在外屋。

仔细回忆，老吴和我最后一次合作是在2004年年初的事情。这部书叫《十年去来：一个台湾文化人眼中的大陆》。这是中国台湾著名文化学者林谷芳先生专门践约为创作的，但想不到节外生枝，历时3年多，三易其稿的书却因故不能在本社出版。由于太喜欢这本书，也觉得付出太多心血，再者也无脸向作者退稿，就请朋友帮忙推荐到另一家出版社。

承蒙该社赏识，不但同意出版，还希望我继续做这本书的责任编辑。于是，我找到老吴，请他担任本书责任校对。老吴听说这是一本外版书，有些犹豫。我说："这是我帮朋友编的一本书，你就辛苦一下吧。"老吴最终接下书稿。一校返厂时，老吴对我说："真是本好书，写得不错。"我的心由衷地热了一下。我说谢谢。老吴愣了一下，他并不明白我谢谢的含意。其实，很多老编辑都很在乎老吴的阅读感受，老吴说好的书，一般是不会差的。

这本书的样书出来后，我送一本给老吴。两天后，老吴对我说："看了你写的副跋，才知道这原来是你约写的书，怎么给别人了？校对时我也没有看到你的副跋呀！幸好这篇跋没有大差错。"

我没再多说什么，事情过去了，伤心总是难免的。其实，老吴之所以没有在校稿中看到副跋，一是因为三校前我还在犹豫是否该写这篇东西，二是我刻意没请老吴来校这篇文字。林谷芳先生是土生土长的台湾人，著名音乐家、学人、禅者，我前几年策划责编、出版了他的有声读物《谛观有情——中国音乐里的人文世界》，从此建立私人情谊。由于当时"文化台独"在台湾岛愈演愈烈，我想请林先生以十几年四五十次往返大陆的学人视角来谈谈两岸关系。结果，林先生倾情两三年创作的这部著作，却因故不能出版。坦白说，这篇副跋里很有一点情绪上的波动，更有一些主观上的意见，我知道老吴是个认真的人，也很胆小，如果他片面理解了这本书的出版过程，也许会增加他的不安。

老吴最后问：

"为什么你没署责任编辑的名字？"

我说："可能是漏排了吧。"

老吴没再问什么，将信将疑地作罢了。此书出版一个多月后，老吴第一次提到了校对费的事儿。但那家出版社的责任编辑解释说，他们出版社有规定，校对费每年年底结一次。……没有办法，我只好自己掏腰包先垫付了这笔钱。当然，以后我也没有再向出版社提校对费的事，也没有告诉老吴这是我自己的钱。

同事在电话里告诉我，送别老吴那天，除了几位出差在外的人，出版社认识老吴的人几乎全去了。已经休息多年的老领导、老同事也来见老吴最后一面。

后来听说，送别老吴那天，王侠大叔因为在外地，他没能送老友最后一程，我悲戚的心又格外凉了一下。

是啊，如果我还能够猜度一下老吴的愿望，也许临终前最想见的人应该是老编辑王侠。

老吴最早是在一个非常偏远的南方当兵，修理无线电，但他爱看书，尤其爱看《解放军文艺》杂志，而且，每看完一期刊物，就把错别字挑出来寄给杂志社。这个专挑错字的兵后来被王侠编辑发现了，于是，在后人一直尊称大叔的王编辑力荐下，老吴调到了出版社。

我到出版社工作，正好和王侠大叔一个编辑室，那时我并不知道这层关系，只是觉得，校对老吴每次来屋闲坐时，都会坐在大叔对面，离得很近，他俩也没多少话说，不过每次都是老吴递给大叔一支烟，王侠大叔就把虎背熊腰向后靠一靠，向上提一提行军锅一样大的肚子，很舒服很自得地吸着烟。我想，关于老吴与烟的细节，可能就是那时记住的吧。

王侠大叔已经退休多年，因为感情难舍，却一直在编辑部当个返聘老人。与老吴相比，大叔除了年龄大很多，肚子也大很多。直到今天，我还没有机会与王侠大叔谈到老吴的死，但我想，已经70多岁的大叔肯定比我更心痛、更难过；对于没能最后送老吴一程，大叔一定认为是人生最大的遗憾。王侠大叔是一个最讲感情的人，因为少年从军，曾亲耳聆听过毛泽东同志讲话，从此视若神明。大叔对主席如此，对老吴也如此，对整个出版社也如此。

老吴的死是令人难过的，但我也并没想到自己会写一写老吴，但事情偏偏又出人意料地发生。2004年下部队代职我带了两部书稿，是想利用业余时间完成编辑任务，但在编辑过程中，常常遇到一些似是而非的字词，于是立即想到老吴，一想起在单位抄起电话问老吴时的种种情景，眼里竟蒙上一层泪水。

老吴不在了，他走了，去了另外的世界，我多希望老吴还活着，然后拿起听筒，他不需要问就知道是我，就是那个遇事不过脑子的青年编辑，然后说："应该是这个字，应该是那个字，不信你就查《新华词典》某某页……"

可是，在这个深山营区里，我甚至找不到一本《新华词典》……那一回，我哭了，眼泪大滴大滴地落在密密麻麻的稿纸上。

时间又过了五六年，其间我换了两次新词典，但再规范和权威的词典也没有一个老吴重要啊！

走好吧，老吴！苍天既然召走了你，谁也无能为力。但请你相信，我这个并不怎么出色的编辑，因为失去了你这位优秀的校对而难过，我常常不由自主地想：老吴不在了，以后编稿就要格外用心了。

老吴的全名叫吴汇，他一生与错别字战斗，执着又坚决，那我就把这篇粗文取名《字奠》，以对吴汇先生作永远的纪念。

缘于茶与乐的感动

一

编辑做久了，出版前言或导读性的文字就写过一些，这是一种另类的文字，没有太多的意义，不过帮助读者朋友大致了解一部书写了什么，或一个人都说了什么，浅尝辄止，不足以著文论道。然而关于这部《十年去来》，关于这部书的作者之一，台湾著名文化学人林谷芳先生，我却难抑静默，似有许多的情怀和故事纠结于心，似有一种气蕴盘桓左右，久久不能散尽。

上周日台海出版社的潇潇和《北京晚报》的孙小宁约我见面，具体商谈这部书的出版事宜。就在我赴约出门时，门卫交给我一个小小的包裹。这个仔细封扎的牛皮纸袋上有两行竖排字，两种字体，但都是一个意思。中文繁体字最为醒目，是由碳素黑墨水写成的"烦交侯健飞",没有落款,我认识是林谷芳先生的字;另外一行圆珠笔字写的是:"请田青同志转交侯健飞先生",落款署名乔建中。

这似乎是一种巧合,又像一种天意。其实,在接过包裹的同时,我已经知道这是一包茶叶。这包茶叶是台湾林谷芳先生托音乐研究所乔建中老师带来大陆的。大半年前,乔建中老师打电话告诉我,林先生托他带一盒茶叶给我。我答应很快去取,但由于事情太多,竟没顾上;后来乔老师又电话催了一次,我还是疏忽了此事。今年五月间,中国艺术研究院的田青教授告诉我,林先生带来的这盒茶已经转到他手里,乔老师知道我偶尔和田教授见面,希望我尽早喝上这盒茶。可惜此时北京"非典"肆虐,传说到处都在隔离,到处都是飞沫,对病毒和死亡的恐惧使我不能立即去取。然而就在上周五,原《华夏时报》的朋友刘华平突然告诉我,他在刚刚采访田青教授时,田教授托他把这盒茶带给我,华平同时与我相约,第二天晚上我们见面时把茶给我。

然而周六我因到郊外办事,当晚不能返城,这盒茶就被刘华平君寄放在门卫处。

当这盒茶辗转再、再而三地拿到我手里时,我羞愧难当。我知道,无论是对远在彼岸的林谷芳先生,还是德高望重的乔建中老师、田青教授,以及朋友刘华平君,我都犯下了不可原谅的轻慢之罪。在对这盒茶的理解上,我远非林先生、乔老师和田教授所理解;即使对小我多岁的刘华平君,我也自愧弗如!

二

与林谷芳先生结识的缘起就是这部书的访者孙小宁。

我转身北京文化圈，像小宁这样的媒界朋友不算多，但也不少，多半是各为工作的关系互动着，都是些文化和出版方面的事儿。

1997年年初某天，供职于某报的文化记者孙小宁打电话给我，说有一套台湾学者编著的有声出版物令她心动，她非常希望这套关乎中国音乐和中国音乐里的人文世界的经典能在大陆出版。

我不太懂西洋乐，由于出生于草原林莽地带，有个盲人倒常常横吹着竹笛在我童年的记忆中游走。后来有幸听到二胡、箫、筝或唢呐等器乐曲，胸中自有莫名的凄迷和感动。听说是民乐中的经典，不免轻易答应先听一听、看一看。

十几天后，这套恰巧包含着听与看的精美出版物《谛观有情——中国音乐里的人文世界》（两部专著和10张CD）放到我办公室。

这一听一看是容易的，但听完看完之后的动情和陶醉令自己惊异。自诩听中国胡笳而涕零的文人，我竟不知中国有如此丰富、全面、经典的乐曲。我也不知中国音乐经典音乐人生中有如此凄婉、壮丽、幽思和动人的故事。至于作者林谷芳那种清新雅致、亦文亦白、抑扬顿挫的文风和他胸怀若谷、超凡脱俗的人文情怀，更令一个文学编辑耳目一新。

感谢出版社的各级领导，他们接受了一个年轻编辑的感动并同样被感动了。在出版市场十分不景气的1998年，我们想方设法在大陆出版了这套投资一百多万元的《谛观有情》。客观地讲，这是海峡两岸文化交流和中国音乐界一件大事。1998年9月20日和21日，在北京音乐厅举行了两场《谛观有情》音乐会。专程由台湾赶来的林谷芳先生亲自上台主持；林石城、闵惠芬和余其伟等11位海峡两岸民乐大师同台献艺，闵惠芬一曲如泣如诉的《江河水》把音乐会推向了最高潮。

当然，当时我并不知道孙小宁是在众多有可能对此作品有意的出版社碰壁后才想到我的。事情到了今天，其实我更想说，作为一个国字头的媒体记者，而且还是一个如此年轻的记者，缘由她而使《谛观有情》得以出版，更多的中国传统文化从事者就应该欣慰，不论是在台湾还是在大陆，中国传统文化的血脉是有传承的，只是我们不必有太多的武断和误解，文化出版界如此，人与人之间也如此。

孙小宁在本书的前言中曾有《谛观有情》出版前后简短的介绍，也承蒙她夸奖，其实这并不怎么重要。我认为，在日后与林谷芳先生的合作和交往中，《谛观有情》不过是一种缘分的见证，也仅仅是人生世间真情的源头。到今天我引以为荣的是，在林谷芳先生身上，我确知了作为一名中国人，对中国音乐的感知似乎与生俱来。没有矫情，也不玄妙，这一切都是很自然的事情。后来林先生在谈到中国人与民乐的情结时说："如果说我有一种情绪的话，那是一种苍茫之情，我在中国历代文人的身上都看到这种情怀。也许说不上来是某一特殊的事件给予的影响，但我觉得，在一个人的生命中，自然、宇宙、人是结成一体的，而人的生命是非常短暂的，在人的生命中既有一种隐约的悲剧感，又觉得该利用这有限的时间做些有益的事情。"

正是这种"在人的生命中一种隐约的悲剧感"和"利用有限的时间做些有益事情"的话题，将我们的谈话引向两岸文化历史、现状和反观，这时我突然发现眼前这位春夏秋冬四季都一身唐装、出生在台湾、成长于台湾的文化学人竟在两岸解冻的十年间四五十次来大陆。在没有一分钱公款消费和资助的情况下，林谷芳的足迹几乎踏遍了中国大陆的山山水水。纳西古乐、蒙古族长调、山西民歌等等连专业研究人士都不肯深究的民间音乐，在林先生心中自有百陌千佰。也许正是基于对传统文化式微和经典难传的忧虑，我希望林先生以一个台湾文化学者的认知来做一次中国文化层面上的思考。想不到，林先生稍作谦让就应承下来。接下来的两年多时间，林先生开始着手这部书稿的专程采风和奠基。

孙小宁的加入看似改变了文本形式，实则是加强了文化反思的包容性、客观性和针对性。这种谈话的方式消解了两岸读者有可能就某种现象和观点的误读，使本书增加了两岸社会、文化互为参照的系数，一些较沉重的话题由此变得直观和自由。

三

作为一个编辑，除了导读和出版说明性文字之外，我历来不主张未经读者验证就在书前说三道四；特别是那种夸大其词和无中生有的广告性文字，尤其令人厌腻。

《十年去来》则不然，我非常希望做一个荐者，希望并非大众读者的知识分子都能听到一个人的声音。这是一个中国台湾文化学者的声音；他区别于南怀瑾先生式的中国传统文化声音，也区别于龙应台式的中国文化声音。

林谷芳先生是一个特殊的文人，也是几十年来在台湾地区唯一一个标举中国而不被批判的文化人。现实生活中，你不太可能听到林先生关于国家或民族如何的谈话，那会让恪尽责任的人觉得无趣。然而，读此书时，我会常常感到自己的中国心不够、人间情不够，为什么？它让我知道自己并不真正觉悟了中国的文化真谛，或者说，我们正在有意无意地丢弃传统。

1998 年 9 月，在北京青年宫，林谷芳先生做了一次小规模的民乐演讲，台下很多听众竟流下眼泪。同样的《二泉映月》、同样的《苏武牧羊》、同样的《胡笳十八拍》，为何在一身布衣的林先生的讲解下如此令人动情？这也许正是林谷芳标举的"中国是我的文化主体，也是所有中国人文化主体选择的原因之一"。其实，这部书的重要性就在于不谈政治，而谈中国，谈中国文化，因为，任何形式的政治都不能脱离主体文化的浸润。林先生说："文化主权有了，中国人的尊严就有了，两岸之间因应于现实主权而有的自我局限自然也就被映照出来了；而当两岸在这文化主权的拥有因同文同种的渊源而相互依持并骄傲时，彼此还怕不站在一起吗？！"

生为中国人，身为中国学者，要研究中国，林先生把自己首先定位在一个文化主体的传承者，一个文化的直接实践者，一个自觉实践者。当一个中国文化人把整个身心都融在其中时，他的一言一行都带有声情并茂的情境色彩。这样的人来吟《二泉映月》，来弹《胡笳十八拍》，来讲大漠孤烟、苍茫林海和千古离情，观众怎能不与传统同悲苦、共欢颜？林先生说：在西欧和南美，无论琴抚得如何好，外国人就是不能对应；即使在东方文化集成的印度和日本，传统的中国艺术也只有中国人自己有所体味，这就是所谓的民族根源。

应该说，书中也不泛批评之处，但由于林先生脚踏实地，他的心就与中国百姓的心贴得最近；因为爱所以爱，所以不忌、不惧、不卑、不亢。

四

前人有句："至音不合众听，故伯牙绝弦；至宝不同众好，故卞和泣玉。"林谷芳先生并非知音难觅。这位曾公开拒绝到李登辉

"总统府"演奏中国琵琶的音乐人，在台湾地区有众多的追随者。他的演讲和谈学一度成为台岛的文化热点；他倾其精力财力编著的《谛观有情——中国音乐里的人文世界》和《茶与乐的对话》等正在开创承传的历史文化思想精神，也创建了一种卓然不拔、矗立于风雨飘摇中的人生目的和精神。

对于这部书，我则更感觉是一次围炉而坐的心与心的印证。是一次兄弟般的谈话、交流，这种形式必随时光的消逝而定形定影。而如下书写的语言更透着殷殷之情：

> 一个文化之所以大，一个族群之所以能兴旺，前提就是不能遗世而独立，必得经由文化的碰撞融合，乃至血缘的基因交换，才能保证文化的活力及族群的兴旺。
>
> ——第六章《尊重先于融合》

> 回到文化，许多民族主义的矫情、论战与迷思才有超越的一天；回到文化，两岸的无谓对峙、拉扯才有弥平、融合的一天；回到文化，中国民族主义才会真正成为世界的正面力量。在这里，两岸都必须彻底观照到自己那深深的无明！
>
> ——第十章《超越藩篱》

> 两岸的交流不同于一般两地间的交流，更不同于不同文化体之间的交流，它有着同源的基础，更因历史因素有着长短互见的一面，但台湾地区是否能不以富骄人，大陆是否不以大视小，则是互相能否取长补短的关键。
>
> ——第十二章《资源互补或生态恶化》

谈到交流，其载体一个是人，一个是制度，而人尤其重要。是人在诠释历史，有了恢弘的历史观，人就大器，交流就不只看对方之短。然而，恢弘的历史观只有在对自己的境遇有深刻反省后才能产生，就此，面对中国历史前所未有的大悲剧，两岸似乎都还未能交出深刻的答卷。

——第十三章《是遗忘还是调适》

作为第一个看到书稿的人，我在灯下静静地读着书中每一行，每一句，说真的，我不想漏过任何一个字。并非什么不朽，我只为真诚感动，即使如此，我却怀疑：在中国大陆，到底有谁会读这部书？有谁会听到这书写的声音？作为荐者，我所希望的官员和知识分子，会在琳琅满目的书店中抽出这部书吗？

五

正是与佛无缘，庸人不免自扰。林谷芳先生到底是习禅之人，一切竟淡然处之。两年间数度往返两岸采风，几易其稿，说不尽的劳神耗资，然而有一天，出版却突生变故。我辗转反侧一夜未睡。如果说书稿质量不高也情有可原，可恰恰相反，都说是好稿……事已至此，人心伤透。但一个编辑如何向作者交代呢？

得到消息的林先生后来就传话过来说："从来没有那么严重的事情；一个观察者，正好常来大陆走一走、看一看，一个人说过的话，两个人对谈的话，不发表又何妨？"

话虽如此，我的老上级黄国荣先生还是热情地把书稿推荐到台海出版社。颇具慧眼的社长安然先生几乎立即拍板：认真出好此著。

在那一刻，我是分外高兴的。尽管《谛观有情》在我社出版后，我与林先生建立了深厚的个人情谊，但他的新著能在另一家大陆出版社出版，说明有更多的同人认识到了一个人的思想和一部著作的价值。作为一个普通编辑，我由衷地感谢林谷芳先生对我的信任和鼓励，尤其是他对我本人和出版社的理解、宽容。

最后我还要说到茶。结识林谷芳先生以来，几乎每年都能收到他托人带给我的茶。我知道，这是台湾最好的乌龙或铁观音。但我今天要告诉林先生，以前他捎给我的茶，全被我转赠给我另外一个朋友，是我大学时期的同学。他不仅是我最好的兄弟，而且会品茶。他说，我赠他的茶，是他品过的最好的茶之一，于是我有一种幸福的感觉，这难道不是林先生所希望的吗？！

但是，刚刚经由乔建中先生、田青教授和刘华平君转来的这盒高山乌龙茶，我决定自己留下来，等到林先生这部著作正式出版后，我会请几位相知的朋友一起坐下来，选林先生最钟爱的《流水》来听，然后沏一杯乌龙茶，让茶香四溢，思绪渐行渐远。

白雪的幸福

　　多年前，一个作家朋友写过我的一篇印象记，这篇三五千字的短文在一个半公开的刊物上发表了，我看了好多遍，每次都很感动，觉得这个朋友真是知心，他把我自己知道和不知道的优点都写出来了。说真的，如果不是看了这篇印象记，我竟不知道自己还有如此的德行。关于文学，关于恕道，关于侠义，关于善良，等等，于是我在内心把这个作家当成兄弟，我信任他，全身心地崇敬他。但是两三年后发生了一件事，让我开始审视人与人之间的"了解"和"关系"。

　　那时我在部队机关当干事，由于性格执拗，又写不好材料，还惹上了点似是而非的绯闻，人就弄得灰头土脸，前途一片黯淡。一位老师竭尽全力把我介绍到一家文艺出版社帮助工作，以便考察我是否可以胜任编辑工作。

　　为了能调到这个神圣的文学殿堂，我努力学习，积极策划选题。那时的图书市场刚刚起步，"策划"流行在全国，虽然还在"萌芽"状态，但已经有"金点子"之说，一个好的策划甚至能救活一个出版社。我的一个"金点子"终于得到了上司的肯定，领导们很兴奋，认为这个点子如果实现，将抢占未来多年的军事文学制高点。于是领导再三强调：绝对保守秘密——那时候的图书市场完全放开，它意味着金钱和荣誉。但我太兴奋了，几杯二锅头下去，半夜里给这位作家朋友打了电话，把打印在纸上的选题策划一字一句地念给他听——即使不喝酒，我也会如实告诉他，因为他是我们拟定的作者之一，又是我最好的朋友，我想得到他的肯定，并让他分享我的兴奋。

结果呢？可能大家都猜到了，一个月后，就在我们周密准备的组稿会前三天，西北某家出版社在北京召开了组稿会，我策划的丛书名字只被改动了两个字，十位作者一个不落地被一网打尽。我的朋友既是作者之一，也是策划人之一。为此，我只得深深低下头，接受领导一次次批评。"选题泄密事件"被单位当作一个警示材料宣讲，并且，推迟我的考察期，工作调动几成泡影。

绕了这么大一圈儿才说到白雪，我是有意这样做的。我的意思是说，对于印象记这样的文字，我已经不太相信了。不都是些溢美之词吗？如果不是以朋友的身份还好，像上面我讲到的那样，还有什么比朋友的背叛更让人悲伤的呢？——记得那件事儿发生后，我给作家朋友打了电话，就像某年春晚上蔡明的小品中那样，问"为什么呢？"其实，我知道我会得到一个令人满意的答案，不管这答案是真是假，这已经不重要了，重要的是我开始怀疑自己：我真的有朋友写得那么好吗？如果真的那么好，朋友也是这么认为的，那他为什么能这样做？后来我想明白了，出现这种情况，只有一种解释——我根本没有朋友写得那样好、那样完美。他之所以这样写，说明他知道我是一个多么肤浅而虚荣的人，他不过是迎合了一个爱听好话的人一种癖好；对一个哗众取宠、不值得尊重的人实施一点儿伤害有何不可呢？

作家铁凝也说："我对给他人写印象记一直持谨慎态度，我以为真正理解一个人是困难的，通过一篇短文便对一个人下结论则更显得滑稽。"铁凝的话更加坚定了我的看法。所以十几年没有给人写过印象记之类的文字。但是，某一天，我却突然想写一写白雪。

白雪不需要我多介绍了，我的战友，歌星。她不但歌儿唱得好，人长得也好看。2007年12月中旬，我接到白雪一个短信，说她几天后将有一个小型演唱会，想请我去听。我把短信看了两次，两次都很感动。

坦白说，我和白雪算不上朋友，出生在不同年代，虽然同是军人，又同在总部直属单位，但我们的工作性质不同，我在幕后，她在台前，她是明星，我是听众——即便从听众角度讲，我也不是一个好听众，对流行音乐我不懂。虽然在银屏上早就认识了白雪，但对她的歌儿，我只对一首什么"月亮带我回家"印象深一些。我们正式相识的机缘是在北京大学艺术学系专门为部队艺术人才开设的研究生学习班上——说到这儿，真要诚挚地感谢总部直属党委，是领导们的英明决策，让我们这些在文化积淀上先天不足的从艺人员能够坐在北大的课堂上。

两年，一百多个周末，真是眨眼之间就过去了。我就这样和白雪成了同学。据说，如今北大的校友录上有我们60人的名字，但我不太好意思说我上过北大，以后履历表上填上北京大学时，心里总有点发虚。上课时间太少了，如果说北大的学问是一艘万吨巨轮的话，我们只是在船头上站了一会儿，看了一下风景而已。

对知识的渴望和珍视学习的机会，这对白雪这样的"明星"同学来说，似乎是不多见的。不仅如此，在某些细节上，我们更可看到白雪心灵闪光的东西。开学不久，在《艺术心理学》课上，后面一个女生问老师："中国艺术的最高境界是玄赏，玄赏这个词多别扭呀！您能用形而下的语言告诉我们，什么是玄赏吗？"我禁不住回头看了一眼："哦，是白雪。"我很高兴她在此时向老师提出这个问题，因为，当时在9月，天气炎热，上课又是在下午2点左右，很多同学已经昏昏睡去。听到白雪既俏皮又真诚的发问，很多同学都从困倦中挣脱出来。以后也常常出现这样的情况，每当课堂气氛沉闷，老师和同学们就要相互失去信任的时候，总是白雪突然发言；有时，明显地，为了活跃气氛，调动情绪，白雪甚至在发言中耍一点儿"明星"的小手段，比如对她比较喜欢的老师来一两句没大没小的玩笑，撒一点小女生的娇嗔——课堂上于是响起愉快的笑声……现在回忆起类似的光景，我想，这正是白雪的最大的可爱处，如果说是美德也不过分，那就是，她有关爱和理解别人的胸怀。而这种关爱又是建立在尊重知识、有高远理想的基础上的。作为一个工作繁忙的在职军人，白雪知道，每周能来北大上一天课，这是多么难得的求知机会呀！当她看到有些同学要掉队，她就勇敢地站出来，既为台上的老师解围，也为一个团队的整体进步尽力。从这个意义上说，白雪应该是一个最有团队精神的人，她不忍心任何一个兄弟姐妹白白浪费时间。

由衷地赞美别人，没有妒忌心，带着一种学习的诚意，虚心向他人请教是白雪的另一个特点。真心而非虚情假意地赞美别人，如今已经成了最值得珍惜的礼物了。我和白雪既非朋友，因此不敢妄言百分百正确，以上诸如"美德"、"没有妒忌心"和"虚心"等褒义词，我更愿意让白雪自己来体认。作家汪曾祺先生说过，评价一个人时，要记住一个情景：一棵树的影子有时比树本身还清楚。评价是一面镜子，而且多少是凸透镜，被评人的面貌是被放大了的。评价应当帮助这个人认识自己，把他还不很明确的东西说明确了。当然，明确也意味着局限，一个人明确了一些东西，就必须在此基础上，去寻找自己还不明确的东西、模糊的东西，这就是开拓。评价的作用就是不断推动这个人去探索、去追求。我认为，对像白雪这样的从事艺术创作的人来说，特别是她还很年轻的这个时候，客观的评价是不可或缺的。其实，这也是我从"选题泄密事件"中慢慢悟出来的一点道理——我现在一点怨恨那位朋友的意思也没有，反而越来越想达到他"印象记"中的目标，哪怕一生都很难达到，但我却有了目标。

白雪第一次和我说话，是从她赞美我笔记开始的。由此我知道白雪其实是一个用心观察生活的人，这一点对艺术家来说非常重要。上学一年后，白雪已经观察到我这个同学，可能是学习比较较真的一个。事实的确如此，像白雪一样，北大两年，每一堂课我都不想落下，老师的每一句话我都想记下来，而且，相比白雪来说，我年纪已经很大了，于是我有时就带着上中学的儿子一起来——我想让孩子提前感受大学的氛围……也许正是基于此，白雪在一次缺课后，在我后面叫道："小侯同学，能借一下你的笔记吗？"

"小侯同学——"这种称呼又可看出白雪体察人物内心活动的能力，她似乎知道，一个头发已经花白的"同学"，又常常溜边听课，从不主动和人讲话，一定是有些自卑、封闭的人。如果称这样的人为"老侯同学"是不妥的，以此看出，白雪又是个内心纯善的人，纯善就是不忍之心，哪怕无意中伤害了别人，她也不愿意。

我把笔记借给白雪。还我笔记本时，她有些夸张地赞美了我的笔记。尽管知道这是出于礼貌，但我心里还是很舒服的，有了想进一步了解她的愿望。后来我就以儿子的名义要她几首歌儿。

第二天，白雪给我带来了她的精装 CD，既随意又郑重地赠给我。那是我第一次系统听白雪的歌儿。于是我家常常有白雪的歌声，家人都喜欢她《久别的人》《错位》和《千古绝唱》等，但我还是喜欢那首《月亮》。从这首歌里，我隐隐听到一种别样的忧伤，尽管有很多人把《久别的人》《错位》和《千古绝唱》当成白雪忧伤的倾诉。

在北大上学期间，白雪给我的另一印象是喜欢掏钱请人吃饭。我不知道明星是不是都这样，也不知道对白雪这种印象是否准确，但事实上有一天中午，我和一位同学到一个餐馆，发现白雪已经和五六个同学围桌坐在那里。我俩想退出去，她却立即"命令"我们坐过来，那种"今天我买单"的架势，让我们无话可说，就乖乖坐下等着吃了。其实和我一同到餐馆的人，都属于轻易不吃人家饭的"酸腐文人"，但奇怪的是，在白雪这种"气势"下，我俩都服从了命令，再借用蔡明的"为什么呢？"我想，就一个"真诚"。不管别人怎么想，白雪真想请别人吃饭，在她的内心可能想：我比同学们挣得多，就应该我掏钱！这是多么可爱的真诚啊，又是多么纯粹的真诚啊！如果你此时用"显摆"或"招摇"这种想法来对应白雪的"气势"，我不知道别人怎么想，但我会觉得可耻。

很显然，白雪是有几分"侠骨"的女人。作家梅娘先生生前在给我的一封信中，称我也是"有侠文化素质"的人，我认为这是非常高的评价了。梅娘说："中国儒、释、道之外，为民间广为推崇的是侠文化。因为这些人不是学而优则仕的儒，不是刻意追求清净无为的道，更不是六根清净的佛。侠是处于不公平地位中的广大弱者的希望所在，是重承诺、重知己，是中庸性格的对立面，具有强烈的民间精神和草莽气概。"梅娘是真正了解我的长辈，但我更愿意有机会真正了解白雪。正是在不太了解的时候，我更想提前把这种

"侠文化"的见解与白雪共勉，因为，梅娘先生在长信的最后，在肯定了我的"侠义"之后，其实也在提醒我"单纯得近于草莽"。在中国文化里，侠义是最容易受到伤害的一种文化，这是有历史教训的。

我一点也不了解白雪的朋友圈儿，但我却信任自己的眼睛：白雪拥有很珍贵的一种情感，那就是对朋友的关怀和真诚。更为庆幸的是，白雪得到了回报。以我所见，白雪得到同性朋友的回报，可能更胜于异性朋友。两年同学，虽然白雪课余时间总是被前呼后拥着，但我印象最深的，几乎形影不离的几位都是女性，而且年龄都比白雪大，都是有些侠气的女人。如果要我说真话，我认为，人间万事，毫发常重泰山轻。在当今世况下，女人之间的情谊比男人之间可靠得多。

以此为证，在离开北大一年多之后，在白雪新歌专辑发布前的个人演唱会上，她仍然没有忘记北大的老师和同学，这更可说明白雪对知识的渴望和尊重。某年12月12日晚，我们前往北京星光现场，参加白雪同学《每一次幸福》个人演唱会。

音乐会持续了近两个小时。白雪始终被包围在鲜花和掌声中。与刚出道时的白雪相比，那天白雪的风格明显多了几分淡定、从容和自然抒情；亦真亦幻的灯光下，已经是妈妈的白雪一曲接一曲地唱着，迷人极了。那天晚上，白雪得到的鲜花，我想得用几卡车才拉得走，有那么多歌迷喜欢她的新歌，让坐在台下的亲人、首长、老师、同事、战友和同学们像白雪一样幸福。那天，我是带着妻子和朋友柳青夫妇一起去的，原计划柳青的洋丈夫卢堡先生上去献花，结果中途他"退缩"了，只好让我妻子上了台。后来我问卢堡先生为何中途变卦时，柳青悄悄对我们说："他说白雪太漂亮了，怯场了！"我们都笑起来，我想，这卢堡还是洋人吗？

音乐会之后第二天，我才有机会仔细品读白雪在CD菲林上的感言。这些文字写得很美，一看就知道是白雪的文字，而且是下了功夫的。白雪从音乐本身、从人母人妻各方面谈到每一次幸福的感受，像在台上歌唱一样，白雪忘情地抒发着被爱的幸福，然而读着读着，我的心却慢慢变得沉静下来。也就是从这一刻，我想写写白雪，写什么呢？很显然，我不会写她的歌儿和流行音乐，这些恰恰是我不懂的东西，写她的经历和情感吗？我几乎一无所知，那我为何萌生了"写写白雪"的念头呢？左思右想，恐怕还是白雪身上某种特质以及她的"幸福感受"引发了我的思考，尽管这种特质和感受是朦朦胧胧的，但我已经捕捉到了蛛丝马迹。于是我想到了自己年轻时在艺术追求和为人处世上走过的弯路，也想到了每次在人生路口，总有一个兄弟般的朋友不顾一切地拉起我，更想到，每每在生活中"顿悟"出一些东西后的巨大欣喜……

行笔至此，首先，我想用几个词来概括白雪的特质：上进，真实，知恩，善良，重情，真爱。这恰恰是白雪每一次幸福的基石。我以为，除了美丽的外表和艺术成就不说，这应该是白雪一生的财富了。其次，作为长白雪几岁的同学，看了她新歌 CD 上的感言，我感到白雪的幸福观还是感性了一些，虽然已经是个漂亮妈妈，但还像一个被情感小说"毒害"过深的文学青年。如果，在以后的漫长人生当中，白雪能从被爱的幸福转变到爱的终极感受，在一旦面对事业挫折和情感困扰的时候，她会变得更坚强、从容和豁达。我的意思是说：人生充满险滩，艺术道路异常曲折，能感知别人的爱，感知艺术之美，是一种幸福，但这种幸福并不容易获得，也不牢靠；能感知自己以向善之心爱别人，哪怕爱那些不值得爱的人，并有毅力不断汲取中国传统文化的养分，毕生追求艺术之美，这是一种更大的幸福，而且长久。

不知白雪同学可否认同我的看法。

我和干妈梅娘先生

一

　　坐在这里，天在不知不觉中又黑了。这里不是草原，当然也就不是故乡。在我的老家塞罕坝草原，今年的春天又是一个苦春，许多牛羊冻饿致死；而都市的黄昏却充满焦躁和欲望，停滞或流动的灯火，让春天在郊外徘徊良久。三四月份，是北方忧伤的前夜。

　　雷声来到了城市，没有雨，但沙尘暴再一次袭击了中国北方这座重城。

　　2001 年 4 月 23 日，是干妈梅娘先生再次启程赴加的日子。那天我依然没去送她，她不用，我当然不好坚持，她怕我利用工作时间做私事，影响我的前途；她也怕用我的方便车让人说闲话，其实，一个快 40 岁的人了，还有什么前途？有方便车不坐，宁可打的去机场，这正是干妈一惯的作风，因为我是个听话的义子，所以我从来不坚持己见。一个月过去了，梅娘先生没有任何消息，想必她早已经在温哥华安顿下来了吧。

记得第一次给远在海外的干妈写信，我也曾提到北方的沙尘暴。那大约是三年前的冬天吧，我没有详谈那次沙尘暴肆虐的程度，但在心里，我多想告诉梅娘先生，那个冬天，我和所有关心她健康的人，都很高兴她离开了这个飞沙蔽日的城市。

北京的冬天太冷了，到处都是施工的瓦砾和游荡的尘埃，而梅娘先生又是一个被苦难的岁月折磨得身心憔悴的老人，尽管她从来不承认老了，也不承认自己的一生是苦难的一生，但剧烈的咳嗽在冬日里让人心焦。好在，梅娘先生的血液里有超乎寻常的免疫细胞，它能有效地杀死命运的毒素和舛错。感谢上帝，80多岁的梅娘先生的思想和激情仍然年轻。

我常想，在遥远的大洋彼岸，蓝天碧海，微风荡漾，海鸟啁啾，还有柳青姐的悉心照料，这对梅娘先生饱经摧残的身心一定会有裨益；当然，我同样知道，梅娘先生在海外过得并不愉快，日复一日，她有太多的精神羁绊，民族认同感和家的牵挂差不多跟随她走过整整一个世纪。

什么是认同感？水乳交融和息息相关也许不准确，但好理解。民族的认同感，这是我说的，它当然重要，可梅娘先生从不这样说。她说，重要的是不论你在哪里，不论你活得多老，只要还没老成老糊涂，你就应该知道你是谁，你的家在哪里，这就是血脉。

没必要豪言壮语，回家的感觉，一句平平常常的话让所有背井离乡的人流下眼泪。

安徒生说过，丹麦是他出生的地方，只有那里才是故乡。我从来没听梅娘先生谈到过祖国如何如何，也没有见她写过什么声嘶力竭的"爱国主义"篇章，但从16岁发表作品开始，梅娘的每一篇文章中都浸染着对祖国、对故乡、对亲情的眷恋和爱意。梅娘先生曾留学日本，也到过中国台湾，风华正茂的她拒绝一切丰厚的报酬和舒适的生活，毅然回到刚刚成立的新中国。

然而，1957年，那个让太多的中国知识分子都特别记得的年份，毫不例外地使梅娘先生的身心烙刻下血迹斑斑的印迹；直到今天，我还特别记得这样一则消息：

……当张爱玲声名日隆，不断成为"热点"人物时，当年与之齐名的梅娘已在文坛上销声匿迹了整整40年，直至近年才在"寻找梅娘"的呼声中获得了一份迟到的关注。梅娘，原名孙嘉瑞，1920年出生于长春一个巨富之家，她是背负着鲁迅笔下的子君的灵魂离家的。梅娘作品中塑造的大都是受过"五四"思想熏陶的知识妇女，当最初的激情如潮水般退却后，她们便感到了幻灭的痛苦。这样的"典型人物"在她的水族系列小说《蚌》《鱼》《蟹》中得到了充分的表现。作品中寄托着作者对女性，尤其是封建大家庭青年女子的期望；摆脱企图借婚姻达到自由的幻想，用自己的双手开创新的自食其力的人生道路。

1957年，梅娘被错划为右派。她曾被迫劳改、失去亲人、为人做保姆、从事繁重的体力劳动……她以中国知识女性特有的柔韧与坚强度过了几十年困苦的生活。这位曾历经童年丧母、少年丧父、青年丧偶、中年丧女丧子五大悲剧的女性，顽强地粉碎了命运一次又一次的打击。在风雨过后的晚年，梅娘于字里行间依旧保留着对生命对自然的感悟，于心灵深处特守着某种已融入血液与灵魂的意绪，在友情与理智的深沉思考中释放心灵的重压，保持生命的质量。

这是一则让人不忍卒读的文化短讯。也是这则消息让我初步认识了梅娘先生。但消息中的"1920年出生"有误，梅娘先生实际是1916年出生。

加缪说，诞生到一个荒谬的世界上来的人，唯一真正的职责是活下去，是认识到自己的生命、自己的反抗、自己的自由……

于是，我想到不幸的母亲，她与梅娘先生同庚，就因为她是草原大烟（鸦片）主的女儿，因此受尽磨难。属于母亲那一代苦命的女人差不多都去世了，而梅娘先生居然还活着，我有些诧然了：如果说人类困境的唯一出路在于死亡，那么像梅娘先生这样有幸活着的人，就是行走在一条非常错误的道路上了。但我不信，我宁可相信正确的路径是通向生命、通向阳光的那一条。也许因为我是另一代人，我还年轻，磨难和死亡对我都很陌生，我想寻求生命的意义，我想寻求活着的答案，于是我非常郑重地对自己说：一定要找到梅娘先生。

二

我找到了梅娘先生，像所有想找到梅娘先生的热心读者一样，虽然我们近在咫尺，却差不多从天涯找起。从沈阳到长春，再回到北京，说不上太多的周折和辛苦，但有了近半年的寻找经历，见梅娘先生一面成了那几日我异常忐忑的头等大事。

必须坦诚地说，开始这种寻找梅娘的迫切心情，多半是取决于我的职业习惯，我是一家文艺出版社的编辑，我想，像梅娘先生这样著名而富有传奇色彩的作家，如果写一部传记，那肯定是一部最畅销的书。

我不太记得第一次见梅娘先生时都说了什么，但我却记得当时既兴奋又紧张的情景。之前我选读了她部分作品，也准备了一大堆套话——主要是为了能拿到她传记的出版权。然而，一见到梅娘先生，所有准备对付一个耄耋老人的话，只有在肚子里悄悄地消化了——她灵动的思维和特有的青春气质很难让人与80多年岁月挂起钩来。

北京白石桥通往颐和园的那条路的东侧，是中国农业电影制片厂家属院，梅娘先生独居在一幢灰色的居民楼，三单元十分破旧的门洞低矮狭促。三层正中的门上，钉有一个自制的简易收信袋。信袋是用一种叫"忘不了"的营养液的硬质包装做成的。后来梅娘先生告诉我，这个信袋是一个同事给做的，已经很多年了，一直用着。

门铃响了几十秒钟，门徐徐打开，一个看起来并不老的老人向我微笑着说了一个字："请！"然后转身先走进屋去。

这仅仅是一大一小两间小屋。乍一进来，觉得十分昏暗。老人对我说声对不起，随手拉亮了客厅的灯。明亮起来的房间虽然窄小，但整洁、干净；两个书柜，一个书桌，一台电视，一张沙发。

最让我注目的是，在书桌的一角，一个小小的花瓶中，一枝叫不上名字的红色鲜花正灿灿地开放；书桌的正中，一盏黑座白罩的台灯造型别致，朴素而漂亮。

梅娘先生有一头浓密花白的短发，那天她轻施淡妆，穿着一件重色毛衣，一串红木项链与毛衣的颜色款式搭配协调；一袭宽松的大外套随意地敞着扣子。

我落座后，梅娘先生也在我对面坐下，顺手推过来一杯温白水。

第一次见面，我们大约谈了一个小时。话题好像从文学上开始的，好像也是从文学上结束的。梅娘那天明确地告诉我：她从来没想过出什么传记。先生说："如果说文学还是我生命中的一部分，那我自己应该是惭愧的，因为，我并没有写出值得称道的作品。"

最后梅娘先生对我说：能认识像你这样热情敬业的年轻人，我很高兴，以后希望你常来坐坐。我的心一阵发热。

告辞时，先生送我一部刚刚出版的《梅娘小说散文集》，在扉页上，黑亮的碳素墨水写着：

"小侯，很高兴我们一见如故。"

字体娟秀古朴，有一种久远的宁静和新鲜的墨香。

在当天的日记中，我记录了梅娘先生给我的第一印象：目光如电，谈吐高雅，思维敏捷；了解天下所有发生的大事；在某一话题上坚持自己的看法，在某些方面，不妥协得有点固执；决不悲天悯人，更不愤世嫉俗。最重要的是，热爱生命，喜欢正直热心的年轻人。

一个月以后，春节到了。我不知为什么突然想到孤身一人的梅娘先生，也想到了那枝灿灿开放的鲜花。

第二天，我到花卉市场买了一盆万年青，这是一种南方热带植物，黑绿阔大的叶片，微微散出一股春天的气息。我很想知道这种植物开花的颜色，然而卖花人告诉我，这种植物不开花。犹豫片刻，我还是付了款。

绿植送到梅娘先生的小屋里，她非常开心地笑了。当我试着想告诉她这种植物如何护养时，梅娘先生却用慈爱的目光制止了我。后来我为当时的叮嘱好笑，先生其实早已经是半个植物学家，我却把她当成像我母亲那样的草原老太太了。

送我出门的时候，梅娘先生非常自然地把手搭在我的肩上。这次见面，我的心和一个饱经沧桑的母亲的心已经贴得很近了。

此后我成了梅娘先生家的常客。很奇怪的是，想请她写传记的念头开始让我自责。我怀疑自己是不是太功利了，工作与情感哪个应该排在第一位？每次来聊天，我变成了一个听妈妈讲过去生活故事的孩子。

梅娘先生的人生境遇是不堪回首的，我希望听到她从前的故事。但她从不讲苦难，即使在别人听起来是苦难的事情，她也讲得很轻松，这让我迷惑。

有一天，梅娘先生对我说，所谓的苦难，那是一个时代造成的。时代对每个人都是公平的，人要活着，本身就得付出代价。我若有所悟。

翌年的五六月间，那株万年青在梅娘先生的精心护养下，忽然在某一天生出一枝花蕾，不久，一朵纯白淡黄相间的形似百合的鲜花开放了。

又来到梅娘先生家，她正在浇花，见我进来，先生高兴地说："看，多像百合！"我说，是啊，多像百合。我没说卖花人关于万年青不开花的说法，然后我们像久别的母子那样相视着笑起来。

万年青的花期很长。直到入冬，它仍润润地开着，阔大的叶子仍旧水灵灵的，反射着一层油亮的光。整个冬天，梅娘先生的屋里都弥漫着淡淡的花香。

三

忽一天，梅娘先生打电话给我，说她在加拿大的唯一的女儿柳青回来了，问我要不要见见她。

晚上，我见到了有些雍容华贵的柳青，她五十多岁，洒脱漂亮，热情好客。必是梅娘先生之前多次谈到过我，柳青对我并没有陌生感。

我和柳青的聊天是随意的。其间柳青问我，听说你很早就没了父母？我说是。我母亲去世得很早，我父亲晚一些。妈妈说你是个非常传统的年轻人，非常有孝心。柳青说。也许是因为我没有父母的缘故吧！但我没那么好。我说。这时柳青说，我这次回来感到妈妈有了一种变化，一生自强不息、平时连自己亲生女儿都不指望的她居然有了想认个干儿子的想法。我远在国外，妈妈又不肯长期在海外住下去，我不知道是妈妈终于觉得自己老了呢，还是因为我做得不好才想到了我早逝的弟弟，如果那个弟弟活着，现在也该四十多岁了。

然后我们各自沉默了一会儿。后来我说，如果，如果我能成为梅娘先生的义子，那将是我的荣幸。

五天后，就在柳青及其先生卢堡即将启程的前两天，在北京黄寺大街挂着一串串大红灯笼的湘菜馆里，我们举行了一个特别的家庭晚宴。有着几千年古老仪俗的认母仪式被大大简化了。其实，如果不是有一个洋人在场（卢堡是典型的英国人），三叩九拜大礼是不应该免除的，起码我这样以为。那晚，除了我的妻子和儿子外，我唯一请的朋友是我的大学教官陈飙老师。我当众穿上了梅娘先生特意托人给我买的 Canon 背心，然后我亲自把一枚绿宝石戒指戴在干妈的手指上。

洋女婿卢堡兴味盎然地看着这一切。柳青在一旁当翻译，我想她一定是在向这位洋先生介绍一个古老的中国传统佳话吧。

那天晚上，北京的空气出奇地洁净，天空湛蓝，一轮圆圆的月亮早早就挂在了窗前。

从此，我正式改口称梅娘先生为老娘。因为，我从小就管生母叫娘。当然，在柳青和其他亲友面前，我更愿意称梅娘先生老太太，我想，这带点现代意味的叫法，别人更易于接受吧。

在中国传统文化里，自古有"忠孝"两字。"孝"字最近义的解释是子女对父母奉养的准则，其次泛指晚辈对长辈的尊敬。但不久我就发现，作为梅娘先生的义子，我最痛苦的事情是不能够像自己希望的那样尽一个晚辈的孝道，哪怕非常细微的一点帮助，先生也不愿意接受，这是我始料不及的。

按我家乡的俚俗，义子和亲子仅一姓之差，在梅娘先生耄耋之年，在她身边没有子女照顾的时候，我觉得有义务担当起照顾她生活的任务。但我大错特错了。我这些真情实意的想法被干妈毫不客气地拒绝了。柴米油盐、生病住院等等一切事情她从不允许我插手。一段时间下来，我甚至不知道怎样表达一个义子的感情。

记得几年前我和妻子陪她去听一场音乐会，妻子觉得她年纪大了，上下台阶时想扶她一下，这么自然的举动却立即遭到拒绝，妻子既奇怪又委屈，吓得从此一直走在老太太的后头。

当然，干妈是个明白人，有时也会看出我们的尴尬。在类似话题上，她用"人之行孝，应该是建立在'所需'的基础上的，即使没有那么多烦琐的礼节，也可以感动天地鬼神"之类的理论来表明她的认识。我承认这种观念很现代，但对于我这样一个从小生长在"孝行贵诚笃"环境里的年轻人来说，拒绝差不多就等于伤害了。对此，也许我言重了，但这是我的心里话，是我作为义子最想向梅娘先生表达的心里话。

然而，干妈却几十年如一日无私地帮助别人。这和她拒绝别人的帮助成了鲜明的对照。据我所知，她资助一位贫困大学生直到毕业找到工作；近年来多次用稿费资助外地务工青年去学电脑、美容美发等技术。

说起来这是几年前的一件事了。一个安徽女子在干妈家做小时工，据说做了较长一段时间了。干妈虽然出身名门巨富之家，但她从来对劳苦大众充满感情。这可能与她 1957 年被错打成"右派"后，一度为人家做绣工，当过保姆有关。因此，干妈对现在为人家做工的女性怀有一种深深的同情和善意。有一天我无意中说道，我分到了一个单元房，想简单装修一下。干妈问："找到装修工了吗？"我说还没有。干妈说："那就让小王的丈夫去干好啦。"小王就是那位小时工。我问："能行吗？"老太太马上哎呀一声说："你可真逗，人家是干那个的公司，又不是多了不起的大装修，怎么这样瞧不起人家？"

听干妈这样一说，我也笑了，心想，既然是在城市专干这行的公司，简单地粉刷修补一下，应该没有问题。

于是我见到了这位小王，一个眉目清秀、口才极好的少妇。价钱讲好后，我才见到小王的丈夫——一个老实巴交的安徽男人，姓和名我都忘了。同来的还有一位身强体壮的妇女，说是小王的嫂子。我问：是公司派来的吗？男人点点头。我看了一眼他们带来的工具：一个掉链子的脚踏车，上面装两个红色水桶，有两把生着红锈的破旧铲刀，一把老锯，一个钝刨，一个用来刷大白涂料的长杆滚刷显然是刚从超市里买来的。

看到这儿，我的心凉了，但一想到是干妈介绍的，小王平时又对老人不错，我没再说什么，只是临时决定门窗不更换了，涂料也改由我自己去买。

开工了，这两位被"公司"派来的叔嫂二人一声不吭地干起来。当然，谁都会想到，原本两天干完的活（铲掉旧墙围），整整干了九天；门窗没动，一套单元房三遍粉刷，所有这些干完用了十五天的时间。

拿着工钱，他们高高兴兴地走了。一个夏天过后，可怜的两居室所有的天花板和墙壁都变成了泛黄的龟背纹，又过一段日子，大片的墙皮脱落了。

这件事儿我始终没向干妈说起过。有一天老人不知为何突然怀念起这位小王，她说小王已经离开这座城市，随丈夫去越南做家乡豆腐去了。

又一年年底，另一个小时工有幸结识梅娘先生。有一天老太太认真地对我说："小君（我小姨子）的先生周边有没有合适的男士？"我问干吗？干妈说："一个有文化很不错的姑娘，在城里做工几年了，总得找个对象成家呀！"我说："这事儿悬！她干吗不回家乡找一个？"

干妈有点吃惊地看着我说："她有高中文化，见过世面，她愿意，也有能力过一种全新的生活，怎么你却希望人家回老家找对象？！"

过了一会儿，老太太突然对我说："你怎么愿意待在北京不回老家！？"

四

说来很复杂，直到今天，除了最要好的朋友陈飙先生等两三个人，没有别人知道我这段情缘。我十来岁的儿子一直是见证人，可惜他还太小，完全不能理解其中的道理。事情倒不像妻子担心别人世俗闲话那样，我只想把这美好默默地记在心头。这美好只属于梅娘先生和我。

有时我回头审视自己，发现自从认了这个干妈，我的人生态度、处世原则和对待生活的观念渐渐起了变化。我慢慢变得达观，情绪上不再忽冷忽热。更重要的是，无论是工作上的烦恼，还是生活中的坎坷，我不再觉得那是苦难，更不再怨天尤人。

与大多数人相比，梅娘先生与亲人和朋友的关系，常常令我们费解，她差不多完全受同情心以及建立在道德判断基础上的憎恶影响。其实，我和柳青都或多或少地受到这种观念的影响，但在生活中却浑然不知。

随着时间的推移，我越来越接受干妈的某些思想。其实，干妈平时是非常爱批评人的，她心地无私，说话办事直来直去。仔细想想，她批评我最多的事情是花钱过于随便。她常常很担心地问我和妻子，像你们这样随便花钱，将来的日子怎么过？

有一次，她发现我妻子竟然到超市去买蔬菜，于是大发感慨。她说，菜市场无非是多几步路，到超市买菜，不就是个包装好吗？你们这种做派，即使在西方发达国家的市民阶层也是少见的。此后，干妈多次追问我一个月的工资到底是多少，还有没有其他收入来源。这种追问隐讳不明，她说不定开始担心我这个公职小人物是不是有了贪污腐败问题。

我记得一位当代诗人说过这样一段话：时间不一定能把所有的劣质作家都淘汰掉，因为很多劣质作家都是颇有名气的。而每一个时代都有劣质的读者，他们使那些劣质作家得以维持下去——要么冲着他们的名气，要么就冲着他们的劣质。但时间肯定能够把所有优秀的作家都凸显出来，理由也很简单，因为每一个时代都有优秀的读者，哪怕他们的数量非常少，也足以把那些优秀作家重新发掘出来。这段话说得很好。近年来，在中国文学界，沈从文、张爱玲、孙犁、汪曾祺、梅娘被重新肯定就是很好的说明。

认识梅娘先生应该算作一个偶然的事情。但能够成为义母子关系，则使我更加相信万事皆有因缘。冥冥之中，好像有一条线维系着我和干妈。我非常庆幸自己，虽然我可能是干妈认识最晚的一个年轻人，但却成了与她关系最密切的一个。在我眼里，干妈是一个善良、博爱、有正义感的作家，同时，干妈又是一个内心充满矛盾的，有着复杂心路历程的老人。作为先生的义子，我承认从来未真正走进她的内心世界。即使在生活层面的一些小事上，她孤僻而敏感的性格也让我手足无措。比如，我想去看望她或打电话，都应该考虑好时间和场合，我不能冒冒失失地随便打扰她的写作或休息。如果她心境欠佳，她会明确地告诉你她不喜欢你在场，你更不要试图劝慰或开导她。比如，今年春节暖气断掉一事，她明明知道我很心焦，希望她像前年那样锁好房门，到我家过除夕，但由于她想把所有气恼和愤懑一个人承受，就赌气将我赶了出去。

说来可笑，就是我这样一个随时担心干妈身体健康的年轻人，一个月前突然病倒了。因为几天要打个问候电话已成为我的习惯，所以当我精神稍好些时，打个电话告诉干妈我的近况。明显地，老人的语气里充满了焦虑和不安。"唉，你呀，说了多少次了，身体是一切的本钱，你这样不爱惜自己的身体，将来还要做这儿做那儿，这哪成啊！"我宽慰着老人，说只是胃病，已经好了。

放下电话不久，干妈一连两次打电话给我妻子。她叮嘱了很多话。说要多炖些萝卜白菜；要喝几次鸡汤暖暖胃；要督促我注意休息，不能渴酒。最后老太太说："小燕，我帮不了忙，你就多操心吧。"

妻子向我转述这些时，突然幽幽地说："你听听，老娘的口气就好像我是外人一样。"

一股热乎乎的东西瞬间传遍全身。也许，这就是一个母亲的最真实的感情吧。

五

作家梅娘先生与自己国家的命运一同走过了曲折的道路，并形成了她作为作家的思想和独特的个性。我已经说过，生活上她从来不向任何人伸手，包括自己的亲生女儿。有公职的人，向公家要求一丁点儿额外的东西，在干妈看来也是难以接受的，然而，就是这样一个自尊自爱的老知识分子，其晚年的住房条件实在让人看不下去。

如果仅能够放一张简易床的房间能叫卧室的话，那么剩下的那一间就是客厅了。

自从20世纪90年代中期文坛重新寻找梅娘以来，这座破旧的灰楼里不知来过多少海内外知名学者，各路新闻媒体更是闻风而至。

大部分外国朋友一到梅娘先生家，立即会提出一个问题：怎么住这么小这么破的房子？你平时怎样接待朋友？

出于中国知识分子的体面，也考虑到自己年事已高，身边的确需要一个人照顾（有人照顾总得有一间房让人家住吧），干妈平生第一次向单位提出：按规定帮助解决一下住房困难。

但这个要求被委婉地拒绝了。没其他理由，只说单位住房困难。

干妈没再说什么。住房紧张，这是北京市老百姓普遍存在的问题。

"唉，没辙！那么多小青年等着房子结婚，有房子还是先照顾他们吧。"这是干妈向我谈到单位回话时说的话。

然而我却想不通。当我看到干妈如此轻描淡写地对待这件大事时，我的心很酸楚。但我又多么庆幸，能够这样自然地看到一个老人人性光辉的一面，而眼前这位老人，一生经历过多少不平之事啊。

可是，过了一段日子，不知从哪里传出一种说法，说梅娘先生没有高级职称，分房或调整住房的条件都不具备，所以房子问题根本不予考虑。

还有一种说法，干妈80多岁了，身边又没有子女，一间房足够了。言下之意，一个这样年纪的老人，还能活多久？

"唉！真是太让人伤心了！"这是干妈后来最强烈的不满。她说："我一生无所求，就这么点小小的要求，得不到满足也就罢了，何以说出如此岂有此理的话来。说我没有职称，请问，我工作退休那个时候中国有评职称这个说法吗？再请问，我早年留学东洋，后来进厂做编辑、写作，辛苦工作几十年，难道连个知识分子也算不上吗？"

面对干妈的发问，我无言以对。

柳青知道这个情况后对母亲说："我们不必为这事操心了，就在郊外选个地方，盖几间，或买个商品房……"

"请收回你的想法，这是两码事儿。难道我不知道你有钱帮我买房吗？我是不愿离开这个熟悉的环境。"干妈生气地说。

然而，好心的邻居们一个个都调整到新房去了。熟悉的环境因有新面孔出现变得有几分陌生。不久，那个破旧的门洞里传出各种电钻打凿的声音。是新分来的青年人在装修旧房。但属于干妈的那间房门却紧紧地关闭着。门上那个"忘不了"信袋儿，不久就落满了灰尘。

干妈突然认真起来，开始逐级找单位的领导，从要房子变成了要讨回个说法。我当然会想象出干妈礼貌客气的陈述和不卑不亢的神情，同时，我比干妈更清楚结果。

新房子一批批分完了，前前后后几个月后，干妈病倒了。

某一天下午，我突然接到干妈打来的电话，说她两天前住进了医院。我吃了一惊，这是认识干妈以来第一次住进医院。

我驱车赶到远在西郊的一家小医院。当时天色已近黄昏，病房的楼道内很安静。在一个小单间的门口，我停下了脚步。

从半掩着的门望进去，我看见干妈穿着一身蓝白相间条纹的病号服，正背对着我坐在阳台一张小桌旁用晚餐。

我不想立刻打扰她。就站在门口默默地注视着坐在桌旁的干妈。

楼道一直很静。突然，楼道的顶灯亮了起来。灯光柔和地照彻周围的一切。干妈的病房由此显得昏暗。此时干妈已经用完了简单的晚餐，却仍旧坐在那里，静静地看着渐渐变黑的窗外。透过阳台的玻璃，依稀可以看到一两棵粗壮的杨树干和随风摇曳的枝叶；再远些，是看不透的城市灰楼和混沌的世界。

时令正值暮春，屋里屋外还有些凉意。

伤感在那一刻整个包围了我，努力平静一下后我宽慰自己：像干妈这样坚强的老人，没有什么东西可以击倒她，包括衰老和疾病。于是，我轻轻地敲响了房门。

见我进来，一丝喜悦在干妈十分憔悴的脸上一闪而过。她扶着桌子想吃力地站起来，我急忙上前想帮她一把，她默许了。然后说："不用着急，没什么大不了的，这不，我正在看窗外的风景！"

我说："怎么病得这样重都不告诉我一声，我毕竟是您的干儿子啊……您这样做让我很难受……"

梅娘先生笑着打断我的话："嗨，哪那么多的讲究，我只是觉着一条腿不太好使，给一个老友打电话一说，就帮忙联系了这家医院。我简单收拾一下，打个车就来了，你工作忙，何必兴师动众！再说，这段日子左邻右舍都在装修房子，黑天白日吵得人不能入睡，里里外外又都换了新面孔，来医院清静几日，也算个休息吧。"

提到房子，我知道这又触及到老人的痛处，于是想找个话题岔开。

这时梅娘先生突然说："不过这次太匆忙，也没带两本书，也许人老了就像这天黑一样，我感到了孤独的滋味……下次，你给我带两本书来吧。"

听了这话，我深深地低下头。是啊，人不管年老年轻，伤心后总是最孤独的。坎坷一生的梅娘先生在这个时刻说出这样的话，忧伤得让人心碎。

房子问题终于不能解决。在前后两年的时间里，干妈曾多次找到单位领导（这些领导都是干妈眼看着进厂，眼看着一步步成长起来的青年人），但这一切是徒劳的。这期间，也有很多富有同情心的媒体朋友想在报刊发表看法，都被干妈谢绝了。干妈不同意因这件个人的"小事"闹得沸沸扬扬。干妈说："我对这个厂是充满感情的，我之所以不愿意定居国外，也是因为感情，我周围大部分都是好心人。"

后来，我一直没向干妈说过，我和柳青曾偷偷到农业部找过某某处长，没有越级上告的意思，只是想让上级领导了解一个老作家的难处，住房上如能得到一点改变，也好让一颗受尽磨难的心得到一点安慰。

一切都没有改变。后来干妈的邻居们都装修好了房子，停止了打凿的声音，如果不发生剧烈的咳嗽，干妈又可以安静地坐在那盏漂亮的台灯前写作了。

当然，整个事件当中，最让干妈欣慰的是，原作协书记处书记翟泰丰先生听说此事后，曾亲笔给某部长写过一封信，信中陈述了梅娘先生对中国文学的贡献，希望有关单位在梅娘晚年给一些必要的照顾。

梅娘先生说到这件事时说："真想找机会去感谢一下这位翟先生。"然后突然开心地笑着说，"我还是个作家，还要求什么呢？"

转眼到了 2001 年的 3 月份，北方这座重城再一次迎来了春天。据说今年是闰年，美好的春天一定很长。干妈所居住的那幢灰楼，因为楼下几株初展绿叶的银杏树而显出生机。

在楼房西侧 20 米远处，市政府新修整了马路，开辟出一块碧绿的青草地；草地上安放了几条质地很好的木制长椅，常常有几位健康的老人闲适地坐在上面晒太阳。

这是北京城西北部为数不多的有文化内涵的街道。偶尔，我会在这块草地上看见干妈的身影，但这种情形是不多见的。我知道，在北方都市老人晨练的时候，干妈已经早早地起床，她伏在写字台上写一些文章，那盏漂亮的台灯擦拭得十分干净，柔和的灯光照在稿纸上，干妈那种独特的娟秀的字体一个一个落进字格中。

近几年，干妈的文章偶有发表，行文简洁，语法带有一种古韵，文字仍然清丽隽永，只是文章的内容大都不是关于自己的，而是关于同时代其他作家的一些勘误性短文。她想把现代文学史中她所知道的人和事真实地告诉后人，比如对关露这个人的一些看法等等。

去年，梅娘先生在困难重重的情况下，翻译出版了《赵树理评传》。她说，她是在落难时认识赵树理的，通过接触，她认为赵树理是一位非常值得尊敬和怀念的中国作家，其人格的魅力，远远超过其作品的价值。

前不久，借柳青回国之机，我再次要求干妈去参观一下现代文学馆。因为在文学馆成立以来，我曾多次带朋友去参观过。我觉得，这个馆对现代作家作品的介绍是有历史意义和学术价值的。

在中国现代作家展区较显眼的位置，分别有梅娘、张爱玲和苏青等作家的作品、照片和介绍。

但是，不知何故，干妈一直不想去。这次听说文学馆的舒乙先生很希望她来参观一下，她同意了。那天，在舒乙先生的热情接待下，我和柳青等一同陪干妈参观了现代文学馆。

梅娘先生来到她自己的展栏前，她望着那张摄于90年代初的半身照和简介，静静地看了大约一分钟。

在这里，梅娘先生没说一句话。但我分明看到了50年时间的重量，它一直压在干妈这样世纪仅存的老作家身上。此时我想到了沈从文先生的《边城》，也想到了他后期为中国民俗文化研究贡献的《中国民族服装史》；同时我也想到妻子问我的那句话："老娘的长篇小说《小妇人》，是一部未完成的作品，她还能把它写完吗？"

是啊，沈从文和梅娘这样的作家，如果不是上帝的一次笔误，他们将为中国文学史增添的一定是文学的重量而不是时间的重量。有时我真想问问干妈，您还能把《小妇人》的后半部完成吗？

那天，在文学馆宽敞明亮的会客室里，干妈一一在鲁迅、巴金、老舍等文学大师像前驻足。当干妈走到赵树理像前时，喃喃自语着什么。我举起相机，留下一张弥足珍贵的照片——这两位因患难而相识相知的作家正在用一种别样的方式亲切握手……

4月23日上午，我与干妈在电话里互道再见。之前柳青悄悄告诉我，这次妈妈来加拿大，她一定设法让老人定居下来。我当然希望这样，然而在我心头却闪过干妈这样的话：

我权衡者再，却怎么也不想离开这片我血泪浸染的沃土；我认定只有在这片热土上，我才能体现作为中华女性的价值。

是啊，这就是我的干妈梅娘先生一生的写照。80多年岁月苍桑，干妈一直踉踉跄跄地独自行走在属于自己的小路上，无论是年轻时还是晚年，她有一千种理由定居海外，但她回来了，一次又一次，是她的心永远不肯远行！或许，三五个月后的某一天，干妈梅娘先生已经悄然回国。她依然是静静的，谁都不会事前通知，包括我这个义子。于是，中国北方这座城市的一幢旧楼房里，那间属于梅娘先生的小屋又亮起一盏漂亮的台灯。还是那盏漂亮台灯，它有一种古味，也有一种新潮，连灯光也是干干净净的，这干干净净的灯光辉映着历史，辉映着生活，也辉映着一个独居老人丰富的思想和略显孤傲的心灵。

再见梅娘

梅娘老人走了，一个作家，在 2013 年 5 月 7 日。

我在当天微博发布这则消息时说，老人 92 岁，但几年前也有学者考证，老人生于 1916 年 11 月，2013 年 5 月应该 97 岁。梅娘生前对此不置可否。对于年龄、身份、职业，对于历史和灾难，对于政治于个人命运的影响等等，梅娘生前从不愿意多说，因为她知道，该来的，一切都会来，该走的，一切都会走。

梅娘老人走了，带走了属于她的一切，唯一没有带走的，是她卓尔不群的理想、母仪足式的情操、拳拳爱国心以及并不算多的文学作品，还有个人日记、书信和对亲友的真挚情谊。

只有为数不多的人知道我是梅娘的义子。但其中并不在少数的相识，心存疑惑，且有种种猜测，但我不想再多说什么。这是一段传奇，在中华传统伦理标系不再明晰的今天，而又在梅娘这样思想早已西化且开明的跨世纪作家身上，况且我又人在行伍，促成母子关系的根源如何说得明白！

上世纪末某个秋天，北京一家叫枣园居的餐馆里，亦师亦友的陈飙见证了我们母子相认的全过程：我为梅娘戴上一枚蓝宝石戒指，梅娘为我穿上特地从日本购来的佳能牌专业摄影服——那年梅娘79岁，我28岁。

所以，除了陈飙和家人，这段传奇只属于梅娘和我！我13岁失去母亲，十几年后竟像失而复得，生母给我生命和乳汁，义母却言传身教我做人和作文的道理，我是幸运之神眷顾的孩子。

无从知道梅娘当年为何要认下我这个义子，但在2011年5月8日，她在赠我的《梅娘近作及书简》扉页上写道："谢谢你对我的感情，这是生命中的珍贵，这是汉文化浸润的两个生命的相知。真的，作为甘愿称儿的你，我非常非常满足，真心地感谢你燃烧了我的暮年。"

关于我和梅娘，老人如下文字竟成了一个作家的绝笔。这或许就是人们说的天意——

钟情于文学的人，都希望自己创作的文字能落实在印刷体上，这是一项真诚的愿望、一项无华的奉献，更是一项心声的袒露。

侯健飞告诉我，他准备出版一册自己的中短篇小说集，这是好事，我举双手赞同。

我与侯健飞的相交，按世况评说：颇有传奇意蕴。

我们天各一方，完全没有相通，是他读了我的书，升起了与我相识相处的愿望，便展开了寻我的行事。经过旷日的找寻，终于"搜寻"到了我，其时我还在受难。

健飞的生母，和我是一个年龄段的女人，在上世纪风云瞬变的时光中，背着自己躲不开的坎坷，用濒死的勇气，拼搏过来，抚育了儿子，自己却含恨而死。这就成了侯健飞挥之不去的心病。他找我，就是想为受难的母亲奉上一颗赤子之心，一颗未来得及献给生母的赤子之心。健飞认为，所有受难的母亲，都应该拥有这样的宝贵。

与健飞长达近二十年的交往，既有文字上的切磋，也有文学中的碰撞，他极尽为子之责：有什么好吃的，总忘不了我，当我遭遇困难时，他总是及时出现，为我解困纾难，填补了我的丧子之痛。我感谢苍天，赐给我这份亲情。

我没有读过健飞的小说，这是他的有意封存。他忙于编辑，热心于为他人作嫁，并乐此不疲。他的近作《回鹿山》出版后，还是我索要，他才送我一本。

健飞的新书，题名为《故乡有约》，故乡之约是人文之本；是不能，不可能不履行的约定。

这是侯健飞的生命之约，是他的风骨。

这是梅娘2012年11月29日写的文字，发表在我的小说集里。

文学和志趣相投是我和梅娘结缘的基础。她最早看过我的一篇文字，应该是《又见梅娘》（陈晓帆主编，人民文学出版社2002年版）一书中《我和干妈梅娘先生》。在我的期待中，梅娘对此文没有一字置评，尽管这篇文章很长，这就是梅娘这样的作家，对一篇作品不满意的态度。没有直接说出来，因为她知道，虽然作品火候不到，幸好我真喜欢文学。梅娘多次说过，热情和热爱是很难得的品质。

其实，我清楚知道，做人作文梅娘都是不满意我的，就如她总不满意亲生女儿柳青一样。

在过去十几年里，每周或半个月左右，我会去梅娘那里小坐，多半是晚上。我们灯下交谈，谈读书，谈写作，更谈种种家庭琐事儿——在孩子教育、家长里短方面，梅娘常常"骂"得我坐立不安、无地自容。此时，她手握一支笔，谈到重要的地方，她会把要强调的语句再写一遍给我，这是她多年养成的交流习惯。

我们相聚的时候不算少，但在生活上，我一点儿忙也帮不上，这个独居老人从来不麻烦别人，吃喝拉撒、迎来送往、环境卫生，都是亲力亲为。行走不便时，甚至不让我们扶一把，能上下楼时是这样，不能上下楼时也这样。生命最后一年，她竟坚决地告别了楼下的阳光浴——她不肯让亲友把她背着或者抬下三楼。梅娘活得精致、清爽、有尊严，毕生保持大家闺秀的做派，已深入骨髓。

2002年冬天某个下午，梅娘打电话让我过去。这情况是少见的，我以为会有特别的事情，但整个晚上，梅娘都在说她父亲和她生母的故事，然后说她自己青年时代的恋情和几个孩子的生死——这是我决然想不到的，这些话题梅娘过去连碰都不会碰一下。关于爱情、女性命运和男人的财富地位，梅娘年轻时只会写成小说。最后，梅娘看了一眼门厅上面一幅俄罗斯少女油画说："知道我为什么请人临摹了这幅画吗？"我摇头。"因为她太像我那个死去的二女儿了。淡黄色头发，大大的、微蓝的眼睛……在我劳改时，二女儿得病，没人管，死了，只有14岁……我死了不止一个孩子，这是让我最不能原谅自己的地方，想都不愿意想。我尝过从小没有娘的滋味，也几次尝过母亲失去孩子的滋味！"说到这儿，梅娘突然说："行了，你走吧，我该休息了。"梅娘常常如此，在她回忆往事时，不愿意有人在旁边，她习惯了一个人承担痛苦。

梅娘去世后，妻子才告诉我，那次是她瞒着我，找老人哭诉，我对不好好学习的儿子多次施暴，她准备离开这个家，独自带着儿子生活。梅娘静静地听着，前后一个多小时，始终一言不发。直到歇斯底里的妻子突然意识到什么，主动停下来。梅娘仍然没有一句表态的话。送走妻子，梅娘拨通了我的电话。

然而，我同样不能告诉妻子：老人对她这个儿媳也是不满意的。

"你那个来自草原的小海燕，单纯得近于草莽！""小燕为什么要把头发烫成那个样子？这种发型和她的衣着、气质不搭。""小燕总是到超市买菜吃吗？为什么不到菜市场买？又新鲜又节省！""小燕这样溺爱孩子，早晚是祸，加上你这个大男子主义的粗暴教育，孩子将来哪会有出息！"

当然，关于妻子，梅娘只有和我单独在一起时才表示不满，如果妻子和我一起出现，梅娘总是穿戴整齐，热情上前，拉过妻子的手，把她拉到自己身边坐下，嘘寒问暖，极尽夸赞。每次从国外回来，给妻子的礼物是最讲究的，一条围巾、一对耳坠等等。在我和妻子面前，梅娘对我最爱说的一句话："得啦，小燕比你更懂得人情世故！"

梅娘对外，看似从容处世，但亲人们都知道，"右派"经历和动荡的岁月，让梅娘虽身处安平的日子，却总是堪惊。当年，军人曾是直接执行她劳改的人，而我性情急躁、鲁莽，对上司和工作常有微词，与我相交日久，梅娘就日日担心起我来。有一回她在灯下幽幽地看着我，良久，又良久，然后才叹口气说："你呀，真是的！要是生在四十年代，在反右和'文革'里一定会惹上大麻烦……"不久，梅娘从加拿大写信给我，其中一段谈工作环境："一介草民，难脱环境的制约，这在全世界都一样。大陆上，明里暗里仍是人身依附，管制你的上级，瞧你不顺眼，你就休有舒心的日子过。在这个富庶的国家里（指加拿大），也仍然是个上级顺眼不顺眼的问题，只不过，这里是利字当头，这个利是业绩，只要事情干得好，其他因素都不很重要，特别是少有大陆中的那个'平衡'……"正因为梅娘发现我对社会复杂性的无知和政治上的幼稚，就随时有保护我的欲望。比如，在有记者和外籍友人来访时，如果她认为我的插话欠妥，就会笑着打断我，对客人说："他什么也不懂，一介武夫，当兵时间太长，又算不上职业军人，说是能写文章，其实就一个农民……"说到这儿，梅娘会用手拍打着我的肩膀，一下，两下，直到我羞愧地低下头。

不知从什么时候起，每当有客人来，梅娘总是把我拽在她身旁坐下。梅娘家那个布面沙发用了很多年了，质量很好，布艺换了又换，一年四季干净整洁，我和梅娘并坐在沙发上，常常挨得很紧，彼此的体温清清楚楚。

年轻时我喜欢留长发，梅娘有一次问："这符合军人标准吗？"我知道骗不了这个老人，只好承认，因为自己脑形长得不好，长发遮丑。梅娘没说什么，顺手拿起笔，写个纸条递给我："腹有诗书气自华。"

四五年前某个晚上，我穿了军装去看她。她认真地端详着，询问了各种符号和标志，然后不无自豪地说："你柳青姐说得对，一个草原上的苦孩子，虽说不是什么官儿，成长成这样威武的军人，也真不容易，你是赶上了好时代呀。"接着梅娘话锋一转，突然问到我的工资收入，等我答完后，她说："过去老听说你今天请这个，明天请那个，一个小编辑，这么点儿工资，真够你请客吗？"我懂了梅娘的意思，之前她也曾多次暗示我，国家公务人员，最要紧的是要有公民意识，勤俭节约、廉洁奉公、清白做人才称得上是国家公务员。

1999 年 4 月，客居佛罗里达的梅娘在给我的信中写道："正像我常说的，你有侠文化成分一样，你身上也有'道'的品质，这使我宽慰。按一位思想家的诠释：道的价值符号与价值关怀，如：耻于言利、正派、守法、忠诚、助人、不争、不贪，等等，试想想看，你几乎都有，当然这都是美德，正是这些价值关怀凝聚了我们的华夏一统。问题在于不是照搬照用，比如耻于言利这一条，就该区分什么是该得的利，什么是不该计算的利。你那洋洋洒洒的大笔一挥，9 页厚纸便画满了思念。那纸很厚，完全可以两面利用，这样减少了一半重量，便可以得到不超重，不以挂号寄的双重方便，于时于钱都可节省，完全不影响倾吐心曲。你说这个'利'该不该算？……"梅娘给我的所有海外飞鸿，都是双面写满娟娟小楷。内容除了异国美丽风光，多半是不同主题的谆谆教诲。

梅娘另一个不满意的人是我的儿子。儿子上初中时的某个春节，梅娘终于同意在我家待两天。除夕之夜，梅娘把压岁钱递给儿子说："我小时候拿了压岁钱，就盼着街角那个书店早一天开门。买书读书是最幸福的童年经历。"我儿子自幼画画，但却不爱读书，梅娘多次忧虑。她接着说："画画仅凭兴趣哪儿够！不读群书而画画，不读文学而画画，画到老最多是个匠人，称画家，简直瞎掰！"我和儿子面红耳赤，随后悄悄收起给奶奶显摆的一大沓素描。

儿子画画总算用了心，但文化成绩上不去，失望中我想，或许是"冠男"这名字起大了，儿子哪像个男人中的冠军啊。改名动议了很久，梅娘都不以为然。有一天柳青在场，我又旧话重提，梅娘问："名字虽然是称呼，也得有意义，你非要改，先说说你喜欢的汉字吧。"我想了一下说喜欢"恕"。梅娘说："将心比心才是恕，我给你加个'人'字，什么是人？顶天立地才是人，人最好写，却最难做。克己恕人就是做人的道理。"

2009 年，儿子恕人如愿应届考取民大美院油画系。第一个学期结束后，带着自画像去看望梅娘。老人那天非常高兴，满眼都是赞赏的目光。后来老人家在那张自画像上题了"恰同学少年，祝恕人成长"，落款"奶奶梅娘"。临走，梅娘又拦住儿子说："你必须得减肥了！一个十八九岁的小伙子，浑身没有骨头全是肉，一点精气神儿都没有……这都是你妈惯的，吃喝起来没个挡……"

现在想起这些小事，历历在目，就像刚刚发生的一样。坦白说来，妻子和儿子都很怕这个老人，柳青姐姐也怕。梅娘敏锐、锋利、明察秋毫。妻子有一天对我儿子说："你爸是个怪人，没妈非得认个妈，天天骂着。"然而，妻子哪里知道，每次被梅娘"骂"过后，我的身心就会轻松好多天。与梅娘老人的思想高度、人生境界，我们还离得太远，而与梅娘的苦难经历相比，我们的生活是多么美好灿烂！

但从 2012 年 5 月开始，梅娘不再数落我了。因为在那个月，我的左臂出了症状。经过几家大医院会诊，结果都很吓人。梅娘第一时间给国外的柳青打了电话，请她在美国和加拿大联系越洋诊断。

那个晚上，我和梅娘隔着餐桌对坐，一时没有话说。梅娘拉过我的左手，从手腕到手指，正着捏了又捏，翻过来捏了又捏。我的手是冰凉的，而梅娘的手却柔软而温暖……那一刻我真的很悲观。沉默一会儿，梅娘说："你忘了，一年前我怎么样？生命可以创造奇迹！愁眉苦脸有什么用！？找到病源，积极治疗。"我想起来，2012年春节前，梅娘不幸摔折左膀，高烧入住北大医院，几天后处于昏迷状态，在医院无可奈何的情况下，她竟奇迹般痊愈生还。

那天离开时，梅娘把准备好的一大堆富硒麦芽粉、胶原蛋白营养片和氨基酸整合钙胶囊等让我带走，这些都是柳青从国外买给她的补养品。

以后的日子因为我到处看病，加之柳青也留在国内照顾她，我来看望的时候少了。但是，只要两周左右不见，梅娘必定打通我的手机了解情况，她甚至学会了发短信。每次见面，梅娘都警惕地观察我的一言一行，以便判断我的状况。为了不让她过分担心，我报喜不报忧，有时故作轻松地开她的玩笑说："您都能活过100岁，我才40多，怎么会死？"

转眼2013年春节到了。节前我和妻子来看她，她又认真地问起治疗效果。我笑着说感觉很好。

想不到梅娘突然拉下脸来，正色说道："健飞，我觉得，你过分了，大半年了，我一直得不到你的真实情况，每次问你，不是闪烁其词，就是嘻嘻哈哈。这种不严肃的态度，你觉得对吗？我们的情分在这里，让我不惦念是不可能的！"

我和妻子一时无言以对，我惭愧得浑身是汗。告别下楼，我的泪水再也忍不住，在寒风中簌簌地流下来……

我终于没有像医院宣判的那样走掉，几个月后，当梅娘楼下那株迎春花刚刚开放的时候，梅娘却走了。

得到梅娘不适住院的消息是两天后的事情了。2013年5月6日上午，我赶到医院时她还很清醒。她躺在床上，旁边是刚刚摘下的氧气面罩。

"怎么样？"她用一贯的口吻问，声音很微弱。我知道她问的是我的病。我说很好。她点点头，看了一眼在阳台上打电话的柳青说："你告诉柳青，我要回家！"

5月7日早7时许，我在医院大门外一个藏民地摊上买下那个嘎乌——藏民外出背在身上的佛龛，我想以此祈福给梅娘，盼望她渡过难关。

返回病房，发现梅娘戴着氧气面罩，大口喘气，几位医护人员、柳青和邻居好友纪兰英守在一旁。我握住梅娘的右手，是冰凉的。她半睁的双眼转向我，迷离了几秒后忽然亮了一下。她试图用左手摘下面罩，但被护士按住了。

"我要回家……"梅娘冲着我拼尽力气喊出来，这是她最后一次清楚的诉求。

上午9时许，又来了多位医生。他们建议采取切喉插管等抢救措施，柳青却拿不定主意。已经70岁的柳青姐，这些年国内外不停奔波，想尽一切办法照顾妈妈，此时身心憔悴。

10时许，医生说再不采取插管措施就没机会了。柳青一边询问切喉后最好的可能，一边把无助的目光再次投向我和通宵守着梅娘的邻居朋友纪兰英。

又挨过几分钟，非常艰难的几分钟，梅娘每一口呼吸都异常痛苦。我把柳青叫到门外说："放弃吧！别再受罪了！"说完这句话，我的心像被剜了一刀。但我没有流泪。我给上班的妻子打电话，请她赶过来最后看一眼老人。

10时35分，梅娘停止了呼吸。最后的35分钟，柳青一直趴在妈妈耳边诉说着，讲妈妈的伟大、爱、德行和善良。最后柳青说："妈妈，我知道您对我们都不满意，但我们知道，您真爱我们；您一生吃了很多苦，都是为我们吃的，我们虽然做得不好，但我们也真的爱您，永远永远爱您！"

一个作家就这样走了，不！在我看来，芸芸众生中，不过是一个有着不凡经历的老人走了。如果说不同，仅仅因为她是一位作家，一个有理想有追求的作家。但直到今天，一想到竟是我决定了这个老人赴死，心里就异常难过。这是梅娘生前根本想不到的，也是我没有料到的。

妻子赶到时，梅娘遗体已经清理完毕。我和柳青推着永远睡去的梅娘在楼门口与妻子迎面相遇，妻子的表情既震惊又不知所措。在通往太平间的路上，妻子压抑的哭声令人心碎。后来妻子说："太怪了，本来20分钟的路，竟然遇上大塞车。可能这个婆婆不喜欢我，老天就不让我给她送终。"我安慰妻子："是不太满意，而不是不喜欢。对子女不满意的父母才是真正的父母，母爱是不会掩饰和虚情假意的。"

在简短的告别仪式上，没有颂歌和悼词，没有领导和记者，来告别的多半是梅娘落难时的难友、邻居和文学挚友——最远的是香港的黄志民夫妇，他们带着一对女儿越海而来，只为这短暂的告别。而这对女儿芷渊、茵渊从几岁起开始与梅娘老人通信，并有通信集《邂逅相遇》存世。

后事简单得让我一度难过好久，也许，真正了解母亲的还是女儿。柳青让妈妈一直安静地躺在鲜花丛中，直到入炉那一刻，梅娘身上覆满了水灵灵的百合花。

骨灰被装入汉白玉石盒。从殡仪馆到墓地，需要四十多分钟，我有幸一直怀抱着梅娘的骨灰，这段路我不记得都想起什么，内心是平静的。但汉白玉始终是冰冷的，尽管我试图用自己的体温暖热这沉重的石头，重新体会和老人常常并坐时温暖的时刻，然而这冰冷却是现实的、残酷的、无情的，原来，阴阳两界永远不能调和的就是冷暖。

梅娘走后，我突然变回从前，像25岁时那样暴躁、易怒、绝情。不会再有一个像梅娘这样的老人数落我、骂我了，我恢复成一个任性的孩子。在关于出版《梅娘文集》的商讨中，有一天我在电话中突然对柳青姐姐大发其火，我说："以后您不要再给我打电话了，老人走了，把一切都带走了，我们以后不会再有任何联系了。"

放下电话后，我独自哭了，我生气柳青这个姐姐从来认人不准——就在梅娘去世半个月后，柳青认识的一个女记者，以组织派她写梅娘传记的名义，拿着某机关介绍信，到梅娘生前所在单位，拷贝走了梅娘七卷本个人档案。这件事情非同小可，是不可思议的，连亲人都不给看一眼的个人档案，而且是梅娘这样一个有特殊经历的人的档案，一个记者，持一封官方介绍信就轻易拷走，事后又矢口否认，意欲何为？梅娘活了97岁，是多灾多难的一生，更是理解历史、包容历史、宽恕他人的一生，幸好还有梅娘的作品在，还有人活着，我们在看，天地良心在看……

梅娘现在也算团圆了，她和早逝的爱人及4个早逝的儿女同室而居。非常好的墓地，柳青姐选的，十三陵后身的景仰园，依山傍水，安静异常，阳光每天都早早落在墓碑上。快一年了，我一直没有勇气再到墓地去看望梅娘，我想用这篇文章再见她一次，是再次见到，而不是最终告别。我想等到哪一天，在罗马美术学院读研究生的儿子回来，我们一起去墓地。儿子终于想读书了，两个月前，我花了近千元邮费，把精挑细选的十册书寄往意大利。此时我想起来了，梅娘下葬时，恕人抱着奶奶的遗像，当我小心翼翼地把老人的骨灰盒放入墓穴时，我看到站在旁边的儿子哭了，哭得很伤心，抖动着还很肥胖的肩膀。

回鹿山（节选）

一

　　一想到那么多富豪、政治家和名人被后人树碑立传，我就想到那些地位卑微、生活平常的父亲。偶尔，一个老人的面孔就闪过脑际。我努力回忆，就像早年看过的电影中的某个人物，老人的形象既清晰又模糊，他就是我的父亲。

　　严格说来，父亲在我眼里一直是老迈的，即使少不更事，我也不曾觉得父亲有多么强大，我喜欢父亲讲的故事，却从来没有崇拜过他，虽然，在懵懂少年时，父亲还处在人生最灿烂的年月。

　　那时，父亲是生产队长，享有小小权力带来的乐趣。

　　在我成人之前，就差不多知道了父亲有一个不光彩的故事——与母亲之外的另一个女人有关，我开始对父亲产生了某种憎恶。这种感情持续了好多年，直到父亲在我眼前变得衰老，更加衰老，然后生病，最后死亡。

远游异乡快三十年了，所有熟悉我的人，都不曾听我提到过父亲。如果我足够诚实，我必须承认，在父亲过世后的十几年里，我还常常为父亲一生中的某些经历感到隐隐的难堪和不快。

我不曾真正爱过父亲，不知道这是父亲的悲哀，还是我自己的悲哀。

岁月易老，人就容易悲伤，而悲伤这个词，似乎唯有中文才能表达，它与亲人的生离死别有关。偶然的一天，我脑海阴霾的天穹突然被一道闪电划破，年少某个时段的记忆全部复活了——几乎全是关于父亲的故事，这是我始料不及的。随着往事的复活，我逐渐产生一种隐痛般的愧疚感，觉得自己很失孝道，既没有好好珍惜与父亲共度的时光，也没有好好爱过父亲一回。难过之后才意识到，原来，我可以永远不在人前提到父亲，但一个父亲的往事，永远不会被儿子遗忘，这就是父与子的某种宿命。

过去一去不返，人生就是这样，不管是对是错，往事并不能改变。谁都可能用哀伤和忏悔的心回忆故人，但这并不能真正救赎什么。我自己也一样，因为，在父亲眼里，我这个儿子虽然不怎么优秀，但还不算太坏；我也有太多让父亲失望伤心的地方，幸好这些俱成往事。现在，我再次与父亲重逢，平静而祥和。尽管我在人间，父亲在天堂，父子相距遥远，可我相信，天堂里有一双眼睛总看着我，那是父亲的眼睛。

二

某一天，我在家里心急火燎地寻找起父亲的遗物来——我很容易就找到了那张合影，那是 1988 年夏天，父亲被我接到承德某军医院住院，在一个阳光充足的中午，父子俩在大佛寺前留下这张照片。

我从书橱里拿出这张照片，走到窗前认真端详着。父亲的形象依旧，眉眼却怎么也瞧不清楚。一阵酸楚上来，热泪开始在我眼里打转，就好像刚刚得到父亲的死讯，我几乎不敢相信，那个谜一样的父亲真的已经与自己阴阳两界。

最后，我在书房的角落里找到了那把哨子刀。这把被灰尘掩盖了许久的刀，以它特有形制蛰伏着，像一个沉睡了百年的武士突然被惊醒。我费了好大劲才打开这把刀，一束清冽的寒光直刺屋顶。

哨子刀是满洲有钱人家①的旧物，为赶车人专用。抗日战争和解放战争时期，北方部队中有很大一部分是赶车人，也就是骡马辎重分队。这些特种士兵，都以拥有一把上佳的哨子刀为荣。父亲曾在军旅，却从来没有赶过大车，但在某一天，他得到了这把用最好的钢锻造的哨子刀。我知道，这把刀在父亲的腰带上悬挂了几十年，它像一副钢铸的骨架，从 1948 年一直支撑着父亲的肉体，也像一盏不灭的马灯，照耀着一个老兵越来越灰暗的道路。

就在这一天，我萌生了写写父亲的愿望。我从军前是一个文学青年，也许机缘巧合，也许命里注定，我穿上了军装，但是，军旅生活在我二十八岁时变了味儿，枪炮还没操练熟悉，却成了一个有些偏执的文学编辑。

我编辑出版过一些人物传记，最有名的，算美国四星上将、前国务卿科林·鲍威尔的《我的美国之路》，财经大佬格林斯潘的传记和影星格里高利·派克传记，即使如此，我仍对名人传记保留自

---

① 中华民国前满族人自称满洲人。本书之后提到的满洲人是从民族概念上理解的，不再注解。——编者注

己的看法。

其实，为平民叙事作传，首倡者为胡适，但我非常清楚，当今社会是名利场，为普通人立传虽然能够做到，但要在读者中产生影响几近妄想；青年人的人生目标似乎只有一个，那就是名望的飙升和金钱的积累。在这样的世界观和人生价值标系里，一个平民百姓的人生经历，不管多么与众不同，与他人也毫无干系。

然而，当我打开哨子刀的瞬间，立即决定动笔写写父亲，我想，不一定发表，就给自己看看。如果至亲至近的人和三五好友能读一回，已经很好了。

我为此文定下基调：忠实生活原态，尽管这是情感伤痛的一部分——虽然如此，我或许能在其中找到一种怎样做父亲、做什么样父亲的建议和忠告。

但我不确定，九泉之下的父亲是否愿意我这样做。

三

我认为，关于人的出身，是有区别和不同的，这里包含了政治、社会、民族、家庭、卑贱与高贵等各种诠释。在新中国，出身问题曾较长时间困扰着社会各阶层。

那时家庭出身是必须明确的，对一个青年而言，各种表格上，"家庭出身"一栏后面的空格总像一口深不可测的枯井，填"农民"、"工人"或"干部"意义是不同的，对深怀理想的青年人来说，这很像一次命运攸关的宣判。

六十年代中期，我出生在河北、内蒙古和辽宁三省交界的地方。很早以前，一定有一个传奇故事决定了这里的名字，美丽又朴素，叫回鹿山。这个地方地貌奇特，有人认为是草原，也有人认为是山谷，但无论地貌如何，我的童年很快乐。这里山青水净，四季如歌。

那时，父亲正值壮年，之前他从军离开故乡有十年之久。有一天，他突然带着一身硝烟、一把哨子刀和谜一样的经历解甲归田，不久就当上了生产队长，从此，一个身经百战的军人成为回鹿山一个普通的乡民。

我是一个对年代极其敏感的人，出生在"文革"时期的孩子，不论生在城市还是乡村，不能统称为"六十年代"或"七十年代"，应该改称为"'文革'一代"才够准确，因为，他们在人生一开始就被时代永远打上了"文革"特有的印迹。

……

我对父亲最初的记忆是恐惧。

父亲中等个子，偏瘦，窄额头，深眼窝，眼珠淡黄，偏灰色，赤红脸，高颧骨，右手比左手大。他最明显的特征，就是在左额角上，有一个核桃大小的凹坑，这里不长头发，晴天时呈浅红色，阴雨天则变成暗红色，微微发亮。

父亲说，这是在队伍上让日本人打的，就一枪，"差点儿揭了盖儿！子弹却从后脑勺滑出去了……"

父亲讲到打鬼子，像讲一个别人的故事，他不说子弹飞，而说"滑"，这让我和童年伙伴们联想到在河里抓泥鳅的感觉，很是让人着迷。

然而，父亲脾气暴躁，打人时下手很重。如果他刚喝过几盅烧酒，恰巧此时邻居来告状，说我把她家的鸭子撵到冰窟窿里了，这下就很麻烦。

料定大事不好，我赶紧飞逃出屋。

酒后的父亲闻声下炕。

我母亲早有准备，急忙踮着小脚先一步冲出门外，以最快的速度关起风门，并用身体在门外死命抵住。

父亲力大，又借酒劲，用膀子一扛，结果小脚母亲抱着一扇风门仰面倒了。虽然这一扛一顶总算赢得了片刻时间，无奈父亲毕竟行伍出身，身手矫健，力大如牛，几步就追上来，伸出左手，像抓鸡一般拧住我，顺势摁倒，举起大一号的右手一顿猛抽……

然而，谁都不会英武一辈子。"文革"后期，父亲因"历史问题"被揪斗，他被乡民刘战踢下临时搭建的土台，摔折了左臂，从此身手不再矫健。

我照常惹祸，父亲虽然还能追上我，但因为残了，左手已无缚鸡之力，再难扭住我暴打，无奈之下，父亲改用脚踢了。

在我十四岁的某天，父亲又踹了我两脚，事情的起因我竟奇怪地忘了。这也是父亲最后一次踹我。我当然不能反抗，但是，一种倒胃般的反感情绪在那一刻油然而生。我觉得，一个连名字都写得很难看的父亲，无异于一个白痴；那么，父亲所描绘的战斗经历一定就是天大的谎言。

从那时起，父亲的脾气突然温和起来，像换了一个人。

军校毕业后，我获得确凿证据，父亲早年确实参加过共产党领导的抗日部队。日本投降后，他参加了辽沈战役，曾两次负伤，当时父亲已经升任营长。这是有关父亲"历史问题"最准确的记述。之前的"文革"后期，还有地区副专员刘文会的文字证明。可惜，这位与父亲共生死的战友，在做完这份证明不久，就被打成"现行反革命"遭揪斗，肝病复发，半年后病死在县城北头看守所。

我曾努力回忆父亲关于打鬼子的故事，但却完全忘掉了。幸好记起一件事儿，那是小学五年级时，我写了平生第一篇小说，叫《茅山之战》。写一支英雄的八路军抗日部队，在茅山与鬼子进行了一场遭遇战。这支部队的最高长官是团长，战斗即将结束时却被流弹击中颈部，壮烈牺牲了。团长的亲弟弟是营长，他和战友们用满洲人的丧俗就地火葬了哥哥。之前，弟弟割下哥哥一根脚趾藏入怀中……这是整篇小说写得最动情的地方。可是，茅山在哪里？我不知道，这完全是由父亲的片断故事拼接起来的。现在我终于知道，安徽境内有个茅山，当年曾是敌后抗日根据地。不过，史料表明，这里的抗日游击队没打过几个胜仗。

我小学的班主任姓蔡，是位知青，看了这个作品很喜欢，特别喜欢团长和弟弟，专门为我重新装订起来，用白卡纸做封面，还在上面用钢笔画了一座山，山前画了一株孤零零的玉兰树，盛开着几朵玉兰花。蔡老师说，满洲人最喜欢的动物是狗，最喜欢的花是玉兰花。狗是我熟悉的，玉兰花我从来没有见过，老师是南方人，就顺势把乡情移植过来。

十四岁，我上初中一年级，就是父亲最后一次踹我之后。那时塞北地区广大乡民饥寒交迫，很多公办学校开始停课勤工俭学。恰逢此时，我情窦初开，暗恋一个同届苹果脸女生，又不得要领，烦闷如影随形。某天，在目送苹果脸与一个乡干部的儿子有说有笑地离开学校，我立即痛不欲生。当晚，我躺在学校冰凉的大炕上，一次次思考起人生到底何去何从问题。

思考的结果是悔恨交加，既后悔没生在工人家庭，又恨自己选错了父亲（更要命的是，我的母亲还是个小脚，一个大地主的女儿！外公李善人是回鹿山东麓五道川有名的大地主，靠种大豆起家，偶尔也种植罂粟，土改时被新政权镇压）。

懵懂少年沮丧的心情，比对饥饿的恐惧更令人悲伤。此时，我正值青春期，也就是说，除了情窦初开，也正是准备叛逆的时候，但我还不知道，有一个叫遇罗克的北京青年，在我出生四年后就被执行死刑。据说，遇罗克因写了一篇叫《出身论》的文章而获罪。

如果，现在还有哪位同龄人为自己的出身耿耿于怀的话，我表示理解。出身贫贱的苦恼一定在一些人心中隐藏着。这是某个时代的社会常态，今天更不一样，而且大大超过了阶级斗争为纲时期。一切都以经济建设为中心了，政府允许一部分人先富起来，并且是真正富起来了，金钱比生命和信念都重要了。

我有时想，如果遇罗克活到今天，说不定就有人向他请教：出生在官宦之家（政治贵族）和企业家（资本贵族）家庭的孩子，与农牧民家庭的孩子有何不同？真不知他作何回答。至于被愤怒的乡民用石头砸烂脑袋的外公李善人，说不定会选择到冥府上访！

我清楚地记得，母亲的故事常常以外公为主角。小脚母亲一说就流泪。她说："那时候，你姥爷公鸡一叫就起来，平时和长工一起下地干活。他年纪很大了，每天只比长工多吃一块煮豆腐，谁想到，竟被乱石砸死了，连个全尸也没留下……"

也是从十四岁那年开始，我听故事的兴趣转移到外公身上，而父亲再也不提他扛枪打仗的事了。

一个喜欢听故事的儿子和一个会讲故事的父亲的交流中断了。如果说，父亲在我童年的心中还有些分量的话，那么，随着故事的中断，一切都将变得无足轻重。

实际上，当时的父亲五十八岁，在那个年代，五十八岁已经算老年了。

四

父亲祖上是河北省宽城县。

他是五兄弟中最小的一个，小名老五。不知何故，父亲从来没向我说起过爷爷，就像我从来没有过爷爷一样。

某一年，父亲、二伯、三伯、四伯跟随大伯侯万慈穿过伊逊河向北进发，在草原和森林交界的回鹿山落脚。那是20世纪20年代末的事情。他们兄弟五人为何背井离乡，不得而知。

我大伯侯万慈唯一的儿子宝山，也随父辈一起北上。他比五叔，也就是我父亲大两岁，真正的老侄少叔。当地流行一句谚语：老侄打少叔，打死不能哭。但侄子宝山从小就能找准自己的位置，他与五叔情同手足。

向北进发时，父亲还是一个七八岁的孩子，他一直卧伏在大哥侯万慈的背上，而宝山却没有这个福分。

在父亲的童年世界里，大哥侯万慈成了他心中的一座高峰，是一尊神，不幸的是，几年后，侯万慈把五弟和儿子宝山一起交给一支共产党的队伍不久，突然病死了。

随后，四伯侯十慈也意外死亡。

客死异乡的大伯侯万慈、四伯侯十慈先后被葬在回鹿山西侧一块很平整的低谷，两个坟头前方是一片胡麻地。

1949年夏天，乡邻们突然发现，外乡人侯家两个坟茔不见了。埋人的地方与旁边的胡麻地连成一块，黑黑的新土在绿野之中散发出特有的芳香。后来人们知道，是回乡不久的父亲移走了大伯、四伯的坟。

父亲解释说，这样一块平整又肥沃的土地，擅长胡麻，被两个坟头占了十分可惜，所以迁走了。

人们将信将疑。

更没有人知道，这个突然回来的五弟，把大哥和四哥的遗骨迁到了哪里。

五

我的四伯侯十慈沉默寡言，勤劳能干，但却是五兄弟中最短命的一个，他被砸死在深山的炭窑中。

关于我大伯、四伯的死，父亲讲起时语调哀伤。

他说，那时他和侄儿宝山，正在山西与日本人作战。

我不知道大伯侯万慈病死详情，却听说四伯侯十慈死得很惨。他赖以生存的炭窑突然塌了，四伯被砸变了形。在炭窑中找到四伯的是三伯侯百慈，三伯独自背着亡故的四伯，冒着漫天大雪，走了整整一天一夜，才回到回鹿山家中。

把四伯侯十慈葬在大伯侯万慈坟旁后，三伯侯百慈一病不起……

从此，三伯侯百慈在我的心中突然变成一个顶天立地的英雄，当父亲用哀伤的语调讲到四伯时，我已经泪流满面。

不是因为四伯的意外亡故，而是因为背着尸体、在大风雪中走向家乡的三伯。兄弟的骨肉亲情，就在那一刻，深深植入我幼小的心田。在以后的生活中，我一直对兄弟众多、排行老大的人充满好感，并坚定地认为，兄弟姐妹中排行老大的人，一定是最值得亲近和敬重的人，那就是长兄如父！

父亲说，是大伯侯万慈的榜样力量深深影响着兄弟之间的感情。

后来，在离回鹿山几十公里的五道川，我第一次见到了长父亲十多岁的三伯侯百慈。

这让我大失所望。原来，三伯只是一个和父亲脸形非常相像的小老头子，个子矮小不说，还严重驼背；脑袋显得硕大变形，满头白发，花白的胡子脏乱无序，一滴亮晶晶的鼻涕好像一年四季都悬在尖尖的鼻头上。

这与清爽干练、目光炯炯的父亲完全不同。晚年的父亲也常常在鼻头上悬着鼻涕，但这是毒瘾发作时才有的现象——这是后话。

再以后，我发现，三伯侯百慈实在是个把日子过得分外仔细的老人，仔细得完全算得上吝啬，这种精打细算的禀性，倒让三伯一家在最困难的三年自然灾害、五年大饥荒中逃过双劫。

三伯的节俭持家与性情豪放、风流成性、从不认为金钱可贵的父亲构成了鲜明的对照。即使这样，当我第一次把苹果脸未婚妻带到三伯面前时，他还是颤抖着手在怀里掏出三百元钱，执意塞给苹果脸侄媳。这笔钱，在 20 世纪 80 年代的乡村，是个不算小的见面礼。事实上，这也是苹果脸在侯家得到的最大一笔礼金。当然，这个苹果脸就是我当年暗恋的女生。穿上军装让我有了底气，有一天，我勇敢地把一封信从南方寄回家乡。一个月后，在县城工作的苹果脸回信了。

现在我常想，已经成了北京人的苹果脸是否还记得此事？那是一个冬天发生的事情，天寒地冻，滴水成冰，纸币上一定长时间残留着三伯侯百慈温热的体温。

在父亲去世后，三伯侯百慈又活了大约五六年。他是侯家五兄弟中最长寿的一个。令人匪夷所思的是，在我二十岁之前的记忆里，唯独没有二伯侯千慈的任何消息，我既没见过他，也没听父亲和三伯谈起他，他就像一个名为二伯的气泡，永远消失在故乡的空气中……

此后，关于家族的往事片断，是由三伯讲述的。三伯侯百慈天生不是一个会讲故事的人，加上他对我父亲怀有既疼爱有加，又恨铁不成钢的复杂感情，又顾虑我的接受程度，就把父亲的逸事讲得支离破碎，关键环节含混不清、旨意不明。

当我第一次问到大伯时，三伯的反应既冷漠又可疑：

"别提他，都是他害了我们……要不是他跟错了人，哪能让侯家妻离子散……"

三伯侯百慈始终不愿意谈大伯，但有一次却告诉我，侯家的祖先是肃慎。肃慎是什么？很多人不明白，那不过是满洲人的别称罢了。由此我猜对了，三伯是读过几年私塾的人。三伯还对我说，侯家祖上历代为官，我的爷爷曾是先朝的文吏。

为此，我曾专门到祖籍宽城寻根，终于弄清，爷爷不过是清末县令的一个随吏，按现在的官称，也不过是县政府办公室的一个文秘。

三伯说，我父亲少年聪慧，却最不爱读书。他从四五岁开始在县城里游荡，常常跟随街头卖唱的艺人和说书的瞎子走街串巷，尤其对大口落子①情有独钟、如醉如痴。

说到父亲的童年，三伯常常停顿下来，就像跟谁赌气似的，说："这个老五，生就的骨头长定的肉，从小不求功名，斗大的字识不了几个。"然后也斜我一眼，"你可别像他，他这辈子，哼！过日子没攒下仨瓜俩枣，要把式也没耍出个人模狗样……当兵，又当得不明不白，哼！哼！"

三伯连哼了三声，好像我就是那个最让兄长们失望的老五。

三伯侯百慈的态度让我窘迫，我想起少年时期，每年正月间的晚上，一群孩子挤在炕头上，听父亲打着竹板说书②。识字不多的父

---

① 大口落子，也有叫莲花落子的，河北西北部和东北三省流传的一种民间小调，曲调与二人转相似，多为一人独演，有说有唱。说唱人右手打竹板，左手以五联碎竹板配合，发出清脆悦耳、疏密有致的和声。

② 说书类似落子，但说唱交替，以说为主，与盲人的说书形式更接近。

亲就有这样的本事，他能一口气说唱四五个小时，连续十来个晚上完整唱完一部《十二寡妇征西》，或《苏武牧羊》。

父亲以他惊人的记忆力背下长篇落子的万语千言。当我一次次听得入迷的时候，也正是我对文学和音乐混沌初开的起始。这在没有课外书籍可读的时代，在深山老林，对于像我这样喜欢幻想的孩子，是非常重要的文艺启蒙。让我弄不明白的是，在三伯侯百慈眼里，这种带给我无限遐想和人生启迪的说唱艺术，竟是登不得大雅之堂的"把式"。

受三伯影响，自打上中学起，我也开始鄙视落子。每当父亲腰里掖着竹板，举着一把黑伞，以扭秧歌特有的狐步，扭走在队伍前面时，我就赶紧在人群中躲藏起来，或远远地逃离。我觉得，父亲举着一把破伞，在一群花花绿绿的秧歌队中跳闪腾挪的姿势异常丑陋，他一波三折的嘹亮哼唱简直让我无地自容。

有一天，我忍不住问三伯："三大①，叔是我父亲吗？"

三伯突然愣了一下，说：

"这话咋说？他还能不是你父亲？"

"那，我为什么不能像别人那样叫他爸爸？"我终于将存疑很久的问题提了出来。

听到这儿，三伯舒口气说："噢，你是问这个。按说他们早该告诉你。这也是不得已的事情。"

虽然说起父亲不提气的事儿，三伯总是一副捶胸顿足的样子，但我后来理解，父亲在兄长们眼里，好像永远是个长不大、不谙世事的孩子。三伯告诉我，满洲人管母亲叫娘是族规，但称父亲为"叔"或"大"则必有隐情。

――――――――――

① 大，北方满洲人称伯父为大，大伯为大大、二伯为二大、三伯为三大……

据说，我出生那年是个灾年，夏天发洪水，冬天雪封门。正月某天，有一个讨饭的瞎子径直奔我家而来。邻居赶紧出来阻住，说："大先生，大先生，不行不行啊，今天这家你可不能进……"

想不到瞎子却振振有词，说："老衲化缘，讲的就是缘分，这个七号营子①谁家都不去，这一家我非进不可，为啥？他家呀，今天有添子之喜，可惜呀，此子命硬，如果我老衲不破绽破绽②，将来必遭横祸，爹娘性命难保。你们说，这饭我该吃还是不该吃？"

一个要饭的瞎子，如此语出惊人，把平时最不迷信的父亲也镇住了。他赶紧把瞎子迎进西屋，好吃好喝一顿招待。瞎子说，为了避免给家族带来灾难，此子必须认给后山老祖（山神爷）。

最后，这个缺德的瞎子建议，此子长大后克爹克妈，只能叫父亲"叔"！（注意："叔"和"叔叔"的叫法从语气上不一样，"叔——"是单字音，尾音拖得要长，这是有亲情和血缘音韵的；而"叔叔"是双字音节，尾音短促而干脆，永远叫不出父亲的感觉。）

话已至此，父母没有办法，只好同意，千恩万谢了瞎子，以一捆鹿肉干作礼送他出门。

就这样，"叔——"这种不伦不类的叫法，我一直叫到父亲去世。

弄清了事情原委后我倒没什么，再说啦，任什么别扭事，习惯了，也就自然了，可害得苹果脸妻子一直好几年还云里雾里。有一天，她终于忍不住小声问我：

"哎——哎——，要是……要是你不生气，问个事儿行吗？"

---

① 营子是村子的别称，清代传下的叫法，与边关军营有关。一个区乡有若干个营子，以号排序，如一号、二号、三号……人民公社时期，一个营子是一个生产小队。
② 破绽为当地俗语，意为采用迷信手段作法，驱邪避灾。

我看了她一眼，说：

"两口子的事，有啥不行，你问吧。"

苹果脸于是笑嘻嘻地问：

"你是叔亲生的吗？"

我像三伯侯百慈当年一样，愣了半天才回过神来，确实有点生气，说：

"你这话咋说？你看我不像亲生的吗？"

苹果脸赶紧闭嘴。那时我还年轻，还没有兴趣来讲自己的故事。关于侯家七弯八拐的亲情网，妻子用了很多年才基本理出个眉目。

我常常想，一个人要彻底了解一个人是困难的。无论是父子、夫妻还是兄弟姐妹。拿父亲和三伯侯百慈来说，看似三伯对父亲的评价一语中的，但事实上，三伯远远不了解他这个五弟，既不知道他的人生理想，也不知道他的战争经历，更遑论他的内心世界了。

六

像二伯侯千慈在家族里神秘消失一样，关于侯家五兄弟，为何一起落脚草原深处，将成为永远的秘密。

我虽然喜欢文学，但却不能依靠自己的想象来判定父辈当年的迁徙。不过，有一点可以肯定：父亲五兄弟生在有教养的家庭，虽然家道中落，尚不至于举家乞讨，逃荒关外的可能性极小。会不会是逃难？但他们五兄弟，除了父亲年少顽劣、不求学问外，另外几人都识文断字、成墨在胸，断不会犯下打家劫舍的罪行。

我日后细考近代史，发现当时正值清末民初，整个国家正值栉风沐雨、群雄逐鹿、百战难定天下的混乱局面。细细推敲，有两种猜测比较靠谱。一是我爷爷虽非满清皇亲国戚，但毕竟是朝廷小吏，清朝一灭，难免有家仇私怨找上门来，为后代子孙计，爷爷也只好责令长子侯万慈携领着四个兄弟背井离乡；二是大伯已经是革命派，曾跟随冯某人操枪弄棒多年，并混得一官半职。某年兵败溃逃，对时局判断不清，只得丢下妻小，携年轻力壮的男丁北逃，以便东山再起。

我知道，父亲一生最深爱的人之一是大伯侯万慈。父亲一讲到大伯，多半会陷入遐想之中，一如现在我的某种回想。父亲那时常常找不出更好的词句，以表达他心中对大哥的敬爱。

有一天，父亲对我说："你大大①早年是个举人，身高五尺，后来官至团总，要文能文、要武能武……"

停顿一下，父亲又说：

"哪像你三大，只会拿一手毛笔字来显摆，没什么学问，个子矮脑袋大，又嗜财如命！"

说到大伯，父亲必定带出三伯，一来为了做个比对，以强化他心中大哥的美好形象；二来也能让我对逝去的大伯有个具体印象。其实我知道，父亲对三伯，除了对他嗜财如命有些不满外，平时还是尊重的。

有一回我问父亲："既然三大不像大大，那你像大大吗？"

父亲沉吟一下，用一种很是含蓄的语气，略带一些郑重地回答："八队你老舅说我像，也可能长得像一点儿吧，但我哪有你大大的本事。"

接着，父亲又补充说：

"你大大说，小时候他有一条黑亮的大辫子，他非常喜爱这条

---

① 大大，满洲人对大伯的称呼。

辫子，每天用清水濯洗，又不肯像其他人那样，把辫子缠在头上，直到成为革命党……"

直到今天，我仍然想象不出大伯的样子，也不记得大伯任何一个故事。一想到大伯，出现在脑海中的一定是三伯，因为我没见三伯梳过辫子，大伯的形象就成了后来清宫戏里的一个人物，或是电影中的遗老遗少、纨绔子弟，或像老相册里一个清末保皇派学子。

父亲的后半生变得非常含蓄。这种含蓄，与他壮年时期的刚直不阿、暴烈脾气奇怪地混合在一起，常常在我眼前交替出现。

含蓄是父亲的性格，更是他的命运。他把自认为很像大伯的地方，借别人的嘴说出来，既维护了大伯的神圣不二，又避免了自己在儿子跟前自吹自擂的尴尬。事实上，在侯家，见过老大侯万慈的人，只有父亲和三伯。连我母亲也只听其事不见其人。

真正对大伯有所了解的人，其实还是三伯，父亲最多只落得年幼无知，盲目崇拜。但三伯一生目光短浅，胸无大志，随遇而安，他显然不愿意多谈长兄的旧事，还认为是他拖累了兄弟。

"你大大曾是县公署缮写员，1912 年投奔了冯玉祥，东北讲武堂第一期陆军科毕业。身经百战，官至团总。1927 年蒋介石编遣部队，排除异己，他只好退伍还乡……"这是父亲关于大伯最精确的记述。

关于二伯侯千慈，父亲说：

"你二大，才学五斗、性格沉闷，来到回鹿山第二年就走了。你二大的出走，却不是你大大安排的。那年，日本军队在东北炸死了张作霖，顺势南下，回鹿山一带到处闪着刺刀的亮光，县城更是大量驻扎了日军……你二大可能受了刺激，有一天赶车去县城卖粮，半道儿上走了。"

二伯走后，大伯侯万慈对家人说，老二不适合吃行伍饭，他本性善良，悲天悯人，但愿老天保佑他这回投对了队伍。不论是国民党还是共产党，只要真心反抗日本的军队，就算跟对了，千万别像我那些年，一直像一群穿军装的土匪，打来打去，尸横遍野，血流成河，打了半天都是中国人，遭罪的还是平头百姓。

七

就如父亲对大伯的过去一知半解一样，母亲对父亲的过去也是一无所知。

母亲改嫁给父亲时，已经人到中年。

我的小脚母亲三十八岁时嫁给父亲。之前她是一个苦命的寡妇，有一个快成年的女儿荣，两个未成年的儿子忠和长山。

关于母亲的婚姻，我一直不好意思打听。但我还是隐约知道，母亲嫁给父亲前，曾经嫁过三个男人。第一个丈夫门当户对，是一个大烟①庄主的儿子，但从小染上烟瘾，小脚母亲过门不久，烟鬼就不幸亡故，没有留下子女。

母亲嫁给第二个丈夫时，地窖里藏了三十坛紫红大烟膏的外公，在乱世中已经自身难保，他无力再给儿女们以帮助和庇护。于是，小脚母亲在一个坏邻居的撺掇下，稀里糊涂地嫁给了本乡一个游手好闲的二流子。

这个三十多岁的光棍，显然不能胜任一个丈夫，当时正值日本人占领热河②期间，这个不要脸的男人，像那个时期很多不要脸的男人那样，成了小日本的走狗——他当了伪军，穿上一套黑色制服，戴上一顶劣等白布装饰帽墙的大檐帽，打上绑腿，趿着一双圆

---

① 大烟，鸦片的俗称。
② 热河，现河北承德。

口布鞋，右肩再倒挎一杆破枪……面对这样一个败类，小脚母亲明智地离开了他。

我外公被愤怒的乡民砸死前，最后一次做主，让女儿嫁给了小哥长山的父亲。长山的父亲也是一个死了妻子、扔下一个儿子的破落小地主，却是一个老实本分的男人。然而，十多年后，这个本分的小地主，只给苦命的小脚母亲留下荣、忠、长山等五个未成年的孩子，独自一人到天堂享福去了。

母亲一人拖着五个孩子，度日如年，她受尽了生活的种种磨难。

那时，新中国已经成立，但地主女儿的帽子高得怕人，人间欺辱就更不会放过可怜的小脚母亲。

我后来听大姐荣说，母亲原本不再想嫁人了，但那时的日子实在难过，不嫁人，她和剩下的孩子都得活活饿死。荣的父亲死后，一年内先后有两个孩子病饿而死。就这样，我的五个同母异父的哥姐，最后只剩下大姐荣、二哥忠和小哥长山。

而与小哥长山同父异母的哥哥国，此时已经长大成人，并光荣入伍，成为共和国一名军人。

大姐荣又说，母亲之所以痛快地嫁给父亲，是因为介绍人说，父亲不仅是回鹿山七号营子的生产队长，而且成分好，还是扛过枪、打过仗、威风八面的人。

母亲从来没有遇到过这样理想的男人，于是就答应了。母亲当时只有一个条件：只要求父亲好好对待活下来的三个孩子，自己再苦再累，当牛做马都认了。

父亲答应了这个条件，于是，小脚母亲就带着大姐荣和小哥长山嫁到回鹿山七号营子。

我的同母异父二哥忠没有随来，是因为他当兵的大哥国做主，让亲戚把忠藏了起来。国要在这个关键时刻，表现出父系家族的权威和长子当家的族规，他不容忍继母随心所欲地带走他的几个弟妹。

据说，母亲最喜欢的孩子就是忠，因此，她伤心地哭了多日，眼睛都哭坏了。后来证实，二哥忠果然是所有兄弟姐妹中最聪慧的一个。忠绝对有诗人的浪漫情怀，如果不是只念过小学，他注定是个诗人。生活上，忠一生穷困潦倒，却一生仗义疏财，直到今天，外债都有几十万元了，还在梦想发财当老板，以便周济穷人。

我上中学时，因为学校离二哥忠家较近，就借宿在二哥家，前后有两年多时间。这个同母异父的二哥，对我非常好，真是关爱备至。

二哥忠被当兵见了世面的大哥国逼着读完小学，也算一个有点儿文化的人，但算术一直弄不明白，幸好喜欢朗读，于是就常常躺在被窝里，摇头晃脑地给全家读《三国演义》或《岳飞传》，声音抑扬顿挫，像唱民歌小调。因为与我的兴趣相投，二哥忠成了我的知己。

然而，忠有一个最大的缺点：不知出于何种原因，他常常借故打他的儿子宝；还有，忠还常常怀疑嫂子给我带的午饭分量不足……再后来，忠就常常喝酒喝多，一喝多就对着墙哭诉对不起母亲，后悔当年没有随母亲一起走，让母亲伤心绝望，又后悔在母亲晚年，没有尽到儿子的责任，而让我这个小弟吃苦受累……

母亲四十四岁时，为父亲生了女儿琴；又四年后，四十八岁的母亲生下了我，从此，苦命的母亲终于彻底枯竭了乳汁……

我从三十五岁开始白发，四十岁时有外号"老干部"。我深知自己体能基础差、起点低，越想越感到体力不支，人又出奇地怀念旧时的光景。苹果脸妻子，对此很不满意，把这一切归咎于我父母年龄过大生育所致。

这些都不重要，重要的是，我亲眼所见，作为一个继父，父亲基本履行了当年对母亲的诺言。父亲对五岁到侯家的小哥长山视如己出，但不知为什么，随母嫁到回鹿山的大姐荣却把继父说成了一个魔鬼，以致在我当兵第二年，第一次把苹果脸未婚妻带回老家时，差点被大姐的一席话搅散了婚事。

大姐说，我当兵前，非常游手好闲，而且如何这样，如何那样……一句话，我在回鹿山是一个不务正业的二流子。说这些时，大姐一直连带着父亲。

她说："城邦他舅和他姥爷一模一样，像极了，简直一个模子刻出来的，真是谁的儿子像谁，这叫啥，这叫随根儿。"

城邦是我的小名，他姥爷是指我父亲。

母亲嫁到回鹿山七号营子的当年，大姐荣嫁给了同营子的青年马倌雨生。在同母异父的大姐眼里，我这个弟弟似乎一出生就是不可救药的。我起初并不理解，事后只好宽慰地想，当时大姐倒未必有意想搅黄我的婚事，要说，只能说大姐缺点儿心眼儿，再不济，也是同胞姐弟，父亲虽然不是她孩子们的亲外公，但名分总还是姥爷嘛。

事实上，荣能嫁给回鹿山优秀青年雨生，过上乡间女人温饱无忧的生活，完全有赖于这个继父。雨生当年真是个好青年，当生产队长的父亲最器重他。据说，当年牵着一匹骡子去接我母亲的人，并不是父亲本人，而是八队的舅舅苏耀祖和好青年雨生。

关于苏耀祖这个舅舅，直到我读到中学才弄清楚来龙去脉。

看来，我必须得说说父亲的初恋了。

八

作为大哥，对父亲这样顽劣的小弟，大伯侯万慈不知费尽了怎样的心机。或许，大伯终于看透父亲的朽木难雕；或许，大伯想借助某种外力来改变父亲；或许，大伯原本就是一个爱国爱家的民族义士。就在日本人攻占热河五年后的1938年，大伯把十六岁的五弟和十八岁的儿子宝山同时送进了一支短暂驻扎在回鹿山的抗日队伍。

这一年，距二伯离开回鹿山已经十多个年头。

令大伯想不到的是，三年后，儿子宝山阵亡，而五弟也音信全无。

我当然不会知道，那时，与丧子失弟的大伯同样悲伤的，还有一位年轻美貌的女子，她就是父亲的恋人——八队耀祖舅舅的姐姐苏灵。原来，在父亲当兵前，就和苏灵私订了终身。

我后来常对苹果脸妻子说："我敢打赌，在茫茫草原深处的回鹿山一带，开创自由恋爱之先河者，一定是我父亲和他的亡妻苏灵。"

苹果脸听了就冷笑一声：

"应该还有他的儿子，十三岁就会追女生，这叫啥，这叫随根儿！"

我无话可说，一句话堵在那儿，这也是事实。因为，自己虽然暗恋过中学时期的妻子，但公开的初恋并不是苹果脸，她有些醋意也属正常。

父亲当兵后杳无音信，生死不明，伤心欲绝的苏灵妈妈并没有放弃，她始终不相信父亲被日本人打死的传闻。眼看月转星移，青山变老，整整苦等了父亲八年，苏灵终于抗不过母命，只好答应另嫁他人了。

然而，就在苏灵已经同另一个外乡人订下婚期之后不久，父亲突然不期而至。

那是 1949 年 3 月初的事情，辽沈战役刚刚结束。父亲人高马大、满身火药味地出现在家人面前。他没有带枪，却带了两处枪伤回来，裤带上别着一把生钢铸造的哨子刀。当然，那副当兵走时带走的竹板还别在简易行李上。

苏灵如梦方醒，百感交集，毅然退掉婚事，投身到父亲怀中。按父亲当时的说法，战争要结束了，一个新的国家即将诞生，他被特批解甲归田，准备迎接丰衣足食的日子。

有人不解，问他为啥这个时候回来？他说，他负伤了，在养伤期间，人民解放军进行了大规模整编。考虑到他的伤势情况和本人意愿，部队批准他解甲归田、娶妻生子。

关于父亲这种说法，我后来专门查阅了有关材料，据人民解放军军史记载，为实现军队的正规化要求，中央军委在解放战争战略决战前后（1948 年 11 月 1 日和 1949 年 1 月 15 日），相继发出了《关于全军组织及部队番号的规定》和《关于各野战军番号改按序数排列的指示》。据此，人民解放军于 1949 年 2 月至 6 月间，进行了历史上最大一次规模的整编，统一了全军的组织编制和番号。

从时间上看，父亲所说应该不谬。

但是，在"文革"前的"四清"运动中，父亲这段当兵的历史，属于"清政治"范畴，清查的结论有两个：一说，他在辽沈战役中当了逃兵，在锦州一役时战场脱逃；二说，他在侄儿宝山战死的那场对日作战中被俘，幸而逃跑，却投降了国军，之后一直与共产党军队作战。

历史已经证明，这两个结论无论是哪个，都会要了父亲的命。

关键时刻，承德地区副专员刘文会出面保下了父亲。刘文会当年与父亲和宝山同在热河抗日区大队。后来，父亲和宝山随八路军主力转往保定，刘文会被组织留在当地做民政工作。当"四清"运动工作组以"历史反革命"罪名羁押父亲时，来回鹿山巡查的刘副专员及时出面作保，并出具了当年伪县长宫延藩和日本籍副县长松本腾次郎签署的缉捕通令。

在那个通令上，父亲的名字和宝山的名字赫然在册。这是日伪时期缉捕参加共产党军队人士的正式通令。父亲有了这个保护伞，幸运地躲过一劫，但在"文革"后期，因为有一个叫刘战的人出面揭发，父亲终被当作美蒋特务关押，几经摧残，差点丢了性命，最终还是折了一只胳膊，残了左小臂。就在这一年，救下父亲的刘副专员被打成"现行反革命"，遭到武斗，最后病死在看守所。

父亲的战争背景被一层浓雾永远遮蔽了。

用现在的眼光来看，父亲当年的解甲归田，有太多令人费解的地方，除了他头部和肚子上的疤痕让我相信他曾出生入死外，父亲似乎有意把一个秘密埋在心底，并最终带进了坟墓。

有时，我会这样推测：转战南北的父亲，终于寻得了回家的机会（比如在后方养伤，比如行军路过家乡），他想回家看看父亲般的长兄，更想证实一下，他深爱的姑娘苏灵，是否已经嫁人？于是他突然出现在家门口——但就在此前几个月，大伯侯万慈已经病逝了，父亲并没有见到至死都惦记着的大哥，幸运的是，恋人苏灵虽然已经订婚，但并没正式嫁人。

于是，父亲编个谎言留下了。

但是，这种推测合理吗？这是父亲当年的真实情境吗？

我一次次产生这种诘问。如果推测，是爱情让父亲留了下来，那为什么不可以推测是父亲惧怕了死亡？抑或父亲厌恶了战争和杀戮？

当然，作为儿子，我宁愿相信，是爱情让父亲放弃了已经到手的锦绣前程。在父亲晚年的凄惨境况中，我曾暗暗惋惜，如果不是父亲当年被华而不实的爱情牵绊手脚，像他这样的抗战老兵，新中国成立后，不说高官得做、骏马任骑，起码也得弄个离休干部吧？

苹果脸妻子当然有理由怀疑我的讲述，听我说了父亲这段悬案，先还挺感慨，随即就用讥讽的口吻说：

"多可惜呀！如果那样，何苦你的出身一栏里还是乡民？"

一口气咽下去，差点儿没把我噎死！

然而，这一切都不重要了。不管大家怎么说，当年的父亲，还是和苏灵幸福地结了婚，爱情战胜了一切，事实掩盖了一切假设、推断和臆想。

十个月后，在父亲和苏灵新盖的草屋里，苏灵妈妈死于难产。和苏灵一起死掉的还有那个女婴——她同样是我的姐姐，这个一声不响的孩子，干干净净地来，又干净利落地要了妈妈的命。

据说，父亲差不多快疯了。他不顾家人反对，执意把不幸的母女葬到离营子很远的响水剑石坳。

剑石坳是响水西山快达山顶一处凹地。此处乡人和家畜罕至，西、北和南三面隆起，唯有东面开阔，崇山峻岭层层看透，直至一望无际的天边。无论春夏秋冬，第一缕阳光必定先指达这里，如果是雾天，一团团云雾飘浮在半山腰，有时一动不动，有时忽浓忽淡，宛如仙境。

在新坟后面五六米远的地方，一块青色尖顶巨石拔地而起，远里看，近里看，都像一把越王勾践的龙泉宝剑兀地从山坳里露出半截，真如鬼斧神工一般。更奇妙的是，在剑石南北两侧，各自一字排开七八棵老山柳，像几百年前有谁特意栽下的一样。

后来曾有人怀疑，父亲其实已经把大伯、四伯的遗骨先期迁到这里了，但没有人见证，也没有看到坟头。

埋葬了妻女，父亲整个人都走了样儿。他在剑石坳搭起一个临时遮风避雨的马架子，独自一人为母女守灵七七四十九日。半年后，他又从家乡消失了，几个月后，才又突然回到回鹿山七号营子。

从此，父亲开始酗酒，一边酗酒，一边悄无声息地出没在草原、森林中。大约从这个时候开始，父亲迷上了狩猎。

很多人都说，父亲的枪法准极了，几乎百发百中。

父亲故去后，我曾回乡去看望八队耀祖舅舅，耀祖舅舅说起父亲，轻言细语，语调凄恻。

耀祖舅舅说，苏灵妈妈去世前后，正是解放战争时期战场南移的时候，我父亲想重新回到战场，结果没有找到自己的部队。

父亲哪里知道，他所在的部队在新中国成立初期，已经被改编成第四野战军铁道纵队，开往南方修建大军南下的铁路去了。

再后来，父亲当上了七号营子的生产队长。大姐荣说，父亲从这时开始，就有了别的女人，准确地说，是别人的老婆。大姐荣又说，直到母亲嫁给父亲，父亲也没有断掉与那个破鞋的关系。

现在，我总算找到了一条大姐恨父亲的正当理由了。

也是从这一刻起，我对父亲产生了一种类似厌恶的情绪。

入伍第三年，当我把病重的父亲接进军医院时，父亲的病因让我加剧了对父亲的憎恶情绪。

我想，如果当年父亲不是被爱情冲昏了头脑，如果他路过家乡时，停留一下重新回到革命队伍，父亲日后成不成离休干部不要紧，重要的是，父亲就不会成为今天这样一个瘾君子。

九

无论是过去还是现在，犯下背叛配偶和家庭错误的父母是大有人在的。作为子女，尤其是未成年子女，对这种事情无法选择，无法预知，也无法阻挡，就像出生前无法选择什么样的父母一样。但有一点是肯定的，如果我们有了是非观念，我们对这种事情的态度，往往是大同小异的，尽管常常无济于事。当然，大人们一定把这种事情做得非常隐蔽，要获得准确的消息并非易事，子女一定要比遭背叛的父亲或母亲，或者左邻右舍了解的情况晚得多，也少得多。

第一次听到或看到什么，子女的第一反应是本能的拒绝，不相信；时间长了，听得多了就疑惑一阵子，然后就强迫自己不去想这个问题；再然后就烦躁起来，继而愤怒了："去他妈的，什么他妈的乱搞男女关系，什么他妈的破鞋，通通都滚蛋吧，与我有什么关系！"如果这期间，有一个同龄的孩子与你吵架，还拿这件事来揶揄你，不知道其他人会不会疯掉，反正我会疯掉。

长我几岁的童年伙伴良驹，就抓住了这个把柄。他好像真的掌握了父亲乱搞女人的证据，于是，经常拿这件事儿来折磨我。每一次我都不会屈服，我疯了一样反击、搏斗，直到良驹把我打倒在地不能动弹为止。

良驹不仅长我三岁，而且身体强健。

良驹是我最刻骨铭心的童年伙伴，他让我第一次尝到了被外姓人狂揍、欺凌的滋味，也让我第一次得到了不畏强暴、拼死抗争的锻炼。但是，我还是在小说《远山的钟声》里真诚地悼念了这个不幸早逝的童年伙伴——他2004年客死他乡，而且是冻死在唐山市一个天桥底下。良驹最后十年靠在外城拾荒度日，死后是另一个同乡收尸火化，骨灰不知所终。听说这件事时，我难过得掉了眼泪……

根本记不清何时何地，是何人让我知道了父亲与别的女人相好。反正，我度过了一个儿子正常的反应时期。后来母亲病了，渐渐卧床不起了，由于病痛的折磨，母亲开始在背后咒骂父亲和那个"杨木匠家的"。

杨木匠家的就是和父亲相好的女人。杨家距侯家不足百米，在我的印象里，杨木匠家的是一个比母亲还要老的女人，一个每时每刻都浮肿着一张紫黑脸的老女人。自打我记事起，杨木匠家的就整天躺在炕上憋气，常常在阴天或傍晚时分，发出呵——的一声长啸，声音很响，很憋闷，很难受，这是支气管有病和肺部有病的老人憋得难耐时，自我缓解的唯一办法。其实，这缓解不了多少病痛，倒让听到叫声的人异常痛苦。

杨木匠是当地一个手艺不错的木匠，在我七八岁时，他因病去世，扔下两个女儿和一个儿子。木匠的大女儿是个傻子，用现在的话说就是智障者，直到快三十岁才远远嫁给外乡一个哑巴青年。二女儿智力尚可，但身体健康有问题，整天病歪歪的，却早早嫁往五道川。

最小的是儿子，名字叫军。

军大我六七岁，读过几年书，由于父母年老多病，军在少年时就成为杨家的顶梁柱。

军白天出工劳动，晚上进山砍柴，他是当时回鹿山地区最下力气劳动和最孝顺的少年。我几乎天天看见军端着母亲的便盆，一趟趟在老屋出来进去。总体来说，杨家日子过得相当穷困，但幸好有了军这样的好孩子，杨木匠家的才能够支撑着多活几年。

就在我小学毕业那年，杨木匠家的这位久病的母亲病逝了。军在二姐出嫁、大姐帮不了任何忙的情况下，竟也能够较体面地安葬了母亲。应该说，在回鹿山方圆几十里，当时没有不认识军的乡亲。军实在是一个孝顺儿子和好青年的典范，有如我当年的大姐夫雨生。

十

显然，关于父亲这段野史，实际上是母亲嫁来之前的旧事。如果所传不误的话，起码是苏灵妈妈死后那几年的事情。以我后来观察，父亲的"外遇"，持续的时间并不算长。但不知何故，父亲却至死背着这个不太好的名声，至少在大姐荣的眼里，父亲是一个比任何继父都糟糕的继父。

奇怪的是，我从不了解父亲对待这件事情的态度。他既没反驳过什么，也没解释过什么。就连母亲在最后几年半公开地高声咒骂，父亲也置若罔闻。

说起来可笑，母亲病重那几年，不仅眼睛几近失明，耳朵也几乎聋了。十几年对父亲逆来顺受，母亲终于找到了缓解病痛的良药，那就是随时咒骂父亲。

母亲一开始尚能为开骂找一些理由，比如父亲整天吃镇痛药、乱花钱之类，慢慢地，就不需要理由了，只要她想骂，随时都可以开口——从背地到半公开、从小声到大声、从屋里到屋外、从夜晚到白天……而且，母亲咒骂的字眼儿也越来越狠。

关于杨木匠家的那点事儿，母亲显然比大女儿荣更为在意。有好几次，父亲从外面放羊回来，都已经走到外屋了，母亲还在里屋有滋有味地骂着：

"千刀万剐的！老赖歹！"

"他怎么不死，跟那个骚娘儿们，一块嘎嘣儿死了，倒心宽眼亮！"

"这个挨枪子儿的，出门就碰八个炮子儿！阎王爷咋就不睁眼！"

如果正逢母亲病得难受，此等咒语，是一定要一句不落、字正腔圆地骂一回的。这时我和小哥长山、姐姐琴就非常害怕，担心父亲会搭腔，只要父亲一搭腔，一场战争就不可避免了。我和琴姐都清楚，父亲并不是一个好脾气的男人，早几年酒后，他除了喜欢打我和小哥长山，也常常打母亲。关于这一点，我从来没有怀疑过大姐荣的描述，尽管荣的讲述常常添枝加叶，有时还别有用心。

但是，父亲好像从来没有打过琴姐，这一点，尤其不能让大姐荣释怀。荣认为，作为继父，父亲根本没有权力打小哥长山。事实上，长山挨打，不是因为他淘气或做了什么坏事，而是因为逃学，再逃学。当然，小哥也有替我挨揍的时候——父亲有时怪他没有带好我，以致我在外面惹是生非。

晚年的父亲性情大变。对于母亲的咒骂，他从来没搭过腔。如果他在院子或外屋听到骂声，就原地停下来，里屋成了父亲望而却步的地方，不知是该进还是该退。有时，他会大声干咳起来——这是在提醒里屋的母亲：我回来了，你就别骂了！可是，不知道母亲是真没听见，还是故意听不见，她不骂完一轮，是万万不会收嘴的。这时，父亲就默默地走到院子某处找点杂活儿干。如果找不到顺手的活计，他就卷起一支粗大的旱烟，蹲在灶间或外屋门槛上一口接一口地吸着。

在这期间，我、琴姐或小哥就会想办法制止母亲。母亲意犹未尽地停住骂，然后侧身躺下，张大口喘气——母亲已是严重的肺水肿病人，病得越来越重，像杨木匠家的那样，肺水肿让这位多灾多难的母亲同样受够了罪。

我始终不明白，哮喘和肺水肿何以如此相似？这两种疾病是塞北草原回鹿山一带早年常见的地方病，老人和孩子都有可能患上。因为闭塞和穷困，谁得上了，都得承受漫长的折磨和死亡。

我记得，有一回，天下大雨，父亲放羊回来，在外屋生起柴火烤湿衣。母亲却在屋里一声高似一声地历数父亲的种种罪行，不管琴姐怎样暗示父亲就在屋外，母亲就是不肯住嘴……

现在想来，我心中总有一种别样的温暖，仿佛看到父母相亲相爱的某个场景。我知道，每当母亲诅咒父亲时，父亲是相当落寞、相当愁闷的，他会一天或整个晚上不说一句话。父亲的愁闷，也许不在母亲的咒骂，实则是因为一个父亲在渐渐长大的子女面前抬不起头来。但是，父亲的宽容足以证明，母亲的病痛痛在身上，但也痛在父亲心里，作为丈夫，他为自己的无能为力深感内疚。

至于父亲何时改掉了打母亲的毛病，也有两个版本：一说，自从母亲生了我以后；二说，在小哥长山十七八岁的某一天，酒醉的父亲又打母亲时，小哥突然向这个继父发动了攻击，据说那次父亲吃了亏。

对后一种说法，我一直将信将疑。小哥长山动手的可能性有，要说父亲被小哥打败的可能性不大。父亲是一个体格健硕的汉子，直到他去世，身材还算魁梧，而小哥长山，长到三十岁，身高也没超过一米五〇，而且单薄，十七八岁的小哥不可能打倒父亲。

不管怎样，随着我们年龄渐渐增长，父亲不但不打母亲了，他谁也不打了。父亲还彻底戒了烧酒，戒了酒的父亲，就像一个失去狮王地位的老狮子，变得异常沉默寡言。

差不多就在这段日子里，一种说法传进了我的耳朵：

军不是杨木匠的儿子，他是父亲的骨血。

也就是说，军应该是我同父异母的哥哥。

这简直让我无地自容。好在那时我已经到山外上了中学。

我知道，要摆脱这些苦恼，躲到学校读书，也许是最好的办法。

就在我寄宿学校的第二年，一个更令人惊诧的消息传来：杨木匠的儿子军，托人到我家，向我的姐姐琴提亲了。

那一年，琴姐刚刚十八岁。

关于父亲和军的关系，军和琴姐，不可能没听见乡邻的风言风语。

事情就这样富有讽刺意味地发生了。

现在，此事已经过去了近三十年，但我仍没弄明白，这件事本身蕴含着什么？是乡邻恶人的一次精心谋划？还是军年轻的懵懂无知？抑或，同样受到世俗中伤的军，想以此向整个回鹿山提出挑战，用以证明自己和母亲的清白无辜……

如果是第三种可能，这个木匠的儿子非同小可，他将会是回鹿山日后不可轻视的人物，此刻，他像一个身经百战的武士，但他的反击却不动声色，兵不血刃……

我同样没有机会直接看到父亲对此事的态度。其实，不论父亲的态度怎样，本性敏感刚烈的琴姐自然有自己的主见，事实也是琴自己解决了问题。她在同年深秋的刘草场上，迅速与同营子的青年汉恋爱，并在全家人的一致反对声中，不顾一切地与汉生活在一起。

琴的意绝和闪电般的成婚，令所有亲人措手不及，全营子人都目瞪口呆。

对于琴姐的选择，父亲一开始比任何人都坚决反对。应该承认，从家庭条件到文化程度，汉比军各方面都不差，而且，汉浓眉大眼，天生一副美男子的脸——也唯其如此，父亲比任何人都了解这个巧言令色的青年，汉注定是一个缺乏责任感的花心男子。

也许，就是父亲对琴直接挑明了这句忠告，反而成全了汉和琴的迅速结合。真是一语成谶，琴果然用自己的生命做了这次闪电婚姻的赌注。

一天，琴流着泪对父亲说：

"都是你，让我们没脸见人，我就是要嫁给汉给你看，我死都不会后悔！"

琴说的是"我们"，而不是"我"。

两天后，邻居李叔和大姐夫雨生把一只黑头母羊牵到我家。一头健硕的绵羊就是汉家的礼金。

不久，黑头母羊产下一只小母羊，也是黑头，像它妈妈一样漂亮。

一年后的腊月底，琴和汉生的儿子抽风抽死了。这是一个异常白净漂亮的婴儿，既像琴，也像汉。这个孩子，只在世界上存活了九十天。是琴的婆婆因迷信巫医作法，耽误了孩子的病。

这个连名字还没来得及取的孩子死亡九十天后，也就是第二年的农历三月初一，当山谷里的春天还未真正来到的时候，差不多整天以泪洗面的琴服毒自杀，那年，她只有二十一岁。

2009 年，我偶然读到一本叫《花田半亩》的日志，作者田维，北京女孩儿，也是二十一岁，不幸因病去世。第一眼看见田维的照片，我突然想到自杀的琴姐，同样的年龄，同样美丽，却以不同的方式离开了人世！这个世界，美丽多么容易粉身碎骨。

在我以后的生活里，非常在意"九十"这组数字，因为，两个九十天，两个至亲的人生命消亡，这种巧合让人刻骨铭心。

父亲在一夜之间差不多全白了头发。

俗语说，穷家不养娇女，这真有道理。对于琴的死，世界上也许没有任何一个人比父亲更悲痛。可能是他曾经失去过一个女儿，所以，琴一生下来，就受到了父亲的格外宠爱和重视。琴在父亲含而不露的宠爱中长大了，长成了一个漂亮、懂事、孝顺的女儿，也养成了任性、偏执和决绝的性格……

就在军托人向琴提亲那年，大姐夫雨生把自己的长女秀文许配给了军。雨生一反当地风俗，一分钱财礼也没要，就将女儿迅速嫁给了军。

大外甥女秀文，大我三岁，她比小姨琴小一岁。秀文是个矮小的女孩儿，没读过多少书，小时候，因为得过一种叫大骨节炎的病，所以腿脚不是很好，走路的时候微微有点儿跛。

直到今天，我也弄不懂雨生姐夫当时的真实心态——既像为女儿选择一个好夫家，又像有意为父亲和琴的尴尬处境解围。

雨生是父亲当年最看好和倚重的青年，他虽然一直没能接班当上队长，但这两个男人的友谊一直持续到父亲去世。

十一

琴自杀那天，是一个周六的早晨。

太阳迟迟没有露头，山谷阴坡的积雪，经过长长一个冬天的风吹日晒，已经变成抹布的颜色。

琴被邻人从后山抬回时，一群喜鹊不知从何处飞来，团团围住七手八脚的乡民，上下翻飞。在喜鹊焦急的喳喳声中，琴已经没有了呼吸。

得到报信，我和小哥长山几分钟后就赶到了琴的身边。从此，我一刻也没离开过琴，直到她秀美的面庞从蜡黄色变成灰白色，再渐渐变成青灰色，然后从炕上被抬到地上，最后从头到脚被盖上一张毛头纸。

死后的琴依然是好看的，她没有闭上漂亮的大眼睛，乌黑的秀发一直露在纸外，像乌黑的墨汁泼在冰冷的屋地上……

后来，医学知识让我追悔莫及——琴当时也许并没有真正死亡，换句话说，至少在应该有效抢救的三四个小时内并没有死亡，深度昏迷是中毒后常有的症状。可惜的是，包括我这个初中生在内，亲人们并没有人懂得抢救服毒病人的基本常识，也没有条件将她及时送往医院。当那个乡医宣布琴没救时，我头痛欲裂，像被人用一根钢钉慢慢敲入脑袋。

琴姐在深度昏迷中慢慢步入了她真心渴望的天堂……

当天下午，父亲被人从响水林场找了回来。

一年前，就在琴流着泪对父亲说，她就是要嫁给汉，死都不后悔的几天后，父亲背着自己的行李，到远在几十里外的国营林场当了一名羊倌。

父亲赶到汉家时，琴还横躺在炕上。

此时，琴的血液显然还在循环，当第三瓶液体滴到一半时，那根插在琴胳膊上的输液管玻璃罩上端，一滴晶莹的液体忽然悬在那里，再也不肯滴落下去——这说明，琴彻底死了。随后，琴的双耳和指甲，慢慢变成青白色，最后是青黑色。

父亲满头大汗，跟跄着冲进屋来。

一缕阳光，从窗户纸的破洞射进屋来，正好投在琴的额头上，琴的头被罩上一层金色。

父亲站在炕沿前愣了几秒钟。

父亲突然爬上炕，匍匐着扑向琴。

父亲用健康的右臂飞快地托起琴的脑袋，不怎么灵活的左手慌乱地按在琴的额头、脸上。

父亲跪在琴的身旁，看了琴几秒钟，突然把琴的头死死揽在怀里。

父亲哭出声来。

父亲的全身都在剧烈地抖动。

父亲搂着琴的头，用那只残废的手，一次次抚摸着琴的脸。

父亲的手抚过琴的额头、眉梢、鼻子、嘴和下巴颏儿。

父亲一遍遍为琴梳理乱糟糟的、乌黑的头发，直到琴的头发彻底理顺了。

最后，父亲用手慢慢合上了琴半睁的双眼。

这是我有生以来第一次看到父亲流泪，也是唯一一次看到父亲痛哭！要知道，满洲人成年男人，亲人死亡是不能哭泣的——这是千百年形成的民族风俗。

乡邻们用了好长时间才拉开父亲。

在屋里屋外一片啜泣声中，父亲慢慢地被搀下炕，在里屋的某一处被什么绊了一下，有人把他扶坐在一个木凳上。

这时，父亲突然看见了我，这是一种异常陌生的眼神，像不认识我一样。父亲随后又看了我一眼，似乎愣了一下，眼神亮了一下，随即又暗淡下去，继而重新蒙上一层泪水。其实，父亲有一双非常明亮和深邃的眼睛，琴的眼睛和父亲的一模一样。

就在乡亲们从炕上七手八脚往下抬琴时，父亲轻声问我：

"你姐……留下什么话？"

我摇摇头。

事实上，从我见到琴那一刻，琴就没说过一个字。

泪水再次流过我的双唇。旁边，汉家一个姨母告诉父亲：琴是在后山上服毒的，婆家人找到琴时，她就不太能说话了，最后只说了半句话，意思是希望她的死讯，不要告诉有病的母亲……

毫无疑问，小脚母亲对这一切一无所知。她当时就躺在距汉家不到三百米的老屋火炕上，正在忍受着肺水肿的无情折磨，直到母亲最后离去，她也不知道她最小的女儿，已经先她而去。

没有谁能够抵挡这种巨大的悲伤，听了琴姐婆家人的转述，在场的亲人心都碎了，大姐荣转身跑到外屋，再次放声痛哭。

……直到现在，我仿佛就置身在三十年前那个初春的下午，屋里屋外都是亲友乡邻，地上躺着死去的琴。隐隐的，有谁在哭，或是大姐荣，或是大姐的女儿秀文、秀芝，或是琴的几个小姑，而琴昨天晚上，还给我和母亲做了最后一顿晚饭……

离开故乡后，一想到琴的乌发和美丽的眼睛，我的泪水总会一次次流下来。我不知道，一个决心以死拒绝世界的二十一岁的女儿，缘何在临终前，拼力提醒世人，别把这个噩耗告诉母亲？既然她自己都能视死如归，难道不知道，母亲正时刻被病痛折磨着吗？事实上，没有谁比琴和我更了解母亲那几年的寻死经历了。眼睛的渐渐失明、耳朵的渐渐失聪和双腿的渐渐瘫痪，再加上一刻不停的憋气，母亲已经把死亡当成了人生唯一的幸福。如果不是被孩子们严加看护和她自己的行动不便，母亲随时都有可能用剪子、菜刀或绳子，甚至撞墙结束生命。

然而，母亲没有死，她最美丽聪慧的女儿琴，却在隔壁的汉家死亡了。而死因的直接导火索竟是一件小事：知道我这个小弟周末从寄宿学校回来，琴就跑回来，一边给母亲和我做饭，一边听我讲学校发生的趣事儿。琴在山外上过一年中学，她最爱听我讲学校的故事。就这样，琴误了汉的晚饭。夫妻因此争吵，据汉说，当时他并没有动手打琴，语气最重的一句话就是："喜欢回娘家，你嫁人干啥？滚回娘家去吧！"

琴知道自己不能回家，家里没人同情她的婚姻。她选择了另外一种回家的方式。琴姐服毒时，怀里还抱着三个月前死去的儿子的一件小袄。

尽管我知道，这不是意志坚强的琴真正绝世的原因，琴的死必定另有隐情。但几十年来，一想到琴的死，我就自责不已——如果，那天不是周末，我就不会回家，我不回家，琴就不会在家里耽搁太久，这样的话，琴或许会与前来索命的死神擦肩而过……

十二

什么都不能改变，琴死了，像所有生命消亡一样，复活只是人们的美好愿望。太阳落到西山顶时，父亲说：

"把琴搭出去吧。"

父亲的意思是，琴已经死了，在屋地上躺了大半天了，死去的人应该抬到当院的灵棚里，这是乡俗。

这时，荣突然大声喊起来："不行！我妹子不能就这样白白死了，不偿命也得丘①在屋里。"

同母异父的大姐荣，当时已经是五个子女的母亲，她虽然喜欢道听途说，平时与小妹琴并不见得多亲近，但琴的死还是让她悲伤不已。

平时笨嘴拙舌的小哥长山，也大声咆哮："对，谁也不能动，谁动琴我就劈了他！我要烧掉这房子。"

小哥的动议，立即得到我几个表兄弟的响应，他们是我娘舅家

---

① 当地旧时风俗，冤死的人如果正义得不到伸张，亲人们就会用暴力强行将死者留在室内。以这所房子做坟墓俗称丘子。

的三个儿子波、芳和清。几条汉子个个红着眼睛，摩拳擦掌。

小哥虽然是异父哥哥，但由于琴和我与他一起长大，他的感情自然不比别人。自从琴被宣布死亡那时起，小哥立即红了眼，疯了一般找汉拼命。

已经有几个乡亲，暗中看住了小哥。大家知道，长山虽然生得矮小，但却性格倔强，爱憎分明，过去与恶邻发生争执，常闹出以死相拼的事情来。

就在这时，二哥忠赶到了。

他的到来，引发新一轮悲声。我、长山和荣仿佛见到了救命的菩萨，一齐拥向他。

突然失去小妹的忠冲进屋来，揭开纸被，只匆匆看了一眼琴，立即大声喊着汉的名字，让他跪出来说话，但挤到面前的却是一帮劝慰的邻居。

忠急了，厉声说：

"长山，你们还等啥，抄家伙，给我砸……"

兄弟们纷纷寻找趁手的武器，一场乡村常见的伸冤械斗即将开始。

就在众人乱成一团时，父亲被大姐夫雨生扶出门来。他站在台阶上，像一堵陈旧的老墙挡在屋门口。

见兄弟们硬要往屋里冲，父亲突然喝令：

"你们……都给我住手！"

愤怒的兄弟们并没有住手的意思。

父亲向后退一步，继续用身体堵住门口，大声说：

"你们都停下，谁也不能乱来，今天死的，是我闺女，我的闺女！除了她娘，今天的事儿我说了算……"

几乎没人相信，这是一个父亲此时说出的话。忠、长山和大姐荣都愣在那里。

就在大伙愣神儿之际，雨生发话了：

"忠，他二舅，老话说，人死不能转活，事情已经到了这一步，我们……我们还是听叔的吧……"

乡亲们马上附和，又七嘴八舌地劝慰起来，整个院子一片嗡嗡声，像一口空空的缸发出雷鸣的回响。

愣怔中的大姐荣，终于找到了发泄的对象，她突然哭喊着冲向雨生，在他脸上噼噼啪啪地抽了几个嘴巴子。

二哥忠这时才反应过来，他愣了片刻，然后愤怒地瞪着继父，哽咽着说：

"好吧，叔……既然，既然是你的女儿……你的女儿，你说了算，那，我们走……我们都走……"

二哥忠的眼泪终于流了下来。他突然冲上台阶，猛地拨开父亲，几步抢到琴的尸体旁，扑通一声跪下去，对着妹妹，砰砰磕了两三个响头，然后爬起来，踉踉跄跄地冲出屋门，飘飘忽忽地跑向大门……

几个表兄弟见此情景，也提着家伙，跟着忠冲出汉家。在傍晚此起彼伏的狗吠中消失在营子口。

……

后来，大姐荣逢人便说："自个儿的亲生女儿都死了，当爹的，连口冤枉气都不让出，这样没有心肠的人，世间少有！"

说到琴死这件事时，荣是叫着父亲的名字说的。

在我的故乡，无论是否亲生，如果一个子女在人前叫出父母的名字，这就意味着一种亲情关系的彻底决裂。

这一事件，再次加重了荣厌恶父亲的砝码，在以后许多理应需要她向我父子伸出援手的时候，大姐荣却一直袖手旁观。

第二天中午，琴像正常亡故的人那样出殡，奇怪的是，指路①的人竟是父亲。

父亲站在一个长条凳上，面朝西南，用一根擀面杖，敲打一下脚下的凳子，指向西南方向。

父亲叫一声琴，说一声：

"琴，好丫头，走好啊，奔西南，那是大路……"

再敲一下凳子，父亲再叫一声琴，又指向西南，说：

"琴啊，你一定要走好啊，要奔西南大路……"

按丧俗，亡人之路要指七遍，但父亲却把擀面杖一次次指向西南，指了一遍又一遍，此时人们才意识到，父亲会这样一直指下去，但没人忍心止住他……他不停打颤的双腿被两个乡邻一边一个扶住，声音已经微弱得像自语。最后，他一头栽在几个保护他的乡邻怀里……

乡亲们点燃成堆的黄纸，如黛如烟的山谷里，飘起无数黑色纸灰，像一只只黑蝴蝶向远山飞去。

父亲昏了过去……

为琴送葬的人很多。这在我的故乡是个例外。因为，当地人认为，山祸、溺亡、自杀等意外死亡是横死，而横死的人一般都阴魂不散。横死的人出殡时，不满十八岁的年轻人和儿童，都要尽量避开，以防被抓成替死鬼。

在送葬的队伍头顶，昨天那群一直围着琴飞舞的喜鹊又飞来了，它们像上苍派来的护佑使者，在队伍前后忽上忽下地飞翔。

营子中的老人都说，琴这孩子仁义，烈性，死得干干净净，所以不会下阴曹地府。喜鹊是喜鸟，是玉皇大帝的信使，它们来引领

---

① 满洲人死后，要头西脚东。起灵下葬前，由死者的子女或其他晚辈站在灵前高处，面朝西南，叫着死者的名字，指引他通往天堂的路，俗称"指路"。

琴上天堂。

在这美好的祝愿声中，人们只看到琴扔下了父母，毅然去追寻死去的儿子了，尽管她才二十一岁。没有多少人理解，生死对一个未亡人意味着什么，但我相信父亲知道。琴这样的女儿，诞生在回鹿山这个地方，诞生在这样一个时代，干干净净地自决，似乎是最好的出路。丈夫的花心，丧子之痛，对父母家人的愧疚，生活艰苦，这一切，只不过更加坚定了琴自戕的决心罢了。

日后我想，琴没有后代，那么，按乡俗，给琴指路的人应该是她爱人汉，如果不是，应该是我这个弟弟，那，为什么偏偏是父亲？

父亲为琴指路这一幕，多年后还常常出现在我的梦中，醒来后，我常常一夜难眠。一想到此，父亲那颤抖的双腿，歪斜的肩膀和一遍遍叫着琴走好的情景犹在眼前，令我不能自已……

后来我努力回想，琴在死亡和下葬的整个过程中，他的爱人汉在哪里？特别是在换衣、入殓、开光①和指路的关键时刻，汉为何一直没有露面，他当时在哪里？

记忆是清楚的，也是真实的。自从琴被认定死亡后，汉就再也没敢走近琴。他躲躲闪闪的身影，令向往爱情、相信爱情的人心碎。

一个美丽的妻子死了，入殓后棺盖封死那一刻，那个叫汉的丈夫却站在一米以外的人群中，他不敢走近即将永别的妻子，这个男子的目光里一直充满恐惧。

客观地说，谁都不是圣人，活人对死人的恐惧，也是非常自然的事情，特别是对青少年而言。在琴死后的一段时间内，我就恐惧

---

① 满洲亡人起灵前，由最亲近的人用清水擦洗五官，祷告天堂幸福，俗叫"开光"。

过，特别是晚上，我常常害怕得不敢出屋，不敢大声喘气。尽管我尽量装出若无其事的样子，但我总觉得，琴每天夜里都回来，她有时藏在西屋的米囤后面，有时藏在房檐下的暗影里，有时就站在里屋油松老柜旁边……

我相信，父亲早就洞悉了我内心的恐惧，因为，每当我夜晚不敢独自出去方便时，父亲就会及时拉亮电灯，拿起电筒对我说：

"我出去尿尿，你去吗？"

我什么也不说，爬起来下炕，默默跟在父亲身后。我咚咚狂跳的心安定多了，那黑黢黢的夜，远远的山，慢慢翻卷的浮云，隐约的溪水声，眨眼的繁星和夜鸟的悲啼都变得不那么可怕。

这也是我有生以来，第一次感觉到，父亲在于我的重要性。这时的父亲，在我心中清晰而亲切。

十三

到底谁该为琴姐的死负责，是汉？是她儿子？是父亲？是杨木匠的儿子军？还是琴姐自己？我至今也没有找到令自己信服的答案。

现在我承认，生活像一艘航行在波涛汹涌的大海上的船，过来的路虽有风浪，毕竟过来了，当下怎样，自己真能掌控吗？岸边还很远，未来会一帆风顺吗？生活之船始终隐没在层层雾障中，世人很难控制一切。生命的过程是一个灵性的递进，我们看不见、摸不着，无法触及的灵性法则正在掌管着这个过程。

当年的另一件大事是，埋葬了琴姐之后，我辍学了，在初中三年级的上半学期。父亲也暂时辞去了林场的羊倌之职。

两个月又四天后的农历五月初五，小脚母亲在家里溘然而逝。

这之后，父亲变成了一个彻头彻尾的瘾君子。

事情之大、变故之快都令人措手不及，但事情还得从琴死后说起。

我的辍学和父亲重新回家，并没有给家里带来任何变化和好运。那是我家老屋最暗淡的日子。卧床的母亲，时时受着肺水肿的折磨，而父亲、我和小哥，不但忍受着失去琴的悲伤，而且时刻忍受着母亲一意寻死和追问琴去了哪里的惊恐。

我、小哥和父亲几乎昼夜不停地轮流看护着母亲。除了照顾她的生活起居外，连睡觉都睁着一只眼睛——生怕母亲突然死去的恐惧时时占据我的整个思维。这期间，母亲一直询问琴去了哪里，我们就骗她说，琴因为和汉没有办结婚证，却生了孩子（母亲是见过琴的儿子的），是计划外生育，犯了国法，怕政府来抓人，她躲到宽城老家去了。

一开始，母亲半信半疑，十天半个月后，母亲越来越多地向父亲问起琴，问她为何还不回来？而且，每次都用紧张的眼神盯着父亲的眼睛问。父亲每次从母亲的询问中逃脱后，都会借口锄地，到房后的菜园中蹲上好大一会儿。

自从琴的儿子死后，母亲咒骂的对象开始从父亲身上，转移到琴的婆婆身上。母亲虽然也迷信，但还不会迷信到相信巫医的程度。她诅咒琴的婆婆，因为是她让跳大神的巫医害死了白胖胖的外孙。

琴死后不久一个黄昏，我无意中发现，父亲急匆匆地向杨树谷方向走。那是一片没有农田的阴谷，谷很深，琴就孤零零地葬在阴谷的尽头。

又一天清晨，当我将汉家给的黑头母羊连同另外几只羊，赶往东梁山坡时，我隐约看见，父亲像一截树桩一样，站在琴的坟旁。

周围是安静的春山，成群的云雀从谷底飞起来，落在半人高的荒草丛中，还有三两只寒号鸟隐藏在一棵柞树上。听不见云雀的啁啾，也听不见寒号鸟的泣叫，清晨的杨树谷半隐半现在缭绕的山岚之中。一群蓝色的野鸽从山坡上飞下来，又飞上去。

父亲从琴的坟上回到家时，往往会跪在西屋的炕上，把臀部翘得高高的，双手死死抱住自己的脑袋扎在枕头上，长时间一动不动。即使在田间劳动间隙，他有时也会把头顶到一棵杨树的树干上，两臂环抱着后脑，一站就是一个时辰。

当时我还不知道，此时的父亲，精神上已经垮了。除了承担白发人送黑发人的巨大打击外，他的身体也垮了——他正在与一种顽疾作着抗争。

这个顽疾就是父亲的头痛。

父亲说他头疼，疼得厉害，而这时的父亲，已经完全戒掉了烧酒。

父亲一直有偏头痛的毛病，好像从我出生时，他就有了这个病。没人怀疑那是日本人的子弹留下的后遗症，一颗子弹从额头打进，又从后脑"滑"出去，会不会伤及大脑，我不知道，恐怕连父亲也没这样想过。

由于习以为常，我从来没想过，父亲是个有病的人。关于这一点，恐怕天下绝大多数儿女都有同感，总觉得父母是不会得病的，即使得病，也无大碍，更不会死亡。

过去，父亲一直有吃镇痛药的习惯，每天要吃两片 APC，就是药片上凸凹着三尾小鱼的那种阿司匹林 ①。在我的印象里，这就如同父亲每天要吃饭喝水一样平常。就我当时的认知水平和生活经验来

① 20世纪六七十年代北方农村将一种镇痛药称为阿司匹林，与现在流行的保健药不同。

说，根本不可能知道，阿司匹林和强痛定片是麻醉神经的药品，如果长期服用，是会上瘾的。

但令人意想不到的是，这种一分钱一片的镇痛药，有一天在我的家乡脱销了。

公元1980年前后，阿司匹林这种与北方广大乡民生活关系密切的药品，在回鹿山一带的药店被宣布脱销。药店的主人称，有一种叫作强痛定的药片，会更好地取代它。当然，强痛定的价钱要贵阿司匹林两倍还多。

忍受不了头痛的父亲，只好改用这种较贵的强痛定片。从效果上看，这种药确实比阿司匹林见效快，镇痛的时间也长，但后来我知道，这种药的性能更接近毒品吗啡。

不久，乡村药店又宣布，强痛定药片也不能供应了，取而代之的，是强痛定针剂。这种两毛多钱一支的镇痛药剂，终于彻底将父亲拖进了毒瘾的深渊。

以后我终于明白，回鹿山三号营子这家在当时还是政府指定的唯一一家乡村药店，由于经营者的唯利是图，所谓的阿司匹林脱销，不过是他们为药品擅自加价制造的假象。同时，为了推广利益更大的强痛定片和针剂，他们牟利的手段越来越多。原来，像我父亲一样年纪的乡村老人，由于过分依赖像阿司匹林这样既便宜又镇痛的药物，很多人实际上成了瘾君子，而这两个吃着公家饭，拿着公家钱的药店乡医，就借机大发不义之财。直到我父亲去世，药店还有据说是我父亲欠下的几百元药费。此时这家药店，被个人承包了，承包人坑骗百姓的现象更是有恃无恐。尽管那时我已经当兵走了，尽管那时我已经非常清楚这两个人应该得到法律的制裁，起码是道德上的审判，可我后来还是彻底偿还了这笔糊涂账。我是父亲唯一的儿子，无论怎样，父亲死了，父债子还，这是我从小就知道的古训，我不能让地下的父亲过于失望。

更令我痛心的是，二三十年后的今天，在我的家乡，乡医骗人、坑人、害人的程度更到了令人发指的地步。就是当年那个药店，现在的生意越发兴隆了，药店主人老了，他们的子女又继承了父亲的事业，一批又一批像我父亲一样的乡村老人，还在阿司匹林和强痛定的作用下度日如年！

十四

身为儿女，我的体会是，千万别轻易指责你的父亲，不论他是个什么样的人。在你离开父亲独自生活前，不论你发现了什么，认识到什么，都会有失孩子式的偏颇；除非有一天，你做了父亲，并且你的儿女已经长大成人，这时，你才有可能具备了评说父亲的资格。毫无疑问，在写出这句话之前差不多十几年里，我还纠缠在父亲与毒品的关系中。

其实，已经被镇痛药物控制多年的父亲，很容易就会跌入乡医设下的陷阱。加上失去爱女的痛苦，我的无端退学，母亲绵绵无期的病痛，没有酒精的麻醉，还有什么更好的方式排解父亲的身心重负呢？

更何况，母亲最后一段日子，之所以能够减少些病痛的折磨，父亲的方式何尝不是我乐意看到的？

那时，已经没有任何药物能缓解母亲的憋气和全身肿痛，尽管现在看来，母亲的病在当时并非不治之症，但在那个极端贫困的年代，在缺医少药的乡村，在镇医院住了六十多天的母亲，只有一条路可走：回家等死。

见母亲难受，父亲就请来乡医给母亲打一针强痛定，母亲果然很舒服地睡着了。看着母亲发紫的嘴唇终于能闭合一会儿了，我高兴得一次次想哭……以后的日子里，母亲除了醒来后吵着要见琴姐外，其他时间，似乎都是在大剂量的强痛定作用下度过的。

1981年农历五月初五，端午节。

这是琴姐死后的第六十四天。

当我和小哥清早起来，到河边采回一筐艾蒿和薄荷回家时，父亲刚刚点火做饭。

那时，母亲还安静地躺在炕上睡着。

饭好后，父亲让我叫醒母亲。

我走到母亲头上叫了两声，母亲没有动静，再大声叫一回，还是没有反应。我用手推了推母亲露在被子外面的肩头，肩头是冰凉的，母亲整个身体都跟着晃动起来。

母亲就这样不知何时已经走了。

……

埋葬完母亲，家里不仅一贫如洗，一个更严重的问题同时凸显出来：由于父亲对强痛定等镇痛性药物的需求过大，父亲竟开始变卖家里一切可以变卖的东西。那是北方乡村实行农田承包责任制的第二年，刚刚分到家里的几只羊也被父亲卖了。

但是，父亲却没有卖掉作为琴的财礼的那只黑头母羊和它繁殖的两个小黑头。

父亲不仅在一年之内成了一个丧女亡妻的倒霉鬼，还成了回鹿山第一个被公认的吸毒者。虽然，那时在我的家乡还没有吸毒这个词，但一个"扎针的"恶名还是传开了。一些别有用心的乡民一边鼓动着父亲扎针，一边在后面戳戳点点。

这就是我日后认识的我故乡某一类人——那种恨人有、笑人无的坏习气，不知是与生俱来，还是慢慢养成？反正，我很早就看不惯故乡人了。当我在外面有机会走过其他省份的乡村后，比如湖南的湘西、云南的丽江等，我常常被一些淳朴、憨厚的乡民所打动。于是我想，要是我故乡的人，像他们一样该多好啊！当然，有时也往宽处想：或许，故乡人本来是和其他乡村人一样的，很多地方可能还更好，可能是因为我觉得受过伤害，是我的心和眼睛出了问题吧！

不知不觉中，我和小哥长山开始干预父亲的扎针行为，但一切都为时已晚。

更令人不可思议的，还是那家药店，他们有一天竟中断了父亲的针剂供应，理由是政府发现了问题，开始干预乡村药物市场。

然后，就有一个乡医向父亲偷偷推荐一种黑色块状物。我断定，见过世面的父亲不可能不知道，这就是俗称大烟的鸦片，但谁又能说，在当时的境况下，一个上瘾的病人能经得住这种东西的诱惑呢？

这是一个故事吗？不相信的人一定会这样问。若干年后，我仍没有力气回答这个问题。有谁会相信呢？在全世界都在打击毒品交易和犯罪的今天，在我的故乡，不仅早在 20 世纪 80 年代有，现在仍有像当年我父亲这样的老人，被强痛定、类似的针剂和"大烟"所控制，而且出现了半公开的鸦片交易。更为可怕的是，现在这些麻醉神经的药品流向乡村的渠道更宽更广了，并且真假难辨。

在乡民身上发毒品财的人，也不是当年的一家药店和一两个乡医了。就在 2000 年冬天，听说一个我认识的乡亲，因为扎了假大烟而烂掉了胳膊，后来竟丢了性命。

而在当年，父亲这种不可饶恕的错误行为就直接导致了另一场悲剧的发生。

这场悲剧的导演是我的大姐荣。

母亲死后，荣不断对我的异父小哥长山进行晓之以理、动之以情的"策反"。

大姐和小哥同母同父，这也许正是小哥更信赖大姐的原因。安葬完母亲半年后，小哥长山正式提出与我和父亲分家单过。

父亲好像早有预料，他平静地劝说小哥留下来。但小哥的去意极为坚定，不可改变。

父亲和我用尽各种办法进行挽留，结果都失败了。固执而有些偏执的小哥异常坚决，任何人都不再可能劝他留下来。

分家的时候，父亲对我说：

"这个家，都是你哥这些年下苦力挣下的，理应由他说了算，他想怎样分，就怎样分，他想要什么，就要什么吧。"

就这样，原本把眼睛瞪得很大的荣很满意，小哥如愿以偿地分到了他想要的东西，包括那匹栗色母马。

在分几只羊时，父亲对小哥说：

"三只黑头就留下吧，那是汉家的羊繁殖的，当年琴喜欢，说黑头羊最好看。"

小哥点点头，答应了。

少得可怜的家产分完后，小哥竟一天都不肯在这个家多待。在当年最后一场秋雨的晚上，他搬到了大姐荣家的西屋。

大姐荣乐了，我却第一次感受到骨肉分离的剧痛。

那天傍晚，在邻人的监督下，一切都已交割清楚，能搬走的，小哥都搬走了。最后，小哥和父亲分别在邻人的公证文书上签字，按了手印。

邻人走后，老屋里只剩下了父子三人。

非常奇怪，即便到了这个时刻，我也没有觉得特别难过。分家这两天发生的事情，平静而诡异，一切都恍若在一场梦中。我在心里暗暗告诉自己：这不是真的，这一切都是梦，小哥不会走的，他不会这样离开我和父亲。

天完全黑了，老屋里亮起了灯，外面突然下起雨来。我担心园子里那株向日葵，会不会遭到雹子的袭击。这株向日葵晚生了一个多月，个头不高，而且分出大小三个头。别的向日葵落花时，这株三头向日葵才开花。时至深秋，它的花期却还没有过。

菜园子里，还残生着秋尾的其他农作物。越来越大的雨点砸在角瓜叶上、黄瓜叶上、旱烟叶和甜菜叶上，发出一串串玻璃破碎的噼啪声。

秋尾的植物叶子大多枯黄了，它们似乎只等这一场秋雨来彻底摧毁它们，以便完结自己短暂的一生。

父亲一直坐在炕头儿，一个下午都没有下过地。在父亲头顶，那盏小瓦数灯泡散发出橘黄色的光。

父亲一支接一支抽着旱烟，忽蓝忽白的烟雾包围着父亲，烟雾缭绕着，缭绕着，慢慢从父亲的身上、头发里四散开去。

送走了邻人的小哥，在柜边站了片刻，然后默不作声地脱鞋上炕。他从被垛里分拣出自己的被褥、枕头和过冬的棉衣。这些衣物，都是母亲和琴姐生前一针一线拆洗过的。那上面还残留着一家人的气味和暖意。

我坐在炕沿边上，默默地看着这一切，脑袋一阵阵发木，意识一片空白。当小哥把枕头和棉衣卷入被褥时，我像忽然明白了什么，开始害怕，瞬间浑身发冷，冷得几乎打起冷战来。

小哥有条不紊地卷起被褥，夹在右腋下，然后下炕，穿鞋，一声不响地向门口走去。

此时的我，好像一下子从梦中惊醒了，猛地跳下炕，同时发出了一声天崩地裂般的哭喊：

"小哥——你——别走……"

但小哥的一只脚已经跨过里屋门槛。我一步抢上来，双手死死拽住被褥一角。

小哥好像很意外，回过头吃惊地看着我，但他仍然没说一句话，也没有停下来的意思，只是夹紧了腋下的被褥。

小哥的态度让我更加恐惧、更加绝望。我一面更大哭声地央求小哥别走，别扔下我，一面回头哀求父亲：

"叔——叔——求你了，求求你了，求你让小哥留下来吧——叔——我求你啦……"

不难想象，我当时的哭喊应该是最无助、最绝望、最凄厉的！然而，小哥并没有动摇，父亲也没有说话，他一动不动地坐在那里，周身被烟雾缠绕着。

于是，我回头继续央求小哥，更加用力地拽住被褥不放。

就这样，小哥在门槛外，我在门槛里，各自抓住被褥一头，他拽过去，我扯回来，他又拽过去，我再扯回来……就这样拉锯一样扯拽了很久很久……

最后的胜利者还是小哥。他总算摆脱了我的纠缠，像逃离魔窟一样消失在院外的秋雨中。

在整个拉拽过程中，父亲一句话也没说。

我追到外屋，如注的大雨阻挡了我。于是我停止喊叫，眼睁睁看着小哥消失在雨雾里。

不知过了多久，我有些站不住了，就倚住风门框努力站着，后来终于支撑不住，出溜着坐在外屋门槛上。泪水没有断，我安静地哭。哭累了，我回到里屋，发现父亲跪在炕上，把臀部高高翘起，头死死顶在山墙上。

往事真不堪回首，一想到当年小哥搬出时的情景，我还是像当年那样心如刀绞。好在，一切都过去了，可喜的是，小哥长山后来终于过上了正常人的生活。他有了妻子和儿子，虽然我知道，小哥心里也清楚，他后来的圆满家庭都是父亲临死前一手促成的，但在这里，我还是想告诉他：

——亲爱的小哥，你当年的决定可能对了，也可能错了，不论对错，伤害是严重的。你不仅伤害了父亲，也深深伤害了一个未成年的小弟！当他拉住你的行李，一边拼命往屋里拽，一边哭着喊让哥哥留下来时，你知道吗？那一刻，一个少年的天空真正塌下来了。在那一刻，小弟真正体会到了骨肉剥离、生不如死的滋味……还有，我想说，亲爱的小哥，尽管到今天我也不知道，父亲在你心中占有什么位置，但我要告诉你：作为继父，我认为父亲是爱你的，特别是琴姐死后，我又小，你成了这个残破之家的顶梁柱。父亲深知你的重要，无论是从生活上，还是情感上，我认为，父亲给予你的，要远远多于我。我只说一个细节：在母亲死后那段日子，你上山劳作时，父亲在家做饭，他每天都把最好的饭菜留给你。如果炒一盘鸡蛋，父亲只会夹一片给我，他一口都不肯吃，一直热在锅里，不时加一把火温着……

……

关于小哥的离去，还有一件小事不得不提，那就是小哥分家时，大姐荣提出要求："长山从此改回本姓。"也就是说，要改回荣姐父亲的姓。但在这件事儿上，父亲却没有同意。

那天，父亲对小哥说：

"别的都行，什么条件我都依你了，只是这个姓，你就别再改了，咱们在一起，待了这么多年，分家别分心。你娘从五岁带你过来，就随了我的姓，琴和城邦一直都倚靠你。你虽不是我亲生的骨血，但毕竟和弟妹一奶同胞，现在，琴也死了，你这一走，城邦心里最难过……要是你把姓也改了，他就越发显得孤单了，我已经老了，身子骨不行了，说不定哪天一死，你弟弟还得你帮助……"

父亲说到这儿，突然停下了，没再往下说。

小哥不置可否。我想，小哥一定是听进了父亲这番话，改姓的事就此放下了。

仔细算来，当年分家的时候，小哥长山已经三十岁，由于本人条件所限，家庭又太贫困，当时还是光棍一条。且不说大姐荣的用心有何不妥，就在乡邻看来，小哥的处境也是堪忧：一个又老又扎针的继父，一个读过几天书，成天满脑子幻想，又不肯下力气劳动的小弟……于小哥来说，这种扛长活的生活似乎永无出头之日！

当然，这种现实，大姐荣看得更清楚。她给小哥的许诺是：只要搬到她家，不出半年，就会给小哥说上媳妇。

大姐的愿望是好的，但不会那么容易实现。小哥在以后几年，就成了大姐家一个能干活的主劳力。大姐这时生下了第六个孩子，头四个都是女孩儿，最小的儿子当时只有一岁多。小哥长山的入伙，实实在在弥补了大姐家劳力不足的缺憾。

坦率地讲，现在，我一点都不怨恨小哥当年的离去，他没有任何错误，是我和父亲让他对一个家庭失去了信心。当然，我也没有丝毫指责荣和雨生夫妇的意思，他们无论如何都是我的亲人，尤其是姐夫雨生，在琴死后，他实际成了我唯一的姐夫。在我当兵前的生活中，他不但弥补了大姐荣作为亲人对我的某些怠慢，从亲情上给我以抚慰，而且还在父亲离世之后，用他长兄般的方式教我如何做人。现在，雨生已经是一个七十岁的老人了，他有了两个孙子，两个外孙，四个外孙女，是名副其实的子孙满堂！在这里，我应该先向雨生姐夫鞠躬致敬：

——亲爱的雨生姐夫，您是我心中最勤劳朴实的亲人，也是父亲一生的知己，我永生难忘您对我们的好处！

十五

有人说，出生在二十世纪六七十年代的人，既是不幸的一代，也是有幸的一代。说不幸，是因为，他们在襁褓或懵懂无知的童年生活中度过了一个特殊的时代，人们只允许有一种思想，物质生活极度困苦；说有幸，因为那是另一种伟大的时代①，中国人灵魂与肉体的幸与不幸都由他们的父母来承担了。渐渐地，我已经不大相信，会有多少人体悟到时代生活的烙印。

像受到了某个巫师的诅咒，1981 年在我的人生旅程中意义特殊。那一年，我连遭厄运，真可谓一年之内家破人亡。

说到灵魂的顿悟，我承认，即使琴姐自杀、母亲亡故和自己的辍学，都没真正触动我混沌的心，更遑论关于生活和命运的思考，但小哥的搬走，却给了我最沉重的一击。

小哥搬走那晚，父亲一根接一根吸着旱烟，这真是一个漫漫长夜。我一直被悲伤包围着，几乎流干了眼泪。我很想让自己马上想透小哥搬走的真正原因，然后一遍遍设想着，此时的小哥，会不会也像我这样伤心，落泪，辗转反侧？如果是，小哥明天会突然回来吗？一想到小哥此时也许正像我一样因分离而暗暗哭泣，我的心就一阵阵绞痛。

我再次嘤嘤地哭出声来，一遍又一遍。

天快亮的时候，下了一夜的雨停了。父亲掐灭烟头，转过身，轻声对我说：

---

① 这是历史眼光下的伟大时代，一个国家或一个民族要创造历史和发展历史，必由不同时代不同民众的生活来做基石。为整个人类留下经验的时代应该是伟大的。——作者注

"天快亮了。你不睡一会儿，要生病的。"

父亲的开口，仿佛让我一下子找到了问题的答案，我突然坐起来，对父亲大声喊道：

"你少管我，要睡你自己睡吧！还不是因为你，要是你不扎针，我小哥也不会走！"

说完这句话，我的嘴唇有点发麻，上下牙齿开始打架，毕竟，这是有生以来，我第一次如此不敬地对父亲说话，况且，这句话的威力简直就像一颗炸弹。

父亲虽然是老来得子，但在我的印象中，似乎没有什么具体事情证明他多么疼爱我，倒是遭他痛打的记忆深刻。事实上，我一直是惧怕父亲的。现在，我的儿子已经二十岁了，他毫无二致地延续了我的过去，他用自己的体会向他母亲陈述与我的关系：恐惧。

可是，父亲并没像我担心的那样愤怒起来。他只是看了我片刻，表情疲惫，目光游离。然后才说：

"你哥愿意走，那就让他走吧，你还小，有些事情你还不懂，他迟早是要走的……"

父亲的平静给了我勇气，我立即打断他的话：

"骗人去吧，我小哥就是因为你扎针才走的，他根本不愿意走。再说，我不是小孩子了，我知道怎么回事！"

父亲不再说什么，他别过脸去，下意识地到烟筐里捏烟，但烟筐已经空了。父亲抽回手，然后深深地把头低下了。

这是我第一次以对峙的方式和勇气与父亲交流对事物的看法。当父亲低下头那一刻，我突然觉得自己已经长大成人了，懂得了人情世故，能看透事情的本质，甚至能够预知未来。于是，我不再悲伤和委屈，浑身立刻充满了力量。此时的父亲在我眼里，已经不再是一座山，而我却变成了山的顶峰，我俯瞰平原、河流和沟谷，整个世界仿佛都在我的脚下，一切的一切都被我控制了。

其实，那一年我不过十五岁。

这次家庭变故，像我生命历程中的一颗彗星，划破我少年混沌的天空。无论再过多少年，再回首那个夜晚发生的一切，我仍能听到自己落泪的声音，就像一棵谷子在暗夜抽穗时发出的声音一样，也像菜园中那株晚生的向日葵，当秋雨落在它的花瓣上时，它的反应细微、隐忍而迟钝。虽然，当初我并不具备叙述和解释心灵状态的能力，也没有经验分析我所经历的一切，但是，在那个夜晚，我毕竟开始觉悟了，而这觉悟的前提是试图分析一件事情的内在联系，当这种分析持续到今天时，我认为，父亲当时所说的小哥"迟早是要走的"这句话，并不是我理解的那种因为小哥不是父亲亲生才会发生的事儿，父亲实在是说出了一句最富哲理的话——儿子总要离开家独立生活，一个男人成熟的标志，就是离家。

不仅小哥迟早要走，就连我这个亲生儿子也迟早要走的——而且，果然走了，一走就走得这样远，这样久……现在想来，父亲早就认识到了这一点，所以，尽管痛苦，却能坦然面对。

关于小哥当年的出走，如果进一步分析下去，还会发现有另一种东西隐藏在背后——当时我的悲伤成分，主要是由于多年与小哥生活在一起建立起的兄弟感情，但我不得不羞愧地承认，之所以连母亲去世都没让我如此悲伤和绝望，完全是由于自私、惜力和对未来生活没有信心引起的恐惧所致，只不过，我当时意识不到这一点罢了。道理很简单，当时的土地已经承包到户，家家分有农田、草场，而我这个虽生于乡村长于草原的孩子，除了喜欢读书和幻想外，没有任何自食其力的能力，也没做这方面的心理准备，更没有树立起一种自强不息的信心。当面对母亲突然去世，父亲又年老体迈时，我并不太担心自己的生活，因为，我有一个年富力强的小哥，他的勤劳和憨厚有目共睹，有他在，我仍然还是一个处处受到娇宠的小弟，一个常常以哭泣和告状对待哥哥的小弟。

然而，残酷的现实突然摆在眼前：小哥这个撑天的柱石倒了，在巨大的惊恐、绝望之后，我除了悲伤，差不多是愤怒和仇恨了！

遗憾的是，我当时根本没有意识到这一点。我终于找到了迁怒的对象，那就是年老多病，还扎针的父亲。

如果说，如今我在某些时候和某些私欲面前，还能想到妻子、儿子和其他亲人的感受时，那么，在我刚开始思索人生几何的阶段，我从没站在父亲和小哥的立场上思考问题。由此可以看出人性自私的一面；自我、本能的欲望并不因为你懂事才变得微弱，也不因为你不懂事而变得微弱。人在青少年时代，不论生活多么贫困，但只要你一直得到亲人无微不至的关爱，你在获得关爱的同时，也在强化自私的本能，这种神不知鬼不觉的强化，在生活一旦出现变故，而这变故明显对自己不利的时候，就会爆发出来，就像当年的我那样，甚或超过我，走向更可怕的极端。

就在那个黎明，当我击败父亲，让他把头深深低下后，我那颗跳动得异常复杂的心终于平静下来，我很快就睡着了。

十六

小哥走了，我和父亲共同度过了一个漫长冬季。这也是我直面现实生活的开始。

从古到今，故乡民众的主粮是小米、莜麦、荞麦和土豆。分家时，小哥分走了一部分粮食，但他没有听从大姐的建议，去分掉大门口那垛柴火。

小哥长山把那垛已经干透的陈年柴火，全部留给了我和父亲。

这是相当重要的一件事情，它说明小哥对我和父亲的感情——父亲因为残了一只手，农活中除了能单手扶犁外，很难再做到上山砍柴。而我除了跟小哥上山玩耍，偶尔背回一小捆柴火外，对锯树砍柴这样的体力活几乎一无所能。多少年来，我家的烧柴，一直是小哥解决的事情。关于小哥砍柴背柴的情景，是我故乡底片中最清晰的暗影，当时间的显影液发挥作用时，当年的小哥和故乡的山川景物犹在眼前。

　　在我还小的时候，小哥上山砍柴就常常带着我，而我的兴趣和任务，却是捉雪松鼠，或寻找小哥事先下在丛林里的套子。

　　故乡的野鸡和兔子很多，每到冬天，小哥就用马尾长毛捻成细绳做套子来套野鸡。套兔子的套子不能用马尾，得用精细的铁丝。小哥不是猎手，但他比猎手还熟悉野鸡和兔子的习性和行踪，因此，套住野味的机会很多。

　　我说过，小哥是个不足一米五的矮子，但他非常有力气，能背起柴垛一样的榛柴捆——从后面远远看去，只见一座小山缓缓地向前移动。渐渐地，小哥的两截小腿从柴捆下面显露出来，他迈着坚实的步子，在山坡或雪路上走着，咯吱咯吱！咯吱咯吱！小哥的脚步沉重而稳健，这几乎是我童年整个冬天的印象。

　　砍柴是要流汗的，但背柴时流的汗会更多。因为小哥的柴捆很大很沉，一旦背起来，中途是不能停歇的，否则就很难再站起来。就这样，汗水不断地从小哥脸上流进他的脖子，但小哥凭着惊人的耐力，一步步坚定、缓慢地向家走去。当他在院外匐然放倒柴捆时，整个营子都能听到一座山倒下的声音。这时的小哥，常常仰躺在柴捆上，并不急于把双臂从背绳里解放出来，而是两脚着地，弓着膝舒舒服服地仰躺在柴捆上，好好歇上几分钟，然后再抽出双臂。小哥站起来，用袖口横擦几把脸上的汗水，浑身上下就蒸腾起一股白雾——汗水在阳光和冷风的作用下，让小哥很快变得热气腾腾起来。

在草原和森林的交界地带，听起来烧柴不成问题，实际上，由于一代又一代人的乱砍滥伐，到了二十世纪七八十年代，回鹿山周围的柞树、白桦、椴树几乎被砍光了。为了保证一年的烧柴，大雪封山的整个冬天，乡民都得到更远一些的响水砍榛柴。响水因为有水声而得名——有一条山溪突然从高岩跌落，形成一个几十米高的瀑布，这是一条非常深的山谷，从山谷的尽头到七号营子口，足有五公里。

粮食的一天天减少是没有办法的事儿。那时，虽然包产到户，但由于山高地薄，早晚温差大，谷子和莜麦几乎年年歉收。另外的因素是，当地政府在土地承包前两年，对亩产量估计过高，缴完公粮，乡民的吃食已经所剩无几。如此少得可怜的口粮，要让全家人度过一个漫长的冬季，是一件非常不容易的事情，但当地的农牧民，却没有人找到严重缺粮的真正原因。他们一辈子逆来顺受，两辈子逆来顺受，甚至三辈子逆来顺受，随遇而安！乡亲们年复一年地寄希望于来年的收成能好些——干旱适度，自己多积肥，多施肥，勤劳动，以便有个好收成。然而，这最低的粮产要求多半也会落空，一次返春寒，一场冰雹，一场大雨，一次早霜，一次狂风，一次早冻，其中任何一次天公变脸，都会导致乡民挨饿。于是，在每年的春耕时节，百分之八十的民户只有窖存的土豆和着白开水度日了。有的人家，竟连留做种子的土豆也吃光了。

或许有人会问：回鹿山属塞北高原地带，到处是草场和森林，这样的天然牧场，为什么不发展牧业、买卖牛羊致富？这正是我要提出的问题。一个像回鹿山这样落后地区的经济，要脱贫，要发展，到底走一种什么样的发展模式，有什么样的中长远规划？直到改革开放四十多年后的今天，当地政府也没有找到切实可行的答案。很显然，像这种山高地薄的地方，以农养农的办法是不行的，俗语说：茂密的林木下面，不会有丰美的青草；大块的石头中间，不会有良好的禾苗。高山是石头垒起来的，石头多土壤就薄，这是自然科学证明了的。那么，就发展牧业，或者以林业为主怎样？结果当地政府的政策一年一变，今年强调牧业，明年又强调林业，后年又提倡开荒种地，两年前还要求保护耕地，三年后又强制农民退耕还林……

毫不夸张地说，如今，回鹿山一带的民众，仍在这种摇摆不定的经济模式中苦苦挣扎着，贫穷落后一刻也没有离开过他们。更可悲的，作为一个国家级贫困县，一个少数民族聚居地，县乡两级政府实际已经成了一些官员竞相争官趋利的舞台，加上所谓的官员异地交流任职政策，县乡主官走马灯般调换，简直就成了皇帝轮流坐，今天到我家。一旦新官走马上任，必会有三令五申的"新政策"出台，种种看似为民生民计的措施，实际成了大小官吏合法敛财的手段——更令人不可究诘的是，几任县官为了保住"国家级贫困县"这顶帽子，竟不择手段地逐级公关……为什么？国家级贫困县，上面年年有救济款、扶贫款，有种种优惠政策。只有上面有救济、有政策，下面才会有油水……

2000年大年三十的晚上，当我来到当年的邻居李家时，发现他们的穿着、他们的年饭和他们的眼神与二十多年前一模一样，唯一不同的是，当年李家那五个年轻的光棍，已经变成老光棍了！他们的脸上多了无数道沟壑，沟壑里泥土增加了。李家那三间草房也像我家的老屋那样，摇摇欲坠。还有，我看到他们一家八口人团团围坐的饭桌上，竟没有一道荤菜，没有一只酒杯。要知道，即使在二十世纪七八十年代，故乡的年三十晚上，人们也是要喝两盅烧酒的，虽然那时的粮食酒要一块钱一斤……这时，陪在一旁的雨生告诉我，李家兄弟五人因为都老了，一直没有到山外去打工挣钱，与有民工的家庭相比，他们显得比原来更穷了。

雨生随后告诉我，这些年过春节，很难看到谁家有青壮年了，都在外面下煤窑、搞建筑、烧板砖、捡垃圾去了。他们扔下老人和孩子，领着老婆到外地打工，然后把生在外面的孩子送回来寄养。不论男孩女孩，最好的也只是读完初中，有的仅读完小学就出去打工挣钱……

姐夫雨生谈这个话题时，语气不带一丝褒贬。雨生重男轻女思想严重，好像一辈子都不相信知识改变命运。他说：

"还和过去一个样儿，念书有什么用？只能把自个儿念懒了，念得游手好闲，逃避体力劳动。"

雨生又说："这年景，就是上大学也没用，上营子张老师的老儿子，不是上了大学？还是北京的大学，结果上完大学，家里卖牛卖马，拉了一屁股两眼子饥荒，如今还不是照样找不到工作？听说常年在北京城里游荡，靠给道上的司机塞卖房子的纸片生活……"

突然，雨生打住话头，说：

"要说念书全没用，也不对，那得看是啥人！你的书就没白念！"

雨生是怕我联想到从前。随即，他话锋一转：

"他姥爷这人，明白人啊，谁也比不了！当年让你当兵，我就不同意，现在看来，他是对的。如今你成事了，要不是他寿命短，现在也该享享福了。"

听了此话，我的心好酸好沉。姐夫雨生毕竟是父亲一生的朋友，他是真佩服父亲有远见，可惜，他却一辈子也没有学到父亲的远见。在知识改变命运、科学强国、男尊女卑、儿女婚嫁等重大问题上，雨生的短见历历可数。毫无疑问，当兵改变了我的生活，但我也常想：走过烽火硝烟的父亲，难道真希望他的儿子靠跻身行伍改变命运吗？

从李家出来，我和雨生都不再说什么。不知不觉中，我们已经站在我家当年垛柴火的地方。

柴垛早不见了，这里变成了李家一个粪坑，但我的老屋还在。由于多年闲置，没人居住，院墙残破不堪，老屋摇摇欲坠。

我再次想起那个漫长的冬天。

十七

在担心粮食吃不到年关的同时，眼见着小哥留下的那垛柴火也一天天消瘦下去，我的心也随之沉重起来。

要知道，那时的乡民，穷富的差距还不太明显，但穷富的标志却约定俗成。标志一，看是否豢养一只强壮有力的狗，如果是一只肥硕而妩媚的母狗，更说明此乃殷实人家；标志二，每家院里院外柴垛的大小。如果谁家的新柴垛大，或旧柴垛未动，新柴垛又起，这就预示着这家日子的红火和富足；门口柴垛小或没有柴垛的，注定是穷困潦倒的人家。

一只四眼狗是我童年的最好朋友。它是条公狗，威武有力，曾护佑着我爬遍故乡的山山水水。然而，在"文革"后期，在父亲被撤掉生产队长，并被刘战踢下土台摔断胳膊之前的某一天，父亲和小哥在我家房前生产队的羊圈栅栏上吊死了四眼。

那是一个时令初冬、飘着清雪的早晨，我被一声声凄惨的哀号惊醒。当我透过结霜的玻璃窗向外张望时，只看到四眼在高高的栅栏上最后一次挣扎。我光着脚疯一般奔出屋去，已经晚了，父亲刚把一瓢凉水给四眼灌下去。洁白的雪地上，顿时有四眼喷溅出的血滴洇漫开来，像朵朵怒放的梅花……那真是一个令人哀婉的时代——为了响应国家号召，为了节省粮食，公社武装部长带领打狗队，逐个营子展开游击战……人类最忠实的朋友一夜间几近灭迹。这在北方草原，特别是在满洲人聚居地，空前绝后的灭狗运动让多少人的心灵遭受重创。后来，我在《我与狗儿的情感生活》一书的序言里，流着泪描述了四眼惨遭屠戮时的情景。

也许，我确实悟到了这一点，所以，一见到自己家的柴垛渐渐小下去，天性敏感的我，其烦躁的心情与不想砍柴劳作的念头就胡乱交织在一起，汇成了一股异常矛盾、挣扎和疼痛的溪流，时时涤荡着我的神经。那种害怕没柴烧的恐惧，甚至超过了没粮吃的恐惧。

一天早晨，父亲并没有叫醒我。往日这时，他会把饭做好，然后叫我起来吃饭。那天，我睡到自然醒，睁开眼睛，发现父亲不在，屋里空荡荡的。

接近中午的时候，父亲背着一捆干柴回来了。这是一捆杨树、桦树和柞树的枯枝。我知道，这种枯枝只有在较远的响水杂树林中才会捡到，而这时的阴坡树林中，积雪没膝。

我略微有一丝恐慌。显然，我已经意识到，自己是成人了，再没有理由躺在炕上等吃等喝，而让有一只残手的父亲上山捡柴，那一刻，良心真的很不安。

我一声不响地到外屋生火，想用做一顿饭来弥补这次过失。但就在我将灶火点着时，我发现父亲回到西屋，然后悄悄把门关上了。

我不觉心动了一下。蹑手蹑脚地走过去，贴近门缝向里一看，只见父亲从炕席底下拿出一支玻璃管注射器，正准备向自己的残臂注射药剂——这之前，我偶尔也会看到这种情景。

一股怒火突然冒上来，我将手里的水瓢远远地掷向旁边的水缸。已经裂了一条缝的葫芦瓢落到冰冻的缸面上，发出了一声瓷器破碎般的声响。正在聚精会神注射的父亲被吓了一跳。但父亲只是愣了一下，回头扫了一眼虚掩的门，并没有停止注射，也没有马上走出来。

我决定不做这顿饭，反身回到东屋。拿起炕上那本《第二次握手》哗哗地翻起来。这是我辍学前最喜欢的一部小说，也是爱情的第一次启蒙。

那时，我已经是第四遍读这部小说了。从此，我心里永远铭记了一个叫丁洁琼的姑娘，她绯红的脸颊、百媚千回的丹凤眼很长时间都是我心中女性的最美（可惜，在以后的生活中我发现，长着丹凤眼的女人都是单眼皮，其实并不好看。后来，我还是选了大眼睛双眼皮的苹果脸做了妻子）。

灶膛里那把柴火渐渐熄灭，父亲一声不响地从西屋出来，躬身往灶膛续上柴火，然后开始刷锅做饭。

饭好了，父亲把碗筷一一拿上来，动作很轻，担惊受怕似的。

我一直背对着父亲，心里也有些忐忑。

这时，父亲转身放下门帘说：

"吃吧，一会儿该凉了。"

我看了一眼父亲，发现父亲眼里非但没有我小时候那种令人惧怕的严厉目光，反而多了一种躲躲闪闪的东西。在父亲的再一次催促下，我端起饭碗。可是不知为什么，就在我端起碗那一刻，一股巨大的委屈和伤感包围了我，我强忍着，但没有忍住，豆大的泪珠一声不响地滚到碗里……

都说爱哭的男人没志气，我恰好是这样一个人。记得小时候，如果琴姐或小哥哪个招惹了我，特别是在吃饭的时候，只要琴姐用目光制止我夹菜，我就立刻这样无声地哭起来。这时母亲就会摔下筷子，拉过我说："不吃了，都让他们吃。吃吃吃，撑死他们！"然后开始骂琴。骂得重了，琴也会哭起来，因为琴其实没错，她只想让家里每个人都能吃到那个菜。琴一哭，父亲多半会发怒，他丢下碗筷，开始追打我。这时小哥和母亲就拼命拦住，一场家庭的罗圈仗就开始了。可是现在，父亲看到我的眼泪，竟一点责怪的意思也没有，他只是默默地吃完饭，然后低眉顺眼地溜到西屋去了。

说起来难以置信，现在，我几乎每天都能看到父亲那种目光，对，就是那种低眉顺眼的目光，但这目光却来自我的儿子。

由于儿子不爱学习，数理化成绩很差，又常常做错事（其实只是玩心太重，未必都是错事），又非常怕我，每每在我面前，就会流露出和他爷爷当年一模一样的眼神，像！简直像极了。每当此时，我总是无奈地叹口气，接下来我会躲进书房反思一下自己："难道，我真的比父亲和儿子更优秀吗？我这种自以为是的秉性，何时能得到校正？"

那天晚上，父亲为我仔细准备了一条麻绳和一把镰刀。然后摘下一直挂在西屋山墙上的那支火枪。这是父亲拼着命保存下来的旧物。"文革"之后的乡村草原，枪支管得很严。虽然是一支装铁砂的猎枪，但父亲对枪的痴迷大有不计生死的劲头，这依稀能暴露一丝他与战争的关系。

记得我很小的时候，父亲常常把打伤活捉的野鸡提回来，用一根细绳捆住野鸡的两个翅膀给我当玩物。我说过，父亲是非常好的猎手，他虽然不是专职猎人，但猎人都羡慕父亲的胆量和枪法，可是不知为什么，某一天，父亲突然挂起了那支火枪，不再进山打猎了。

看着父亲仔细擦拭火枪的神情，我以为，父亲又要打猎了，一阵欣喜不觉掠过心际。正激动间，那支枪却从父亲不太好使的胳膊上出溜下来，枪口砰的一声杵到墙上。失望的情绪立刻胜过了欣喜——父亲已经错过了一个猎手的最佳年龄，他已经算个真正的老人了。

"还能用吗？"我小声问父亲。

这看似是问枪还能用与否的问题，实际包含着我对父亲年老的深深失望和不满。

父亲说，能用，这是一支好枪。营子里很多猎手都希望得到这支枪，但父亲从没想到过交出去或卖掉它。

"原来以为你小哥会喜欢，可他却没兴趣。"父亲说，"你从小聪明，喜欢上学，乡邻们都说你念书能念出前程，我也这么看，就没打算教你一些谋生的办法。现在不行了，你得学会一些技能，明天，咱爷儿俩上山，一边砍柴，一边碰碰运气，说不定你以后会成为一个猎人。"

我果然又高兴起来。我痛痛快快地说：

"太好啦，说不定，明天就能打到一只兔子。"不过我马上又懊丧起来："可惜，现在的兔子不多了！"

父亲说：

"不碍事儿，猎物不多才会锻炼出好猎人。只要你学会了用枪，能打到兔子，过年时的肉食就有了。"

片刻，父亲突然换了另一种口气，说：

"存粮不多了，烧柴也不多了，但日子还得过下去。"

停顿一下，父亲又说：

"粮食一年只一季，收成好赖，是咱们没办法预测的事儿，但山还在，有山就有树，有树就有烧柴，哪怕远点儿，难点儿，也得先把烧柴解决了。你哥留给咱这垛柴火，要省着烧，一来，明年闰年，是个长夏，柴用得多；二来，这个柴垛是一个情分，多留一天就多一天念想……"

我暗暗点头。听到父亲的"念想"，我再次想到了小哥，眼睛不觉又酸涩起来。

大姐荣家，虽然与我家近在咫尺，但自从小哥搬过去后，兄弟间像远隔了千山万水。而更可奇怪的是，我似乎很久没有见到小哥了，仿佛他在那一天突然离开了回鹿山，离开了故乡。其实不然，小哥仍像从前一样，每天早出晚归，他就活动在我的周围，可却像鬼打墙似的，让我对他视而不见。这种恍若隔世的感觉，至今让我百思不解。

第二天一早，父亲早早叫醒了我。在清理完脑子出现的片刻空白后，我揉了揉惺忪的眼睛爬起来。随后，我拿起父亲为我准备好的绳子和镰刀，随父亲出门。

父亲背着火枪，我背着镰刀绳子，父子俩一前一后向响水走去。

十八

谁要说劳动创造了美，理论上我同意，但谁要说劳动就是快乐，我就要谨慎地说：任何一个劳动者，特别是体力劳动者，要想在劳动中体会到快乐（不唯劳动后肉体放松后的快乐，更有理解劳动于生命的重大意义），那需要一个较长的过程。特别是对于一个从来就没劳动过，也不想劳动、不愿意劳动的少年来说，每流一滴汗水，都会有两滴泪水做补偿。

人的这种惰性，跟生于贫富家庭关系不大。穷人的孩子同样会养成"骄娇"二气的，我不就是一个很好的例证吗？好在，如今一想到当年对劳动的厌恶和恐惧，立刻觉得自己仍残存着好逸恶劳、得过且过的恶习，于是赶紧握起笔，或抓起一本书来读——读书和写作是我的工作——世界上还有比这样的劳动更清闲自在的吗？当我觉得编辑工作辛苦无聊时，我常常这样诘问自己。

鲁迅先生在如何做父亲一文中曾有一句名言，希望天下的父亲"自己背着因袭的重担，肩住了黑暗的闸门，放他们（子女）到宽阔光明的地方去"。先生所指的父亲，往往是指作为知识分子的父亲，但要让一个农民父亲"肩住黑暗的闸门"，放孩子到光明的地方去，一般是不大容易的。在我看来，先生这篇关乎中国人伦常理、批判父权害人的名篇中，美中不足的是，没有关涉到一个父亲该怎样让子女认识劳动、热爱劳动和理解劳动，毕竟，劳动是人类生存和发展的第一要义。

我父亲当然不是先哲。由于他自己吃了没有文化的亏，就希望我用读书改变命运，结果一味地迁就我的懒惰和空想，这在客观上，怂恿了我的好逸恶劳。但在那个冬天，父亲终于意识到一种危险：一个没有毅力读书的少年，必定是一个没有毅力劳动的少年，既然读书没有改变命运，那就必须让这个生于贫困之家，却被娇生惯养的少年面对现实——真实地面对草原、森林、沟谷和劳动。

应该说，父亲带着我砍柴的头几天还是挺新鲜的。砍柴虽然又苦又累，但还有一支枪作为神奇的诱惑和精神娱乐。可是，随着两个猎手多天一无所获，火枪在我眼里，不但失去了神性的光泽，反倒成为增加负重的累赘——背起一捆柴，再抱着一支十几斤重的火枪，我发现，乡亲们的目光里，就多了一丝嘲讽的意味。

父亲对此却视而不见，他一如既往地按着自己的想法行事。

又一天早起，外面下了一层薄薄的清雪。父亲到院子里张望一回，进屋对我说：

"后山有只野鸡，走，我们去试试运气。"

我立即兴奋起来，顾不得擦掉眼屎，急忙穿戴整齐，然后跟着父亲绕过大半个营子，向后山进发。

在离那块莜麦地还很远的坡地，父亲突然放慢了脚步。

父亲把身子弯下来，用手势示意我猫腰。我照办了，心怦怦地狂跳不止，但我并没有发现野鸡在哪里。

又向前挪了几步，父亲就不让我跟着向前走了。我原地蹲下来，看着父亲用一只好手顺拖着火枪，沿着夏天被山洪冲出的水沟慢慢向坡上匍匐移动。

为了利用雪地做掩护，父亲那天反穿着一件羊皮袄，长长的山羊毛是白色的，被微风拂动着，像波动的水纹。父亲慢慢蠕动的样子很滑稽，也很揪人心。

父亲终于接近了那块莜麦地，最后，在地下沿的土坎下慢慢蹲起来。直到这时，我还没看清，莜麦地里几个黑乎乎的东西到底哪个是野鸡，哪个是石头。但我知道，野鸡是异常警觉的野禽，平时在雪地里觅食时，它们常常选择在裸露的石头边上，而且移动缓慢，一旦感觉异样，它们会就地伏下来，缩起脖子一动不动。在平常人眼里，它们也许就是一块凝固的石头，然而，再高明的野兽也逃脱不了猎人的眼睛。

父亲弓着的腰缓慢地挺直，就在我担心他的残臂能否托平枪管时，一股淡淡的白色烟雾突然在父亲头上升起来，紧接着，火枪沉闷的声音才传过来。

一只野鸡像炮弹一样，倏然拔地而起，直直射向半空。这只体形硕大、羽毛艳丽的公野鸡一旦脱离了黑色的土地，立刻在空中展示出五彩夺目的羽身。

中弹的野鸡在空中翻了几个跟头，就直直地摔在雪地上。

我紧张得差点尿了裤子。一见野鸡中弹，忍不住兴奋地大叫一声，飞快地奔过去……在这短短的几秒钟里，我目睹了父亲作为一个猎手的完美猎杀。尤其是在这初冬的早晨，当我看到那只鲜艳的野鸡在朝阳的辉映下，在半空中幻化出五彩缤纷的光泽时，我怦怦狂跳的心，立即从紧张、兴奋变成了难以抑制的狂喜和自豪。

我们胜利而归。

路上，父亲告诉我，野鸡被击中后，如果直冲上天，说明有一粒铁砂正好击中了鸡胗。

我问：

“为什么打在鸡胗上，它才会笔直地向天上冲？”

父亲摇摇头说：

“说不好，可能那是它最疼的地方吧！”

尽管我对父亲的回答不满意，但在那个有些寒冷，又有些残酷的早晨，在茫茫的雪路上，还是留下了一个儿子欢快的脚印。

以后，这支火枪就常常被我抱在怀里。可是，一连十几天，都没有发现猎物。有时碰巧遇到一只野鸡或兔子，还没等我端起枪，它们就轻轻松松地逃走了。

每当这时，父亲就对我说，要想打中猎物，举枪击发的速度是关键，你必须以最快的速度出枪、瞄准并扣动扳机。

我问父亲：

“这要多快？”

父亲说：

“所有动作必须在吸半口气的同时完成，否则你不会打中它。”

父亲果然是一个战士！即使他的左臂是残废的，还是能用残臂托起枪管，瞬间击发。我希望自己能成为一个优秀士兵，哪怕中弹倒下的同时，还能举枪射击，并把最后一颗子弹射入侵略者的心脏。

然而，另一个有雪的早上，一只兔子突然从我脚下的雪窝里跳出来，向山下狂奔，我按父亲的教导举枪，慌忙向兔子扣动了扳机。

只听嗵的一声，一股蓝烟在我眼前散去。不知是火枪后坐力量太大，还是被巨响吓了一跳，我一屁股跌坐在雪地上。

那只肥硕的灰兔像舞台上的明星舞者，在欢快的音乐声中，跳跃着消失在雪山背后。

我看见，父亲从隐蔽处走出来，他张大嘴巴无声地乐了。

父亲是个天生不爱笑的人，即便笑了，也不会出声，但他的笑很感染人，让人觉得那是发自内心深处的笑。特别是琴姐和母亲死后，父亲好像再也没有笑过。这时候，父亲的牙齿已经掉了几颗，这次开心的笑，暴露了父亲黑洞洞的门牙缺口，这让我再次看见父亲切实的衰老。

兔子安全逃脱了，而我的牙齿却嗒嗒直响，心怦怦地狂跳不止。父亲走过来拉起我，说：

"行了，你下次就能打到兔子了。"

我并没有理解父亲此话的真实意思。回到家后，父亲进一步解释说：

"你已经有了速度，剩下的就差瞄准目标，稳住自己的呼吸了。"

停顿一下父亲突然又说：

"战场上也一样，临战时的情绪非常重要。交火前，每个人都会很紧张，很害怕，但仗一打起来，子弹在耳边滑过几次，心倒定下来，就什么也不怕了。"

我没有接着父亲的话头追问下去，我以为，父亲还是在教我怎样打到兔子。现在想来，这是我了解父亲那段军旅生活的最好一次机会，但我又错过了。

两年后，我成了当地一名年轻的猎手。在鹌鹑、野鸡、狍子、雪鹿、野猪和其他野生动物越来越少的当年，我不但猎到过野鸡、狍子等，竟还猎到过野猪。但是，非常奇怪，直到我正式结束狩猎生活，从来没有打到过一只兔子，这令人匪夷所思，连父亲也觉得不可思议。

这期间，父亲常常在我猎有所获时说，打猎绝不是为了好玩儿，这是一件很苦很累的差事，就像砍柴、种地、刈草和放牧一样。打猎是为了改善生活，为了活下去。

有一次，父亲的话锋一转：

"山里的日子没有天日。最要紧的，这里的山越来越薄了，林木一天天减少，草场渐渐被洪水冲垮，不出多少年，不要说动物，就是人也难以生存了。"

我若有所思，看了一眼白雪皑皑的远山，在目之所及的地方，还有不多的柞树林，偶尔一两株柞树的枝丫上，还残留着金黄色的枯叶。顺着父亲的思路，我似乎看到了不久的未来——这里已经没有了生命迹象，草木成灰，黄沙蔽日……我的心立即有一种嘧嘧作响的疼痛。恍惚中，我好像已将离开故乡很久，此时，正站在一个不知名的楼台琼阁上，忧伤地注视着这里，无比怀念这生我养我的地方。

父亲还说，早些年，并不这样，大家都注意保护山，保护水。至于何时在何处伐树育林、何时围猎、何时赶场打草都是有规矩的。父亲当队长那些年，伐树之后，必须育林，栽下小树，伐一棵，要补两棵，这样，虽然乡民很受累，父亲也得罪了不少人，可现在看来，当年的做法是正确的……如今却不同了，资源共享，经济开放了，人的思想和心也解放了！现在，人人跑马圈地，除了你争我夺，谁都有权在自己的承包地界任意胡为，这样下去，坐吃山空的日子不远了。

看着老队长忧心忡忡的样子，我说：

"往后，政策也许会变的。"

父亲说：

"变是对的，不变就不会有新事物，但是，就怕变来变去。要万变不离其宗，不论怎样变，得有个长远的大章法。改变穷，要致富，要紧的，是因地制宜，要有人真正为这山这水负起责任来。可是你看，现在谁还想集体的事情？谁还关心大家的事情？！"

再一次说到乡村的前景和未来时，父亲突然说：

"这也许就是人们常说的，看《三国》掉眼泪，替古人担忧吧！好啦，我们不说这些没用的话了，现在，我最担心的，还是你。你小哥走后这些天，我天天睡不着，想来想去还是我的错，没有好好让你学到干活的本事。现在你应该知道，在这个问题上，我其实是有偏心的，与长山相比，总觉得你和琴应该读书读出个前程，尤其是你，从小人们就夸你念书用功，灵头，可现在，终于明白，如果读书半途而废，却既害人又害己。你琴姐要是不念书，也不会对前程那样绝望，你要是不念书，现在也许和军一样，靠下力干活，娶了媳妇成了家……"

这是父亲第一次主动提到杨木匠家的儿子军。父亲的语调平和，却饱含赞美之意。

父亲最后说：

"有一句话，我要特别提醒你，别看从前人们那样待见你，那是因为你还是个孩子，念书又好，但往后的苦日子，你能不能做好打算，你得自己拿个谱啦。冬天一过，春种就开始了，我们不能在大家的眼皮底下，把承包地撂荒。要是你还想继续念书，我会想办法供你。无论如何，你得明白，要想有前程，必须走出这座山，但是，通往山外的路不多啊！如果念书不成，还有一条路，就是当兵，但我思来想去，还是下策，古语说，'好铁不捻钉，好男不当兵'。当兵干啥，扛枪杀人啊，有的人该杀，像侵占中国的日本鬼子，你不杀他，咱就是亡国奴！可有的人，也许不该杀，要是中国人自个儿杀中国人，特别是，昨天还像亲兄弟一样合伙打鬼子，今天让你把枪口对准他，下不了手啊……"

我的心动了一下，但一想到原来辍学时，对老师和同学们的决绝态度，一想到父亲的药费和家徒四壁的窘境，我的心再一次沉重起来。

父亲立即看懂了我的心思，然后试探着说：

"要不，过两天我去找找你三大，和他商量一下，或许能有别的办法。"

我轻轻地点了点头。

十九

习惯成自然，这句话真是千真万确。对于艺术家而言，天赋和后天的培养，加上自己的努力是成功的要诀，可对于一个人要下力气劳动来说，没有什么天赋可言，而培养又何其困难。

那个冬天的砍柴经历不堪回忆。数九寒天的春节前，我家的门前，不但没有我所期望的那样增加一个新柴垛，反而烧掉了一些老柴。小哥留下的柴火眼看着快烧光了。但满手血泡和钻心的疼痛，还是击垮了我某一时刻树立起来的"劳动创造财富"的信心。

我终于不知羞耻地向劳苦和汗水妥协了。

父亲在春节后去了五道川三伯家一趟。回来告诉我，三伯同意我年后到五道川城子中学继续读书，从初中二年级读起。

父亲说，三伯家已经繁殖了几十只绵羊，手头也宽裕，愿意负担我日后的学杂费。

我欣喜若狂，在那一刻，我几乎忘却了生活中一切烦恼和不幸，在那一刻，一股可能是感激，或者是爱的暖流通过我的全身。我想，父亲是多么好的父亲啊，在我们整个回鹿山，能始终坚定不移地让孩子读书的家长，恐怕只有父亲一人吧？接着我又想，这样的父亲扎几支强痛定又算得了什么呢？想到这儿，我就为自己把父亲与吸毒鬼联系起来的厌恶情绪自责起来。

父亲亲自到乡中学为我办妥了转学手续。

正月一过，父亲就借了一匹马，送我到五道川的三伯家。

但是，一看到三伯那难看得有些可怕的脸色，我的心一下凉起来。

我忽略了一个道理：三伯就是三伯，他不是父亲。即使是父亲，原来，父亲与父亲在子女的前途问题上的看法和决定也是不尽相同的，更何况，三伯还是那样一个嗜财如命的老头子。

一顿非常寡淡无味的午饭。虽然堂哥堂嫂很热情，但三伯的眼皮一直耷拉着，就连他鼻尖上那滴欲落不落的清鼻涕都闪着冷光。

也许是父亲在三伯面前以小卖小的心态，也许是父亲对三伯的真正了解并不像我理解的这样肤浅和生分，也许是父亲在亲情面前永远真实自然的性格，那天，父亲的表现倒像主人。父亲不但谈笑风生，而且破天荒地还给我夹了两次菜。

但这一切都不能改变我异常后悔和沮丧的心情。我只要看一眼三伯的脸色，只要看一眼窗外并没卸鞍的红马和柔弱得一阵风就能刮倒的堂侄女那双好奇的大眼睛，我后悔的心马上就颤抖起来。

我突然非常害怕结束那顿午饭，然而，真是没有不散的宴席。当父亲牵着马走出三伯家的院子时，我竟情不自禁地悄悄跟出了大门。

父亲一直没有回头，就好像没发现我跟在后面一样。当父亲和马的影子在营子口消失时，我发现自己的泪水早已流下来。

我必须承认，与我同母亲的情感相比，这是我第一次因不舍父亲而流泪。我想象不到，自己原来竟如此依恋父亲。当时，我多么希望父亲不要走，或者父亲回头对我说：走吧，儿子，咱们回家吧……那种心情，那种依恋，至今回想起来还让自己唏嘘不已。

可想而知，我的借读生涯注定是短命的。一来，我的数理化科目本来基础不好；二来，辍学一年，对学业早已生疏了；三来，对新校的排斥和新老师、新同学对我的排斥，更重要的是，我生来有一根脆弱敏感的神经……凡此种种，不但没有让我重新树立起读书的信心，反而让我对求学这条路产生了彻底的绝望。

这样勉强读到下学年，当我又一次张口向三伯要学费时，可能恰巧三伯手头吃紧，或者三伯早就想借机发发牢骚。于是，他并没有当时给我学费，而是再次重复他对我父亲的不满。

"不学无术、懒惰和不会攒钱过日子。"是三伯对父亲的总体评价。最后，三伯拿出父亲写的借据对我说：

"这借条，不过是一纸空文，说是以后还我，他拿什么还？他这样良不良莠不莠的①，又不教你干活的本事，念书又不见长进，眼见着你又像你老子，真不知道你将来怎样活下去！念书，念书，他现在倒知道念书有用了，可过去，他就从来不念书，写个借条都写

---

① 良，指好苗；莠，指坏苗。这里的意思是不好不坏地混着，看不到前途与希望。

不好，签名都用手指头印……"

我并不知道父亲在三伯家写过借据，看着三伯抖动那张纸的表情，再扫一眼父亲在那张借据上按的红指印，我真是无地自容。

现在想来，三伯当时不过说了几句真话而已。像三伯这样的乡村老人，能这样对待侄儿已经很难得了，可我并不买账。

第二天，天刚一放亮，我就悄悄起床，脸都没擦一把，背上几本喜欢的书不辞而别了。

当三伯居住的营子（那是一个较大营子）彻底隐没在我身后的群山之中时，我像一只飞出牢笼的鸽子，快乐地向回鹿山飞去。

这时恰巧又是秋天。

二十

我整整走了一天。在整个营子都快进入梦乡时分，饥肠辘辘的我摸回了家。

在窗下，我轻声叫父亲。听到我的叫声后，父亲答应着拉亮了灯。

大半年没见到父亲，听到父亲熟悉的声音，在那一刻，心里别提有多温暖了。可在灯下看一眼父亲，一天的劳累，一年来的委屈立刻又变成了深深的失望和懊恼。

由于一人生活，加上农活劳苦，父亲比以前更黑更瘦了，眼前的父亲，肯定半年没洗过一次脸，整个人灰头土脸，面目全非，像个行将就木的老人。

可能是父亲猜到了我突然回家的原因，所以他没多问什么。就在我发愣的时候，父亲出去抱柴火，在灶里生着了火。

我在外屋的破碗橱里，看见几个冰凉的熟土豆。

不一会儿，父亲烧开了水，灌在暖壶里，然后掀开老柜柜盖，端出一碗莜麦炒面，对我说：

"没别的吃的了，将就着吃点儿炒面吧。"

说完，父亲一声不响地爬上炕，把头继续扎在已经摊开的铺盖卷上。

我说过，父亲这种双手抱着脑袋，跪在炕上，高高翘起臀部的样子，是我近年来最熟悉，也是最令我郁闷的姿势。这个动作常常预示着，父亲又没有了阿司匹林或强痛定了。

"头……疼得厉害吗？"吃过炒面后我问父亲。

父亲轻微移动一下身子，说：

"没药了，已经断了几天了。"

"为什么不去买？"我并不知道，此时的父亲已经身无分文。

"没钱了，而且，我也走不动……这两天头疼得厉害。"

父亲有气无力，语气里根本没有父亲的尊严，却多了一丝孩子般的无助。

后来才知道，父亲不仅断了药，而且早早就刨地里没长成的土豆充饥了。柜里那几碗炒面，好像专门留给我回来吃的。

家里陈粮都被父亲卖钱买药了。

在我的印象里，家里虽然一直贫困，但从来不至于穷到一文没有的地步，特别是在父亲身上，我确乎没觉得他对钱的缺失发过愁。那时，父亲所吃的阿司匹林是一分钱一片，可是，我却发现，在我家的窗台上，常常散落着一分或两分硬币，如果不是我或小哥发现捡起来，父亲似乎永远看不见这一两枚硬币——有时连眼神不好的母亲都能在灶坑里捡到它们。

这种现象，或许正好验证了三伯说父亲不会过日子、不务正业的说法。

我下意识地扫了一眼窗台，大半年前散落在上面的几枚硬币还在原地，尽管落满了灰尘，但显然没移动过位置。

对父亲这种怪异的行为，我至今无话可说。还有什么样的妙笔，能刻画出父亲这样一种生活态度呢？三伯说得很形象，父亲一生大钱一个没挣过，小钱还真看不上眼。

第二天，我清理了窗台和炕席底下（父亲也有把几分零钱顺手放到席下的习惯），大约整理出两三毛钱，加上在三伯家攒的几块零花钱，到药店为父亲买回了一些阿司匹林。当然，按父亲的要求，我第一次为他买回了五支强痛定针剂。

我的孝举得到了药店主人的夸奖。他的意思，仿佛我终于知书达理了。他不仅极为热情地把药递给我，末了，还和颜悦色地对我说：

"这就对了，养儿防老，你父亲只你一个亲儿，别人不管，哪有亲儿不管老子的？再说，这上下七乡八寨，谁家的老人不吃几片镇痛药？"

我无言以对。故乡的某些人就是这样，街坊邻里一些矛盾，就在这样有意无意间的调拨中加剧了。我虽然听出了店主人的弦外之音，但并没有表示什么，一声不响地走出药店。

鲁迅说："我在年轻的时候也曾经做过许多梦，后来大半忘却了，但自己也并不以为可惜。所谓回忆者，虽说可以使人欢欣，有时也不免使人寂寞，使精神的丝缕还牵着已逝的寂寞时光，又有什么意味呢，而我偏苦于不能全忘却，这不能全忘的一部分，到现在便成了《呐喊》的来由。"

以后每读先生这段话，心情格外复杂。先生所谓的梦，难道不是对某种苦难的回忆？我虽然永远不会有先生洞悉人性的智慧和济世情怀，却幸好对甘瓜苦蒂有一定体味。

从药店回来，一路上心情复杂，我一边默默地走一边想：千万别让别人看见我……千万别让大姐家人看见我……

仲秋之后的山野一片金黄，在回鹿山东西两侧洼地沟谷里，到处可见收尾秋的乡亲。偶尔，有人迎面碰上，总是别人先热情地招呼我，我才心虚地应对，内心却一阵阵不是滋味。我想起去年冬天父亲说过的话，别人之所以待见我，是因为我读书读得好……可如今，读书的岁月已第二次离我远去，而且将永远不会有第三次了。

一想到此，整个心肺都开始绞痛。

就在快到营子口的时候，我看见小哥长山赶着一辆空马车迎面而来，他一定是到杨树谷拉干草去。

尽管已经大半年没有见过小哥了，在三伯家也常常想念他，但我并不想在这个时候面对他。于是，我岔开大道，抄小道向我家一块承包地走去。

小哥看到了我，他赶着马车，一直向我张望着。在马车后面，跟着雨生和二外甥女秀芝。

我加快脚步，小哥则一直侧着脸追望着我。这时，二外甥女秀芝快跑几步撵上马车，向小哥说着什么，我猜，她一定在谈论我。

我和小哥同样是舅舅，但由于我的年龄小，在大姐的四个女儿中，除了大外甥女秀文在人前称我小舅外，其他几个都直呼我的小名，连父亲都不叫我小名了，可外甥女们一如既往，好像我的小名就是专门为她们起的一样。

特别是秀芝，她与我同岁，生来心直口快，又没读过书，平常就更不会把我放在眼里。

跟在车后的姐夫雨生，一直低头走路，他既没向我这边张望，也没去追赶马车。但我知道，他一定早就看见了我，却一言不发。雨生从来都是这样，他眼里有一切事情，心里也常常有数，但却往往显出不动声色的特质来。

事实上，自从小哥搬到大姐家后，我就不愿意与大姐家有任何来往了。撇开大姐这个乡村妇女的狭隘心胸和自私自利不说，仅就当时我家现实处境来说，我至今认为，姐夫雨生在这件事上是有一定责任的。雨生本质上是一个明白事理的人，作为一家之主，他当时有绝对发言权，但他却没有阻止大姐荣的计划——把小哥分离出来。雨生是父亲看中的人，这也正是他让父亲走眼的一方面吧。

到了承包地，我发现，大部分土豆还埋在地里。深秋了，土豆秧已被霜过，遭霜的土豆秧由绿变黄，现在已经完全变为黑色。这块地亩并不大，靠近路边的一侧，有用三爪齿耙过的痕迹，这是父亲因为断粮，在土豆还未长成就扒着吃了。在靠西山的一边，黑色的土豆秧还齐齐地长在垄背上，有些秧秆儿已经干枯了，这预示着垄下的土豆已经被冻了。受冻的土豆不能久放，就是马上粉碎加工，也不会出产多少淀粉，这是庄户人最心疼的结果。

我在地头坐下来，望着这荒凉寒冷得有些凄惨的农田，心里一阵阵难过。我种过土豆，也收获过土豆，尽管我还没有实打实地完全投入过，但我深知土豆这种农作物从春种到秋收的所有劳作环节，那是相当耗费体力的劳动。我能想象，一个六十多岁的孤身老人，在没有别人帮忙的情况下，能把土豆一粒粒种下，又经过夏天的锄、耪、间秧、稍垄等多个环节，到了快收获的季节，早已筋疲力尽了，更何况，在另外的承包地，还有三亩莜麦没有收割。

种庄稼也需要学问家，有些农事是需要精工细作的，然而父亲做不到。坦白讲，父亲除了有一段不为人知的戎马生涯，一生都是一个奇怪的乡民。说他是农民，不是，他对农活从来一知半解；说他是牧民，不是，对放牧和养殖，他绝对二把刀。到了晚年，能不让自己的承包地撂荒，其实已经是奇迹。

回想那天地头的情境，现在心情还很复杂。可是，令自己困惑的是，既然当时就如此理解了父亲，那为什么，随后的举动完全是另一种样子呢？

那天，当我从地里回到家，一看到父亲那种迫不及待的目光和他相当熟练的打针动作，我的胸腔像充满了浊气儿的气球，立刻爆炸了。

我突然拿起父亲刚刚放在炕边的药片，非常用力地甩向堂柜——两片一组、很整齐地排列在一张塑料纸里的阿司匹林药片，啪的一声落下去，屋里马上飞扬起一团灰土。

父亲没有说话，甚至没敢看我一眼，他又深深地埋下头去。

二十一

在我回到回鹿山两天后，三伯侯百慈派堂哥宝林来到我家。

快到中午时，我在外屋张罗着为堂哥做饭。父亲则在东屋不停地叫着堂哥的名字说话。

堂哥宝林不比大伯那个牺牲的儿子宝山，据说宝山能文能武，而且口才奇佳，宝林却寡言少语。宝林生来惧怕的不是三伯，而是我父亲。

宝林读过初中，对文言文异常着迷，所以说话有些咬文嚼字。他年龄与小哥长山相仿，过去逢年过节偶尔来我家一趟，在父亲面前总是轻声细语、唯唯诺诺。

宝林有一次对我说，他对我父亲和堂哥宝山从军的事情非常好奇，而且充满敬畏。他不太敢详细追问父亲战争年代的事情，希望我能比他知道得多些。有一天，宝林对我说：

"我敢打赌，五叔打了多年仗，肯定杀过人……"

听了这话，我倒吓了一跳，我从来没有想过这个问题，更不敢想象父亲曾经杀过人，不知道宝林缘何说起这个。

……屋里，谈话继续进行。

这回，父亲一反往日低声说话的习惯，声音提得很高。这种看似讲道理、讲亲情的谈话，实则是父亲对堂哥非常严厉的批评。

父亲是个从来不讲绝情话的人，这次却把对三伯的不满全都发泄到堂哥身上。

末了，父亲说：

"行了，城邦的书就念到这儿了。回去后，让你爹算算账，连饭钱，看看花了多少。我没别的指项了，但还有个二岁子犏牛和一匹儿马，实在不行，还有琴留下的那几只黑头，卖其中哪一个，都能还上欠你们的学杂费吧？"

堂哥一直垂着头，不住地点头嗯嗯着。听父亲说了这样的话，堂哥终于忍不住，说：

"五叔，您也别真生气，我爹的脾气您知道，那人您也了解，其实也没怎么着，也没说不供城邦上学，只是话赶话，多说了两句，因为城邦成绩不好，他有点着急。不信你问问城邦……"

听到这儿，我真想走进来承认如此，也想替堂哥说几句公道话。

在三伯家大半年，三伯疼吃疼喝的事情从来没发生过，堂哥夫妇，对我也很好……

然而父亲却打断堂哥的话说：

"我说的，不完全是你爹。你爹平时小气点，日子过得精细些是对的。对待兄弟情分，他也没挑儿，当年，你四叔砸死在炭窑里，要不是你爹把个死尸拖拉回来，你四叔就死了外丧。"

父亲停顿了一下，声音稍稍低下来：

"我们老哥儿五个，有的早死，有的没娶妻生子，有的活不见人死不见尸……小一辈儿的，现在只剩下你妹宝霞和城邦你们仨了。要是琴不死，人丁会旺一些，也会多些照应。我的意思是说呀，打仗亲兄弟，上阵父子兵，一笔写不出俩侯来。你爹和我都要不行了，但你们小哥儿俩以后要互相帮助、互相照应。"

见父亲缓和了语气，宝林连连点着头，然后说：

"那就让城邦后晌跟我回去吧，这学习可是耽误不得的。"

父亲沉吟了一下说：

"刚才我说的，也不全是赌气话，看来，这次城邦是不想再念了。人各有志，也是命，既然这样，咱也不好强求，只要他日后不要埋怨别人……"

突然，父亲再次提高了嗓门说：

"要说我这个当爹的无能，我承认，我从队伍上回来，就发下誓，将来再也不打仗了。等我有了孩子，一定让他们上学念书，像你爷爷那样，做一个有文化有知识的人。生了琴后，虽然是丫头，我也让她念书，只要孩子们想要个好前程，只要他们想学，我这个当爹的，就是拉着棍子要饭，就是砸锅卖铁，也得让孩子念书。在这深山老林，不念书，就没出路啊……"

父亲的话，清清楚楚传进我耳朵，我知道，父亲这些话是说给我听的。

说到这儿，父亲突然再次低下声来，片刻，竟哽咽着说：

"宝林啊，你五叔我，是个要脸的人啊！我一辈子没服过输，年轻时，枪子儿弹片里钻过多少个来回，眼都没眨一下，那真是九死一生，虽说在关键时候走错过一步棋，但细想想，我一个没多少文化的人，捡条命已经不错了，就是不回来，将来又会怎样？谁也拿不准。可是，我这不争气的头痛，唉，临老临老，落下这个吃药扎针的毛病。可我就不信，有一天我治好了这头痛病，看我还会吃这几片洋药片？！"

堂哥诺诺地应着，他想劝慰一下父亲，但一时却找不到说词。

最后宝林说：

"放心吧五叔，城邦将来一定会有出息的。"

我靠在灶台上，灶里的火早已熄灭了。我陷入深深的遐想之中。

这时，雨生突然出现在屋门口。像往常一样，雨生从来是默不作声地出现在我家的屋门口。同样，像从前一样，姐夫看都不看我一眼，径直越过我走到里屋。姐夫对我的轻视就是视而不见，但我理解。他不同于大姐荣对我的轻视，雨生是恨铁不成钢。

"是他宝林大舅来啦？我看着南坡下来个人，像你。"雨生是来与堂哥宝林打招呼的。

雨生与宝林很合得来。每次宝林来，都要到姐夫家吃顿饭。

宝林看见雨生来，就好像看到了天大的救星。他一边亲热地叫着姐夫，一边让座。

这时，雨生把头从里屋探出来，向锅里看了看说：

"饭还没好，到前院吃吧。"

我非常希望宝林能拒绝雨生，但父亲却接口说：

"那就到前院吃吧，你姐夫既然来叫了，宝林你就去吧。"

完全可以想象宝林的愉快程度。就这样，雨生和堂哥宝林一前一后走出院子。

即使这样，雨生还是没有正眼看我一眼。就好像我这个人从来不存在似的。

我气愤地把烧火棍一跺两截……

二十二

午饭后，堂哥宝林就要自己回去了。从与宝林告别那一刻起，我的整个学生时代彻底结束了。

完全不像第一次辍学那样，此时我没有悲伤，没有痛苦，甚至有了几分解脱后的快感。尽管后来我对朋友说，之所以没完成高中学业，完全是因为家里的穷困和父亲的扎针，但扪心自问，这是谎言，是毫无良心的谎言！这种说法对父亲、三伯、堂哥宝林一家来说，是极端不公平的，这是对他们一种无情的伤害。

正如父亲对堂哥宝林的陈述一样，在我求学这件事情上，父亲一直做着披肝沥胆的准备。他希望我读书成才的想法一刻也没有放弃过，并做着顽强的努力，可是，作为一个学生，那时的我，并没有完全理解父亲。我的数理化成绩简直糟糕透顶。虽然我的作文广受好评，可我终究不算是一个合格的学生。特别是第二次转学复读，如果说有多么兴奋的话，这种兴奋，绝不是因为重获学习机会的兴奋，而是有了逃避现实生活的借口——我已经体会到劳动之苦——我不想像牛马一样流汗，更不想像小哥长山、姐夫雨生、父亲和所有乡亲那样，在草原和山谷中勤劳地生活一辈子……

从好的方面说，这是一种愿望，尽管不是什么美好的愿望，但起码是一种真实的愿望，至于如何实现它，直到我第二次辍学回家，我也没想明白。现在想来，即使这看似自尊受到伤害的不辞而别，也不过是自己为自己寻找的最好借口。因为，在城子中学，我糟糕的成绩，足以令自己没有颜面和信心再继续读下去。

说起来难以置信，在那次复读中，我竟没记住一个同学的姓名，连当时的任课老师姓什么都记不得了。这段借读生活就像一场极其混乱失真的梦，常常令自己将信将疑。有时，我也会问自己，我真的有那么一次转学的经历吗？我真的有那么一次不辞而别吗？

若干年后，我尽力找出一些具体的事例分析我与父亲在性格上的异同。就拿读书取仕的观念来说，我发现，没有系统读过书的父亲，反而对读书表现出由衷的笃诚和坚持，我不知道，这是不是祖上世袭的读书传统影响了父亲，还是父亲吃过没有文化的亏，在生活中悟出了知识的重要，可是，我当年的读书却没有具体的目标。

现在我想，父亲的笃诚，不仅是对读书本身，更对于我这个儿子，他坚定地相信我——只要能读书就能读好书；同时，他的坚持也是对自己：既坚持自己的判断，又坚持一个做开明父亲的责任。

有很长一段时间，我非常怀疑，父亲的信心建立在什么基础上？连我自己都没有一点信心的时候，他如何认定我会在荆棘丛中走出一条路来？好在，当我现在回忆种种往事时，我总算能够轻声告慰：由于这种血缘的传承，或者这种笃诚和坚持的影响，使我能够在以后的军旅生涯中，重新树立读书的信心，并在此基础上树立起某种理想的旗帜——最终考取军校、续读本科，又坚持完成了研究生课程。

关于血缘和遗传关系到人的意志学说，也许不准确，也不一定科学，但是，我相信，信念是可以遗传的。记得看过一档电视节目，一个父亲是徒手攀岩人，靠到绝壁燕子洞上摘燕窝为生。这是当地一个靠师（家）传的绝活，父亲想把绝技传给十七岁的儿子。但儿子只攀了一回，而且在即将摘到燕窝时退却了。儿子回到地面后说："差点儿吓死。"以后，再也不想干这种不要命的营生了。在父亲的伤心失望中，儿子出去打工了。父亲无奈之下把自己的绝活儿传给了朋友的儿子，是一个与儿子同龄的少年，也是儿子从小一起玩儿大的伙伴……半年后，这个少年坠崖而死。回到家里的儿子，看到父亲因不堪内疚、痛苦，一下子衰老了，像一个傻掉的人。这个经过外面闯荡磨砺的青年祭奠完死去的伙伴，突然决定：结束外面的打工生活，回来继承父亲的攀岩事业。他不顾母亲拼死反对，勇敢地徒手攀上一百多米高的燕子洞……几百年来，这里的绝大多数百姓，就是靠着摘燕窝来繁衍生存下来的……这位父亲对记者说："攀岩是需要胆量的事情。"但我要说，生存是第一位的，人为了生存，什么都可以干，哪怕坠崖而死。至于胆量这东西，一千个胆子都抵不过一种信念的重量。我相信，是信念这东西让这位父亲攀岩一生——燕子洞的其他人，不都放弃了这个古老而危险的行业了吗？我更相信，是同样的信念让这位少年战胜了对死亡的恐惧。

二十三

接下来的叙述应该更为困难。我不知道该如何描述这之后整整三年的乡村生活。这是一个少年向成人世界过渡的转型期；也是一个青年真正认识社会、适应社会和分析社会的重要阶段。在这三年里，我和父亲之间到底发生了什么，我的记忆一次次出现混乱和空白……我只好停下来，久久地望着窗外。

春天刚过，绿色一夜间铺满了都市。像昨天、前天、大前天这个时候一样，楼外那棵槐树的巨大树冠将整个窗户挡住了。要想看到这座城市更远的地方，必须靠一股较强劲的风，把阔大的树叶吹动起来，在枝与叶的缝隙，才会呈现出远处某个建筑物的局部轮廓。

窗外的景象，与二十多年前的境况如此相像。我完全看不清远方的目标，而对眼前的一切又极度不满。过分的自尊又常常刺激我敏感的神经……

与父亲独自度过的第一个夏天，天空好像从来没有晴朗过，闪电和暴雨常常会在午后来临。很快就会山洪暴发，巨浪挟裹着树木、家畜和石块轰隆隆地滚过……周围渐渐失去了亲情、友善和欢乐的色彩，到处都是植物发霉的味道，承包地里的土豆、谷子和莜麦不仅长势缓慢，而且杂草丛生。当小哥、雨生、外甥女以及其他任何一个乡民经过我目之所及的地方时，我都会产生无端的愁绪、不悦，甚至怒气。而往往在这个时候，父亲在西屋的某种有意压制的扎针的细微声音，竟像一条蛇面对我吐出芯子，放出咝咝的凉气。那种我所熟悉的强痛定针剂的味道，竟在无形中散发出一种凋残和死亡气息。

但是，任何的感觉和臆想都不能替代现实中的生活。我和父亲必须继续生存下去。也就是在这样一种复杂的心灵体验中，经过一冬一夏，我开始为在回鹿山长期生存下去做着务实的准备。

其实，我从这年春天就买了一辆几乎报废的二八自行车。学会骑车是我在中学读书时的意外收获。从初夏开始，我就时常到二十公里外的镇上，批发一些南方运来的青椒、茄子、西红柿和其他蔬菜到乡下叫卖——这是邓小平时代的开始。

盛夏，我也批发冰棍。在破旧的自行车后架上，左边挂一个方形柳条筐，里面是蔬菜，右边是一个坚固的木箱子，里面是冰棍——为了保温，冰棍得用厚棉被层层裹起来。

应该说，做小买卖对我来说，不是第一次。几年前，母亲患肺水肿住院时，为了凑足住院费，我就学会了卖胶鞋底和地羊尾巴——那是合法的交易，而且是政府倡导的。当时公社的代销点收购的东西很杂。胶鞋底的用途很容易理解，橡胶回收可二次利用，虽然才二分钱一只，但只要你肯到村镇的垃圾堆里寻觅，捡到胶鞋底并不困难。地羊尾巴的得来却并不怎么容易。地羊是俗称，草原和山谷中一种常见的地下啮齿类哺乳动物，学名鼢鼠。由于这种动物生活在地下，以薯类和草根为食，对草原和农作物破坏力极大。政府为了号召人们消灭它们，就规定，每一根地羊尾巴可卖四分钱。可别小看这四分钱，在当时可是一笔大数目，能买两盒火柴呢。但地羊并不好逮，这种长着一双针眼大的高度近视眼的地下动物异常敏锐狡猾。

现在想来，在一切还没有真正开放的 20 世纪 80 年代初，一个十五六岁的少年走街串户，高声叫卖茄子、辣椒、西红柿，是相当有开创意味的举动。当然，这个第一个吃螃蟹的少年从来不到回鹿山一带贩卖蔬菜和冰棍——我把不住，一直瞧不起我的乡邻，特别是大姐荣、外甥女乃或雨生对这种事情的看法。我知道，当时我在更多的乡邻眼里，已经不再是一个读书上进的好少年，而真正成了一个不肯下力气劳动的二流子。

就是现在，我仍然相信，在我的家乡，如果有哪个父母向子女们提起我，注定会说："那小子，当年是个典型的二流子。"我不能责怪他们，事实上在那个时候，我自己都瞧不起自己。

记得刚贩卖青椒那阵儿，有一天，我在乡政府门口的粮站饭店，正准备吃一碗面，结果一个中学女同学和她母亲走进来买油条。可能是女同学怕母亲知道这个刚才还在外面叫卖的少年就是她的同学吧，她竟躲瘟神那样红着脸，拉着母亲匆匆走开了，油条也没敢买。

说不受伤害是瞎话，当时我的确非常难为情。因为我一直暗恋着这个女同学，曾把流行歌曲《牡丹之歌》的歌词"啊，牡丹，百花丛中最鲜艳"，改成"啊，海燕，大海之上最灿烂"，以赞美她的迷人……多亏后来我当了兵，变得人模人样了，于是展开攻势，一举拿下这个大眼睛的苹果脸同学做了老婆，总算报了当年尴尬之仇。

后来，我又学会了一种绝活：在乡村农家的箱箱柜柜上做漆画。就是分别买来红、白、黄、蓝、绿等几种不同颜色的油漆，用汽油当调和剂，控制黏稠度，利用调色原理调出五颜六色的色彩。把各色油漆装入小型喷雾器中，然后在硬塑料纸上，像剪窗花一样，剪出牡丹、月季或芍药——但与窗花的工艺正好相反，花瓣、枝梗和叶子是镂空的。把这样的塑料纸模子固定在柜面、箱面或窗玻璃上，各色喷雾器对着上面挥挥洒洒，喷喷点点，最后取下塑料模具，一朵或一丛鲜艳的花草就落在上面了。这门手艺学会后，我不断开拓创新，变换花样，后期的作品就能脱开模具和喷雾器，开始运用软笔，慢慢描画加工，添枝加叶，独立绘成"喜鹊登梅"或"犀牛望月"了。骄傲点儿说，这应该是当时很有水准的工艺美术了。

若干年后，姨家表姐告诉我，她家箱子上，至今还保留着我当年的作品，我听了还很得意。

再以后，我不断得到消息，在我故乡的七里八乡，现在有我作品的不止表姐一家，如果挨个营子走一走，一定会发现我的美术作品仍然鲜活灿烂——当年的油漆货真价实，绝无假货。二三十年，弹指一挥间而已，只可惜，这些家具的主人，已经认不出我这个精瘦的白发汉子，就是当年那个面容忧郁的少年了。

二十四

就在那个多雨的夏季，分家时分得的小犏牛生了假蹄病①。起初

---

① 牛羊由于长期在泥水中浸泡而引发的一种蹄病，主要症状是蹄子肿大，蹄甲脱落，治疗不及时会残疾或死亡。

并没觉得多严重。但二把刀牧民父亲忽视了这种病，结果这头于我父子生活最重要的牲畜，在一天夜里突然死亡了。

犏牛是和小哥分家时分得的，也是刚刚调教出活计来的生猛劳力。原打算来年开春用它作资本，能在不太求人的情况下完成春耕、夏忙和秋收。可是，天竟有不测风云，计划落空了。

那天晚上，我在外作画回家，看见父亲正倚在牛栏上抽烟。那头金黄色的犏牛侧倒在牛桩旁，缰绳还拴在牛桩上，牛却四脚朝天地挂那儿啦——因为没气时间长了，四只牛腿直挺挺地向上伸着，整个牛像吹足了气的纸牛一样，样子异常恐怖。

这意外的打击显然让父亲伤了元气。父亲好像傻了，迟迟没有处理这头死牛。直到天快黑时，才拿出那把哨子刀来，然后请邻居李叔帮忙，开始剥牛皮。

至此，我们的家产除了三间老屋（其中还有小哥长山一间，这是分家时讲好的）等简单的家什外，只剩下一匹儿马和三只黑头羊。实际上，这匹儿马还没有正式落户给我。与小哥分家时，分给小哥那匹母马正有身孕，按当时的协议，母马归小哥，但生下的第一匹马驹归我。此时，这个一岁左右的小马驹还没有离开母亲，由小哥代管。

没了这头牛，当年的秋收更加辛苦。好在，父亲多次到邻居家换工，地里的粮食总算全部收了回来。

但是，这看似一笔带过的第一年生活，于我和父亲之间，其实十分不平静。由于我不满父亲吃药和扎针的习惯，我和父亲的战争不断升级，渐渐明朗化和白热化。

刚开始务农时，父亲还常常容忍我的白眼和捧打，渐渐地，父亲开始偷偷避开我用药，有时，甚至躲到邻居家请人帮忙，这正是我最受不了的事情。我由暗示、不满到公开抗议，直到大吵大闹。

我希望父亲戒掉药物，起码禁止使用强痛定针剂。

父亲先是不语，后来有几次答应戒掉。实际上，父亲也曾有过积极的行动，可每一次行动最终都失败了。

当我听说，有一天，父亲竟用死去的牛皮到药店换回一些强痛定时，我第一次对父亲使用了侮辱性语言。我好像说了"人有脸树有皮"这样的话。

父亲显然没有想到我会说出这样的话，他在愣怔了片刻后，突然大声对我说：

"好吧，那你杀了我吧！杀了我，你的日子就好过啦！"

越说越生气的父亲，突然扯下腰间的哨子刀。

父亲把哨子刀递向我，抖动着残手和肩膀。

我下意识地后退，直到被老柜挡住，我看见父亲因痛苦而扭曲的脸没有一点血色，突然布满血丝的眼睛异常绝望。

当天晚上，父亲在炕头，我在炕梢。就在我准备躺下睡觉时，父亲突然把一支卷好的旱烟扔过来，说：

"睡不着觉，臭虫又咬，就抽一棵吧。"

我犹豫了一下，还是捡起了身边的卷烟。

一年前，我学会了抽烟。不论是在田里劳动，还是到外乡作画，我已经在不知不觉中体会到吸烟的奇妙感觉。只是，我还从来没有在父亲面前抽过。当然，我知道，父亲的烟龄很长，如果他发现我抽烟，是不会批评我的，可不知为什么，我一直没有勇气在父亲面前抽。

父亲随即把火柴扔给我。

我默默地划着火柴，点着烟，小心翼翼地吸着。有那么一刻，一股说不清的美好滋味随着吸入腹腔的烟迅速传遍全身。

原来，我一直在潜意识里迷恋着父亲的卷烟动作和他卷好的烟卷。

父亲抽烟，从来不用烟袋，也不像其他乡邻那样，迅速卷好一根筒状的纸烟，然后用手刮下牙垢来黏合。这种粗俗的卷烟习惯让人难以接受。父亲卷烟，永远程式化，有板有眼，慢条斯理。

他先撕下一方长条纸，在指间捋了又捋，直到纸条变得柔滑细软，然后把纸卷成一个喇叭样纸筒，在纸筒的三分之一处一折，一捏，再把手心里的烟末细细地撮入纸筒，最后，用大拇指把喇叭口多余出来一小截纸挽回去，就势堵住筒口，这样，一支烟嘴和烟筒成锐角的纸烟才算正式完成。

父亲这种从容不迫的卷烟习惯，给我的印象极其深刻。后来，每当看到城里人叠纸鹤，我就想起父亲，父亲卷的烟太像现在流行的纸鹤了。

父亲抽烟不勤，他多半在夜晚才抽。是时，在他头顶的壁窗上，悬着一只十五瓦灯泡。灯泡泛着昏黄的光，灯光把父亲棱角分明的脸映出一个剪影。长时间的，父亲一口接一口地抽着，间或有一两口被父亲吸入腹腔，喉结处就发出有节奏的、时断时续的嘎嘎声。

在琴姐和母亲去世后的日子里，大部分夜晚我就是这样和父亲一起度过的。只是，在母亲刚刚去世，小哥又搬走时，我一直紧紧挨着父亲睡，不知从哪天起，我悄悄把被褥移到了炕梢。我侧躺在炕梢，一边想着心事，一边默默地看着父亲的侧影，还有缭绕在他指间、发间的烟雾。就这样，直到睡意袭来，直到我听不到山野杜鹃的夜啼而蒙眬睡去。

抽完父亲扔给我的那支烟，我躺下了，然后侧过身去，把后背对着父亲。过了良久，我感到父亲扭头看了我一眼，见我还没入睡，于是干咳一声，清了清嗓子，这是父亲要与我郑重谈话的前奏。

果然，父亲清完嗓子，说：

"我知道你还没睡，今天就和你说说闲话，你爱听也好，不爱听也罢，看来有几句话我不得不说了。"

我没有动，也没有转过来。我的态度不置可否。

父亲接着说：

"原打算，你能把书念下来，起码念完高中，到了镇上，出山的前景就宽了一些。没承想，你对念书没有恒心。这件事我很意外，但这是你自己决定的，不管是今天，还是以后，你都怪不得我这个当爹的……"

听到这儿，我的心暗暗抖了一下，心想，虽说我在三大家受了点委屈，可这不是我逃学的真正理由。是我自己打败了自己，也是自己欺骗了自己。

"既然不上学了，就要有不上学的打算。你从头年冬天开始，跟人家上山打猎，我没拦你，我们庄户人的冬天，主要的活计是割柴火，在这一冬，烧柴是我爬着挪着捡回来的，攒不下，也够烧了；春起，你跑起了小买卖，我也没拦你，不论挣多挣少，不论别人怎样看咱，我总觉得，你是在干正经事，是为了将来的前程。可这入夏以来，地亩活最重的时候，你还跑出去，这就有些过分了。你不能再制造任何借口来逃避劳动；在乡下生活，总得分清主次，这主就是农业，就是种粮。现在不让发展牧业，有一天让发展了，这牧业就是主业。什么是次呢？我认为，就是在国家允许的情况下，尽可能地搞些小买卖，多少挣两个，也好贴补家用。过去不让这样做，这是资本主义的尾巴，要割掉呢。摆正这种主和次的关系，一个青年人才能够成家立业。

"说到这儿，就说到花钱上。我这一辈子，是穷人的一辈子，可我也没见哪个富人一辈子过得比穷人更欢喜。人好人坏，不是贫富决定的；人活得欢喜不欢喜，也不是贫富决定的。我是有这吃药的毛病，这两年，还扎两支强痛定，可我也是没办法。算起来，我吃上镇痛药，还是在队伍上的事情。那次，日本人一颗子弹打穿了我脑袋，医生说，没有伤着脑浆子，但脑瓜盖子缺了一块儿。从那时起，就天天头痛，吃两片镇痛药就挺过去了。后来，在东北一仗，打坏了肚子，肠子没断，却流了出来。没什么更好的办法，把肠子塞回去，肚皮缝上，再吃几片镇痛药顶一顶，也过去了。人家都说我命大，几次都打不死，子弹像长了眼睛，从肠子缝滑过去都打不断肠子。那时打仗，很多人兜里，常常揣点镇痛药或几钱大烟。谁都明白，一枪打死倒好了，打不死就活受罪……那时没有你，你哪能想见那是什么日子……现在，人老了，药瘾也养成了，一停下来，头疼，肚子疼，连浑身的骨头都碎了似的疼，别说干活，下地的力气也没有了。我就想，反正这样了，吃几片药顶一顶，总还能多活些日子，也许能多陪你两年，毕竟，你还小，人又孤……我也想过，要不，像你琴姐那样，喝瓶农药，要不，拿根麻绳吊树上，也不是啥难事……可我呢，左思右想，不能这样啊！我死了，眼一闭，啥也不知道了，可你一辈子咋做人？"

我的心热了一下，紧缩了一下。我微微地闭上眼睛。

"我知道，我挣不来钱了，可我有这个决心，只要是你以后挣来的钱，你都自己攒着，我一分也不花。这辈子做父亲，没给你积攒下一个像样的家业，就够对不住你的了，以后，你拿什么娶妻生子？这不，屋漏偏遭连阴雨，刚刚执事的牛也死了。我知道，你心里难受，可我的心更难受。今天，我把话撂到这儿，从明天开始，我一片药不吃，一针不打，要是我能挺过去就挺过去了，挺不过去，大不了一死，你也不用打棺材，就用咱家这口堂柜，把隔板一打，把我往里一装，就埋了……"

听到这儿我再也躺不住了，扭过身来说：

"叔，你，你这是干什么……"

父亲这才打住话头，僵持了片刻，叹口气又接着说：

"你不爱听，我就先说到这儿，这话也不是一天能说完的，不过，我只想提醒你：你是个念过书的人，无论何时何地，这些年的书不能就饭吃了。在我吃药扎针这件事儿上，咱爷儿俩关上门，怎么都好说，都能说，可千万千万不能闹得乡里四邻都知道。我老了，将来死了，一了百了，可你还得在这里生活下去，你脑门儿上，不能贴上一张不贤不孝的标签。咱们这个地方，不比宽城老家，穷山恶水，人心越来越薄了，一件事不周到，人家有可能一辈子戳你脊梁骨，再有人落井下石，这人生的第一个开端，恐怕就是一个深潭。"

父亲说到这儿，又掐灭了一支烟。停了一会儿又说：

"也难怪，人家小看咱爷儿俩，我们有很多地方不如人啊。在我来说，有一天能戒了这个药，在你来说，是到了下力气干活的时候了，可别像我，种地半拉把式，放羊找不到好草场。俗话说，少年辛苦终身事，莫向光阴惰寸功，这是念书人的理儿，你大大活着时，常常说这句话，那时我也像你这样大，也不理解，慢慢长大了，就懂这句话的意思了。学农活也是这个理儿。还有一点，话不说不透，理不说不明，对别人的脸色，你要分清里外，你大姐荣是一个家居妇女，没多少见识，再不济也是一奶同胞。你长山小哥也一样，他不过是有他自己的想法罢了。你雨生姐夫，人忠厚、正直，他对你也是恨铁不成钢……他们都没念过书，人都说念书知理，念书知理，如果你念了书，还对他们有成见，是你的错儿而不是他们的错儿。这不，你大外甥女秀文，这几天就要生小孩，你会骑洋车子，明天主动过去问问，有什么需要置办，得向前靠靠，亲顾亲顾，亲不亲三分向，将来还是一家人……"

说到这儿，父亲突然打住话头，再不说什么，啪的一声拉灭了灯。

夜，已经很深了……

我心中的回鹿山和笔下的回鹿山

从北京开车上北三环，从太阳宫桥奔京承高速，出六环，过密云，一脚油门就到了古北口。

古北口这个名称很有味道，不论读还是写，都有味道，透着古韵。古北口是山海关和居庸关之间的长城要塞，为辽东平原和内蒙古通往中原地区的咽喉，历来是兵家必争之地。如今硝烟散尽，马蹄声远，不仅古北口长城，全国境内所有长城，都成了中国最特殊的文化符号。

从古北口起算，只需两个半钟头，就到了著名的避暑山城承德。普宁寺的大佛、外八庙的精致、避暑山庄的文津阁，等等，游客至少得花两天时间才会有收获。避暑山庄的文津阁不得了，现存国家图书馆的唯一一套《四库全书》，就来自文津阁，这是一个传奇，是另外一个故事，但我要说的不是承德和文津阁，而是木兰围场。

木兰围场在承德北上120公里处，是全国唯一一个满族蒙古族自治县。"木兰"是满语"哨鹿"的意思，哨鹿就是用口笛或草叶吹出鹿鸣的声音。哨鹿这名称也有味道，但味道与味道不同，对闻声而至的母鹿来说，哨鹿是死亡的召唤。从清世祖福临在顺治八年（1615）第一次巡幸塞外，到康熙二十年（1681），设置木兰围场，用了66年。此时的围场既是皇家猎苑，也是清政府利用木兰秋狝贯彻"肆武绥藩"的重要场地。满清灭亡后，围场在民国元年（1912）正式建县，隶属热河省，围场的命名很直白，也没有顾忌什么改朝换代，一听就是旧王朝的皇家狩猎场。这个猎场面积很大，有9219平方公里，现在是河北省辖地面积最大的县。

围场县还有个别称是塞罕坝，地处蒙古高原、燕山余脉和大兴安岭余脉的接合部，地貌分坝上草原和坝下山地两部分，植被多为乔灌木，种类丰富。天津人熟知的滦河就发祥于此。另一条曲折如带的内陆河叫伊逊河，河名来自一个爱情传说。

清末文士江朝宗这样描述木兰："山川郁勃，草木葳蕤，川原盘曲，地鲜居民。"这种独特的地形地貌，是大自然的奇妙造化，也为树木花草和诸多禽兽繁衍生存提供了条件。

按说，以上这点儿小常识，北京人应该都清楚，起码要比南京、西安、洛阳人要清楚。北京古属幽燕之邦，之后金戈铁马，民族融合，世界终于大同。但是，中国人是特别讲究宗亲血缘的，依我看，北京人与围场人血缘最近，不是姑表亲，也是姨表亲，因为，满清王朝近三百年历史，到猎场给皇上看围的人，多半是北京旗人。然而时过境迁，世态炎凉，现今的北京人还是北京人，围场人却彻底成了边塞山民。

围场县解放前有一句谚语真好：穷在大街无人问，富在深山有远亲。这话虽然有些酸气，却是实情。

写此文这年，正好是木兰围场建县100年，这100年，我给归纳成一个字："穷"。穷分两面，一穷金钱，二穷文化。穷金钱让围场县至今还戴着全国贫困县的帽子[①]；穷文化让一些来木兰观赏美景的外地人说：哎！咋回事儿？这里的人，好像只会说"给钱！给钱！"

我本人就出生在这块美丽又贫穷的土地上，我出生的小地名儿叫回鹿山。19岁那年，我改掉了名字，在一个刮着白毛风的清晨，告别相依为命的老父从军离家。从那天起，我发誓日后就死在外乡。母亲的早逝、姐姐的殉情、父亲的毒瘾、兄弟的离别、乡亲的白眼儿……这一切，成了我大半生的梦魇。在莫言先生的作品中，言说不尽的是饥饿，而我一生言说不尽的，除了饥饿，还有冷。围场的春山如笑，夏山如怒，秋山如黛，冬山如锥。围场冬天的冷，是锥心刺骨的。母亲去世时我13岁，之后有三个冬天，我用一条还算体面的蓝布单裤，罩着里头一条棉裤。棉裤面儿，是母亲生前用五颜六色的旧布料拼接起来的，而且，只有两只裤腿里絮着一层薄薄的旧棉花……

父亲去世后，维系血脉的最后一根线好像也断了。幸好我从文学丛林里找到一条回家的路。在我20多年来发表的作品中，回鹿山是每篇作品的核心地。回鹿山很小，小到连本县人都不太知道。如果我的人物和故事不放在回鹿山，我就写不成，写不好。今年年初，我把纪念父亲的长篇散文直接取名《回鹿山》，想不到却引来一些热心读者的各种探问，回鹿山在哪里？为什么叫回鹿山？

据说，康熙二十九年（1690）秋亲征蒙古首领噶尔丹叛乱，这次他带着心爱的翠花公主。一天，喀喇沁王的公子金山扎满射伤一头母鹿，看到母鹿膨胀的乳房和眼里的泪水，翠花公主请求康熙允

---

a

许她放了这头刚刚产仔的母鹿。父亲同意了，公主亲自为母鹿包扎好伤口，请金山扎满把母鹿送回原处。从这天开始，翠花公主和金山扎满的心走到了一起。不久，著名的乌兰布通之战爆发，金山扎满英勇战死。此时公主正巧患病，消息从前线传回行营，公主泪流成河，病情迅速恶化。十天后，公主留下"葬在当地"的遗愿后病逝。

葬掉公主的第二天，人们发现，一头母鹿领着一头小鹿安卧在公主墓旁。康熙为纪念爱女，就把们图阿鲁行宫改名叫翠花宫，将埋葬公主的山命名回鹿山。不久，回鹿山脚下突然冒出两个泉眼，泉水清澈汹涌，很快汇成一条长河。人们说，这是翠花公主思念金山扎满流出的眼泪，这就是伊逊河。

第二年春天，康熙来祭奠爱女时，在一处泉眼旁亲手栽下两棵榆树。三百多年后的今天，双榆树和公主墓成为游客的向往地，回鹿山倒被慢慢淡化了。

回鹿山在木兰围场属于坝下山地，坝上是塞罕坝草原。塞罕坝是蒙语，译成汉语就是美丽的高岭。今天听说过木兰围场的人，主要靠旅游传播。这里的自然之美不能再说了，到过围场的"驴友"都知道，春夏秋冬四季，任何一处取景下来，都能胜过荷兰、丹麦和挪威，但与这些旅游胜地比起来，游客的心就是安定不下来。有时我想，大自然并没有存心赋予人类不同的品性资质，那为什么，风景如画的故乡人却不能给游人宾至如归的感受？难道仅仅因为穷金钱吗？据说，大画家吴冠中生前曾连续多年来塞罕坝草原写生，有时一画就是几个月。在先生晚年的画作中，我也常常看到家乡的美景，但就是看不到家乡的人和文化，我能怪先生吗？

其实，我这个人对故土是有亏欠的。几十年来没有为家乡干过一件值得称道的事情。除了指责和伤心，还几次要和家乡的基层执法拼个死活。年初六，73岁的姐夫雨生为保住无能儿子的婚姻，被迫斗殴。当我听说，他扔下半瘫半傻的大姐被抓进看守所时，我在北京家里号啕大哭，吓得家人乱作一团。

《回鹿山》出版后，受到一些读者的好评，因为书里写的都是真人真事，有人建议我回家乡，在草原的入口开一间酒吧，隔壁建一个阅览室，这样也许能为故乡增添一点文化的味道。因为心动，暑假我拉上20本书，专门回去一趟，因为难有知音，两天后我回来了，《回鹿山》只赠出去5本。

这也许并不重要，对讲故事的人来说，穷乡僻壤出传奇，尽管我对回鹿山故乡的感情复杂纠结，但我过去所讲的故事都与它有关，之前出版的小说集干脆就叫《故乡有约》，里面都是有关回鹿山的传奇故事。

最后我想说，中国地大物博，着实不缺名山大川、洞天福地。但是，古往今来，再美的地方也需要人的故事，如果这里没有人的故事和会讲故事的人，山水只剩下山水，就没有人脉，没有人脉就没有灵性，没有灵性就没有传奇。回鹿山毕竟养育了我，可惜我寂寂无名，我既不能比湖南湘西的沈从文先生，不能比江苏东湖的汪曾祺先生，不能比西安安灞河的陈忠实先生，更不能比山东高密的莫言先生……

还有——请允许我说实话，我虽然爱家乡的山水，却对一些人怎么也爱不起来——以后也未必真正爱起来。面对自己这样的心态，我只能安慰自己：爱是一种态度，不爱，也是一种态度；对有态度的人，不要看他的名气大与小，要看他的言行照亮了什么。